運命の改変、承《うけたまわ》ります

登場人物紹介
シュリス
呪われた英雄。
不幸な運命を変えるため、
カナンと二人で
転生を繰り返すことに。
カナン
運命を変える力を持つ魔女。
シュリスに同情し、
彼を幸せにしようと奮闘する。
前世は普通の日本人。

リネディア
シュリスの婚約者でガランバードンの王女。婚約を解消して他国に嫁いでしまう。
アリアリィン
シュリスの仲間の巫女。彼を好いていたが、呪いのことを知って離れていく。
ラース
亡国シェアラストの復興を目指す指揮官。魔女のカナンに強い興味があるようで――？
アディラ
亡国シェアラストにある集落で暮らす少女。シュリスのことが好き。
ギリトアル
ネイデルハイドの第二王子。第一王子と同じく重度のブラコン。
リィデルガート
ネイデルハイドの第一王子。王家に転生したシュリスを兄として溺愛する。

目次

運命の改変、承《うけたまわ》ります

第一章　呪われた英雄と魔女

その昔、多くの魔獣を操《あやつ》り世界を混乱させた魔術師を、聖騎士とその仲間たちが打ち倒した。

しかし、魔王とまで呼ばれた魔術師は、最後に古《いにしえ》の魔術である呪いを聖騎士にかけた。

それは恐ろしい不死の呪い。四肢を切断されようが、飢えて骨と皮だけになろうが、決して死ぬことはできない呪い。聖騎士にして呪われた英雄と呼ばれるようになった彼は、仲間たちと共に呪いを解く方法を探した。そんな彼らの必死の願いが天に届いたのか、『森に棲《す》む魔女が呪いを緩和できるだろう』という神託《しんたく》を巫女が受ける。

英雄は喜び勇《いさ》み、仲間たちを連れて森の魔女に会いに行く。醜《みにく》い魔女は英雄の話を聞き、呪いを緩和してやろうと言った。しかし、それには代償が必要だった。魔女は嗤《わら》う。

お前の運命を変えてやろう。代償さえ支払うならば。


～『呪われた英雄と魔女物語』より抜粋～


「呪いなんて解けませんけど」

突然家を訪ねてきた英雄一行とやらに、カナンはあっさりと言ってやった。

陽気に誘われ、うとうとしていたところを起こされた彼女はすこぶる機嫌が悪い。

そんな彼女のそっけないセリフに、英雄一行とやらは顔色《がんしょく》をなくした。

「そんな……」

呆然と呟《つぶや》くのは非常に整った顔立ちの青年だ。金色の髪は薄暗い部屋の中でも輝き、紫色の瞳は失意に陰っていてなお美しい。すらりとした体躯《たいく》を包むのは騎士服で、それがよく似合っていた。

なるほど、これが噂の呪われた英雄シュリス・サラディンか、とカナンは無遠慮にじろじろ観察した。

「そんなはずありません！　確かに神託《しんたく》があったのです！　森の魔女ならば呪いをなんとかできると!!」

そう叫んだのは、巫女服を身にまとう美少女だ。アリアリィンと名乗った少女は、大きな水色の目に怒りをにじませてカナンを睨《にら》んだ。かと思えば、潤《うる》んだ瞳で「信じてください、シュリス」と英雄の腕に縋《すが》って、小柄な割に大きなお胸をぎゅうぎゅうと押しつける。見回せば巫女の他にも、魔術師やら戦士やら……女性ばかりだ。

――なんだこいつ。ハーレム勇者か。いや、英雄だっけ。

カナンはハッと鼻で笑ってやった。ハーレム野郎とか、マジでうざい。恋愛は一対一が基本だろう。と内心吐き捨てながらも、すぐに気持ちを切り替えた。

「呪いを解くことはできないけど、代償があればちょっと変えることはできる」

そう言ったカナンに、彼らの視線が集まる。

カナンは魔女だ。代償さえあれば、運命に干渉《かんしょう》する力がある。とは言っても、本業である魔女の仕事はほぼしたことがない。いったい誰が自分に起きる出来事を予知して、運命を変えてほしいなどと言うだろうか。わざわざ代償を用意してまで。そういうわけで、普段は先代魔女に教わった薬を作って売り、細々と暮らしている。

「代償とはなんだ？」

褐色《かっしょく》の肌の女戦士が詰め寄った。

「シュリスはガランバードン国第一王女リネディア様と婚約している身なのだ。――何より、死ぬ気で戦ってきた結果がこれでは納得できん！」

悔しそうに唇を噛む女戦士の肩に、弓を背負った女性がそっと手を置いて慰《なぐさ》める。

「……もう一度言うけれど、呪いを解く方法なんて知らない」

カナンの目には、英雄の周囲を覆《おお》う黒い靄《もや》がはっきりと視《み》えていた。誰もがその身にまとう運命の色。しかし、これほど禍々《まがまが》しいものは視《み》たことがない。

「私にできるのは、ただ〝運命〟に干渉《かんしょう》して導くことだけ」

「それは……どういうことですか？」

英雄の仲間の一人が恐る恐る魔女に尋ねた。

「うーん。呪いは随分と強力みたいだけど、一応、死ぬことができるようにはなるかな」

顔を輝かせる面々に、カナンは「ただし」と続ける。

「本来の呪いが薄まるまで生死を繰り返すことになる。人と同じように生き、死ぬ。けれど記憶を

困る。

一行は愕然《がくぜん》としているが、話はまだ終わりではないので、こんなところで青くなってもらっても困る。

「代償は、健全な運命を持つ者」

魔女の力には、必ず代償が必要となる。その内容は魔女によって異なるそうだが、カナンの『運命に干渉《かんしょう》する能力』の場合、対象とは別に『運命を差し出す人間』が必要となる。それも、健全な運命でなければならない。そしてその人間の同意を得て初めて、ほんの僅《わず》かな干渉《かんしょう》が許されるという、あまり使い勝手のよくない能力だ。

カナンは営業スマイルを浮かべ、丁寧な口調で説明する。

「今回は呪いが強すぎるので、お相手の運命が丸ごと必要になります。――いえ、命を取るわけではありません。英雄と、まさしく『運命を共にして』もらうのです。どちらかが死ねば死に、生まれれば生まれる。それを繰り返すのです。ああ、婚姻という誓約《せいやく》で縛った方がより強固な繋がりになるので、お相手は花嫁がいいでしょうか。まあ英雄さんなら引く手あまただろうしダイジョブでしょ。あ、もちろん本人の了承は必須ですよ？」

「……それじゃ、まるで生贄《いけにえ》……」

呆然と呟《つぶや》いた巫女が、はっとして手で口を塞《ふさ》いだ。

「不死の呪いが、生死を繰り返す呪いに変わるだけなんて、なんの意味があるのよ‼」

一行が喚《わめ》き出したので、あぁ煩《うるさ》いとカナンは営業スマイルを放り出す。

「あのさー、私はどちらでも構わないんだけど、もしやるなら、今打てる手は打っておいた方がいいんじゃない？　呪いにかかってることが広まりすぎているから、転生するたび神殿に保護してもらった方がいいかもね。神殿で保護されるなんて窮屈《きゅうくつ》そうで同情するけど、どんな家に生まれつくかわからないし、政治利用されたりするよりマシじゃない？　それと、婚姻の誓約《せいやく》で呪いを緩和するから性別くらいは固定されるだろうけど、容姿はどうなるかわからないなぁ。相手に不誠実なことをすると効力切れるし、そうなったら緩和してた分がどんなふうに影響するかわからないから、お互い浮気とかしない方がいいよ。――――とりあえず、助言はこれくらいかな？　やるって決まったら花嫁と一緒にまた来て。じゃ！」

一気に言い放つと、ぽかんと口を開けたままの英雄一行を家から閉め出した。ざわざわとした人《ひと》声《ごえ》が家から遠ざかっていくのを、カナンは扉に背を押しつけて聞いていた。

「ラノベとかにありがちなハーレム勇者かと思ったけど、なんかマトモに仲間から慕《した》われてる感じ？」

カナンは元々この世界の人間ではない。日本で老いて死んだと思ったら、いつの間にか幼い姿でこの世界に立っていた。意味がわからないと混乱し、途方に暮れていたところを他の魔女に拾われて、どうにかこうにか生きてきたのだ。

「あれが英雄ねぇ……」

ふーんと呟《つぶや》き、カナンは欠伸《あくび》を噛み殺した。

＊　＊　＊

聖騎士として賜《たまわ》った城の一室で、シュリス・サラディンは悩んでいた。初めて魔女のもとを訪れた後、シュリスと仲間たちは話し合い、魔女の言うとおりにすることにした。全員がシュリスのために奔走してくれ、ほぼすべての準備ができた。

残るはただ一つ――花嫁だ。

生あるうちに善行を積めば、死した後、神の御許《みもと》で幸せに満ちた安らぎが得られる。逆に悪行を積めば神から遠ざけられ、地獄を巡ることになるというのが神殿の教えだ。

魔女の言うように、記憶を持ったまま生まれ変わるということは、神の御許《みもと》での安らぎが決して得られないということ。それは地獄を巡るという教えにも等しく、聞いた者は大抵顔をしかめる。そうでなくとも、新しい家族のもとに生まれ育ち、また老いて死ぬなどという運命を進んで享受《きょうじゅ》したい者がいるとは思えなかった。

信心深い母はその話を聞いて倒れ、今も寝込んでいる。王女との婚約が白紙に戻されたことにより、サラディン家が得られるはずだった利権も失った。父や兄たちが新たな婚約者を見つけようとしてくれているが、どれもこれも失敗しているようだ。

以前はシュリスを持て囃《はや》していた貴族たちが、娘を生贄《いけにえ》にされるのではないかと怯《おび》えている。一部では、誰がその生贄《いけにえ》に選ばれるのかと面白おかしく賭けが行《おこな》われているらしい。

深いため息を吐《つ》くと、シュリスはソファから立ち上がった。

シュリスがやってきたのは、巫女アリアリィンの部屋だった。他の仲間たちもこの城で暮らしている。仲間とはいえ、女性の部屋に赴《おもむ》くには遅い時間だ。けれどシュリスは、他に神託《しんたく》が得られないか、どうしても彼女に確かめたかった。

アリア、と声をかけようとしたとき、中から声が聞こえてきた。

「アリア様……本当にいいのですか。あなたはシュリスを」

「……私は、神の御許《みもと》から離れるのが怖いの。それはとても悪いことだわ。シュリスは大切だけれど、そんなの私には……」

部屋から漏れ聞こえてくるのはアリアリィンと、シュリスの友人で侯爵家の嫡男《ちゃくなん》でもあるディランの声。どうやらアリアリィンは恐怖のあまりディランに縋《すが》っているようだ。二人は恋仲だったのだろうか。しばしシュリスは逡巡《しゅんじゅん》した。アリアリィンを悲惨な運命に巻き込むつもりはないと、部屋に入って二人に説明するべきだろうか。

惑うシュリスの耳に、アリアリィンの涙に濡れた声が届く。

「私、シュリスのことは好きでもなんでもないの。私は巫女だから、英雄の傍《そば》にどうしてもいないといけなくて……。本当は、野蛮《やばん》なことをする騎士が怖いの」

シュリスは我が耳を疑った。彼女はいつだってシュリスに好意的で親切だった。仲間として信頼されているのだと思っていたが、それらはすべて偽《いつわ》りだったのか？　本当は、剣を振るうシュリスを恐ろしいと思っていたのだろうか。

「お願い、ディラン様……。私をシュリスの妻になんてさせないで……」

少し迷った後、シュリスはそっとその場を離れた。ショックだったが、アリアリィンの考えはごく普通だ。いったいどこの誰が、シュリスのために先の見えない呪いに身を投じてくれるというのか。そんな人間、存在するわけがない。

頭では理解していたつもりだったが、仲間の本音は想像以上にシュリスを落ち込ませた。

部屋に戻ると、久方ぶりにサラディン家の侍従《じじゅう》が訪ねてきていた。

「シュリス様、旦那様から言伝《ことづて》と、荷物を預かっております」

夜分にやってきた侍従《じじゅう》から渡された手紙を見て、シュリスは目を見開いた。

＊　＊　＊

カナンは呆れ果てていた。目の前には、小さくなって俯《うつむ》く英雄シュリス。その後方には、どこか所在なさげな少女を連れた侍従《じじゅう》らしき男。

「あんた、それでも本当に聖騎士で英雄なの!?」

カナンの目には、少女の周りにひどく希薄な靄《もや》が漂《ただよ》っているのが視《み》えた。

「マジでありえない。言わなかった私も悪いけど、奴隷は健全な運命を持っているとは言えないから、代償にはふさわしくない!!」

聖騎士かつ英雄が生贄花嫁《いけにえ》として奴隷を用意したことに、カナンは腹を立てていた。

そもそも、健全な運命を持つかどうかということ以前に、奴隷という立場の人間を代償とすることが問題だ。本心から望んで了承するという条件が必要なのに、隷属《れいぞく》させた者を無理矢理投じても意味はない。

そう叱り飛ばせば、英雄はため息を吐《つ》き、目を白黒させる侍従《じじゅう》と少女を帰らせた。

――いや、あんたも帰れよ。と喉《のど》まで出かかったが、カナンはなんとか呑み込む。

「魔女殿……。他に、方法はないのですか」

「ない。少なくとも私は知らない」

すげなく答えれば、英雄は目に見えて落ち込んだ。まるでカナンが虐《いじ》めているみたいではないか。

面倒くさいなぁと思いながら、カナンは頭を掻く。

「あんたさ、英雄さん」

「……シュリス、です」

「あー……、シュリス。婚約者いるんじゃなかったっけ？」

「……婚約は、白紙になりましたので……」

沈黙が辺りを包んだ。とりあえず、カナンはシュリスを自宅に招き入れる。なんだかちょっぴり気の毒に思えてしまったのだ。

「ふーん。じゃあ、婚約はなかったことになって、あの巫女もディランってのと恋人同士になったわけ」

「ええと、アリアリィンは王太子殿下の婚約者になりました。私のことは好きでもなんでもないと」

「ええー？　あんたの腕にでっかい胸押しつけてたクセに、好きじゃないとかねぇだろ！　ってだけでもツッコミどころいっぱいなのに、今の流れでディランはどうした！」

「あの、魔女殿。確かにアリアリィンはいつも私の腕にしがみついていましたが、巫女である彼女は世情に疎《うと》く、ひどく怖がりだったためで、そういう意図があったわけでは……。ディランにも、私の近しい友人だから相談に乗ってもらっていただけらしくて……」

彼女の名誉に関わることだと、大真面目に弁明するシュリスだったが、カナンは半眼《はんがん》で聞き流した。

「婚約者と巫女の他にも誰かいたでしょう？　あんたに救われた人はたくさんいるんだし」

もっともであろうカナンの言葉に、シュリスは苦笑した。

「ダメでした。……実は、国王陛下が私のためにお触れを出してくださったのですが……」

「は？　お触れ？」

「はい。ですが、永遠を共にしたいと言ってくれる女性は誰もいませんでした。それで、父が最後の手段だと言って奴隷を……」

森に棲《す》み、引きこもりがちなカナンは知らなかった。シュリスの婚約者であった第一王女リネディアは、呪われた英雄とは結婚できないと父である国王に告げ、婚約は白紙となった。そこで、国王は英雄シュリスの花嫁になってくれる女性を広く募《つの》るお触れを出したのだ。

「たくさんの女性が集まってはくれましたが、みな、詳しい話を聞いて帰っていきました」

それはそうだろう。英雄と結婚はできるが、身分は神殿預かりだし、解呪《かいじゅ》どころか新たに呪いにかかるようなもの。おまけに、先の見通せない永遠の生がついてくる。本当にシュリスに嫁《とつ》がないのかと最終確認された第一王女は、国王にこう言ったそうだ。

『それはいつまで続くのですか？　途中で歯車が狂ってしまったらどうしますか？　お互いに心変わりしてしまったら？　別に愛する人を見つけてしまったら？　いったい誰が次の人生でも幸せだと保証してくれるのでしょう』

帰った女性たちも、まさしくそう思ったのでしょう、とシュリスは俯《うつむ》きがちに語った。

「なんという公開振られプレイ……！」

「ぷれ……？」

「いやいや、なんでもないよ、気にしないで」

その後、生贄《いけにえ》花嫁にならないために恋人と結婚する者が急増した。呪われた英雄の存在は、若い夫婦の大量生産を後押ししたのだ。

「……この間から街へ行くたびに結婚式やってるなぁって思ってたけど、まさかそんな原因があったとは……。それで、他には誰もいなかったの？」

「アロンバール侯爵から申し出がありましたが、私は男色家ではないので、彼と永遠を共にするのはちょっと……と思いまして」

「……そういう嗜好《しこう》の不一致は辛いねぇ……」

英雄さん、綺麗な顔してるからねぇ。とため息を吐《つ》く魔女に、シュリスは苦笑した。諦《あきら》めきったその表情に、カナンは顔をしかめる。

「じゃあ依頼の件は延期で」

「え？」

「だってまだ花嫁見つかってないじゃん」

「いえ、でも、もう……」

俯《うつむ》くシュリスに、カナンは深く息を吐いた。

「あんた何歳？」

「……十九、ですが」

十二で騎士見習いとなり、十四で聖騎士を目指した。十六で成人すると同時に聖騎士となって王女と婚約し、十八で魔術師を倒した。……あれからもう一年も経つのか、とシュリスは懐かしさを覚えたが、それは魔女の甲高《かんだか》い声に破られた。

「十九!?　若いとは思ってたけど、まさかの未成年……！」

「いえ、成人していますよ……？」

「お黙り、この若造が!!　いいこと!?　十九かそこらでちょっと婚活に失敗したからって僕もう結婚しません～だなんて、誰が許しても私が許さん！　こちとらアラフォーで婚活し続けたんだから！　先の見えない戦いに身を投じ続け、最後に理想の相手を勝ち取った私の気持ちがわかるか!?

私ですら諦《あきら》めなかったのに、若くて綺麗で才能まであるあんたが諦《あきら》めるとか絶対に許せん！」

「あ、あらふぉ……？」

戸惑うシュリスを無視し、憤慨《ふんがい》したカナンは戸棚から酒瓶を取り出すと、どんと卓上に置く。

「景気づけだ！　まずは飲め！」

無理矢理シュリスに杯《さかずき》を押しつけて酒を注ぎ、自分の杯《さかずき》にも勢いよく注ぐと、グイッと一飲みして本題に入る。

「英雄じゃなく、あんた自身に惚れてくれる人を探せばいいんじゃない？　そうよ、惚れさせちまえば、こっちのもんよね！　まずは呪いと身分を伏せましょう！　外見も鬘《かつら》や眼鏡なんかで変装して、市井《しせい》に紛《まぎ》れて好ましいお嬢さんを探して交流を深めるの！　貴族？　貴族のお嬢さんなんて身元がしっかりしてない男は眼中にないでしょ？」

姿を偽《いつわ》るならば、市井《しせい》の方が都合がいい。カナンは自分の考えに頷いた。

そうして、ポカンとしているシュリスに真剣な目を向ける。

「これはただの婚活じゃないわ。普通の結婚だって、ただ式をあげれば終わりじゃないから似たようなもんだけどさ。永く共にあるなら、心底あんたを愛してくれる人を見つけなきゃ」

その場では少し考えさせてほしいと言っていたシュリスだったが、数日後、休暇を取って魔女のもとを再び訪れたのだった。

「いいこと？　街で生活して、可愛くて気立てのいいお嬢さんをたらし込むのよ！　あ、それと金に擦り寄ってこられても困るから、お金は持ってないことにしなさい」

カナンはいつも薬を買い取ってくれる街の顔役に頼み、しばらく住むための場所と荷運びの仕事を用意してもらっていた。黙ってカナンの話を聞いていたシュリスは神妙に頷く。

前回会ったときとは違い、目に力が宿っていた。どうやらやる気になったらしいシュリスを送り出しながら、カナンはうまくいくことを祈った。だが――

「……魔女殿……、私はもうダメです……」

「早っ!!」

翌日やってきたシュリスに慄《おのの》きつつも、まずは話を聞いてやろうとカナンは酒を用意する。

「……道行く女性がハンカチを落としたので拾ったのです……」

「ふんふん。知り合う手段としては悪くないよね」

「……ですが、呼び止めて手渡そうとすると……非常に嫌そうな表情で、指先だけでハンカチをつまみ、礼もなく立ち去られたのです……!」

「そりゃ、世の女性は好みでもない男に近寄られたら虫唾《むしず》が走るもの」

「ええっ……!?」

カナンの言葉に、シュリスが信じられないとでも言いたげに顔を歪《ゆが》めた。

「しかし、あくまで親切心からで、断じて下心など……」

言い募《つの》るシュリスに、カナンはちびちび酒を飲みながら「馬鹿ねぇ」と言う。

「そんなの誰がわかるのよ。逆にちょっとでも優しくして、勘違いされて付きまとわれたらどうすんの？　女にとっては自己防衛の一種じゃん」

「……じこぼうえい……」

シュリスは呆然と繰り返した。自己防衛されるほど自分はダメなのかと衝撃を受けている。そんなシュリスを、カナンは残念なものを見るような目で見つめた。

聞けば、これでも王女の婚約者としての立ち居振る舞いは完璧だったらしい。完璧だからこそ、他の女性とは常に距離を置き続けた。婚約者に誠実であったと言えば聞こえはいいが、その婚約がなくなってしまった今となっては、どう動いたらいいのかわからないという。まして、相手は貴族ではなく市井《しせい》の女性。かなり勝手が違うだろう。

それでも、彼自身を好ましく思う女性が必ずいるはずだと魔女は信じていた。


「魔女殿！　小間物屋《こまものや》のサティさんに声をかけられました！」

「ああ、うん。なんて言われたの？」

「今日もお仕事頑張ってくださいね、と！」

「そっかぁ……、よかったねぇ」

「はい！」

嬉しそうに返事をする彼は、仲間の魔術師に頼んで冴えない風体《ふうてい》の男に見える幻をまとっており、街で荷運びの仕事をしている。ほぼ毎日夕方ごろにやってきては、その日あったことをカナンに話して聞かせるのが日課になりつつあった。

しかし、町娘に挨拶《あいさつ》されたくらいでこの喜びよう。お触れの名のもとに行《おこな》われた公開振られプレイでどれだけ心に傷を負ったのか計り知れない。

そして翌週、シュリスは項垂《うなだ》れた様子でやってきた。

「えっと……どうした？　って聞いた方がいい？　聞かない方がいい？」

「魔女殿の優しさが辛い……」

あ、これ結構ガチで落ち込んでる。

そう感じ取ったので、酒を用意してやった。今やすっかり酒飲み仲間となった英雄のために、この間街で仕入れてきたばかりの新品だ。

「うぅ……魔女殿、サティさんには恋人がいたんです……」

「そっかぁ、それは残念だねぇ」

まぁ、そういうこともあるだろうと酒に口をつける。

「サティさんが欲しいと言うものは、全部買ってあげたのに」

「……」

「サティさん、プレゼントを受け取るときは、とても嬉しそうに微笑んで」

「……」

「ありがとう、嬉しいわって言ってくれて」

「……」

「思い切って一緒に遊びに行きませんかって誘ったら……恋人がいるのって……」

阿呆がいる。

カナンは酒の入った杯《さかずき》をテーブルに置くと、英雄の金色の頭をガシッと鷲掴《わしづか》みにした。

「きぃ～さぁ～まぁ～！　あれほど金を使うなと言っただろうがぁぁぁぁぁぁ!!」

「痛い痛い痛いです、魔女殿！」

ぎりぎりと両手に力を込めれば、シュリスは痛い痛いと騒ぎ出す。

「平凡な見かけの奥手青年が金持ってたら、そりゃ女狐《めぎつね》は貢《みつ》がせるよ！　阿呆!!」

「そ、そんな……！　サティさんはそんな人じゃ……！　どうしても欲しいと言うから、つい……！」

「なんというダメ男！」

「ハッ！　そういえばこれから恋人に会うと言っていたけれど、私が贈った腕輪をしていた……、大変です！　サティさん、恋人に浮気を疑われたりしてないでしょうか……ぐっ!?」

「黙れ……それ以上言うんじゃない……！」

頭を掴《つか》んでいた手で英雄の口を塞《ふさ》いだカナンは、彼が哀れすぎて涙が出そうだった。

この英雄殿には、女性とはどういうものなのかを説明してやる必要があるかもしれない。

カナンが考えていた以上に彼の中身はぽんこつだった。貴族の四男だか五男だかに生まれ、騎士として身を立てるためにひたすら剣を振るった青春時代に、恋など一つも存在しない。これまで向こうから寄ってくるのを婚約者を慮《おもんぱか》って避けるばかりだったので、自分から女性に声をかけるのにも一苦労。あと、たぶんあんまり女性を見る目がない。

その後、気をつけるべき女性の生態についてみっちり説明したら、涙目でぷるぷる震えていた。不覚にもちょっと可愛いと思ったのは内緒だ。

その日は、朝から雨が降っていた。あまりの寒さに、カナンは火を入れた暖炉の前で茶をすすっている。ザアザアとやまない雨音に、この調子では誰も魔女の家には寄りつかないだろうなと考えた。すっかり飲み仲間になった英雄も、今日は国王の命だかなんだかで城に出向いているはずだ。

「……最初はとんだハーレム野郎が来たと思っていたけど、ちょっとぽんこつなとこを除けば結構な好青年だし、なんとか幸せになってほしいなぁ……」

魔女と言っても、中途半端な力しかない自分にできることなど限られている。

「……いっそのこと、国外まで婚活しに行く……？」

ただの思いつきだったが、案外いいかもしれない。婚活するなら手広くいこう。何せ世界は広いのだ。きっと彼と運命を共にしてくれる花嫁が見つかるだろう。そう考えると気持ちが弾《はず》んだ。

それならば、若い令嬢を誑《たぶら》かすために策を練っておこう。甘い言葉の一つや二つスラスラ言えるように練習させてみようかと考えたとき、ドンドンと扉が叩かれた。

不審に思いながら誰何《すいか》すれば、国王陛下の勅使《ちょくし》だと答えが返ってくる。重い腰を上げて扉を開けると、黒いフードをかぶった男たちが雨に打たれて立っていた。

「森の魔女様、国王陛下がお呼びです。城まで同行願います」

「ああそう、断るわけにはいかないの？」

「同行願います」

淡々と告げられ、仕方なくカナンは身支度を整えた。一歩家を出た途端、身体を叩く雨があっという間に熱を奪っていく。やれやれと小さくため息を吐《つ》くと、男たちに囲まれるようにしてゆっくりと歩き出した。


豪奢《ごうしゃ》な椅子に腰かけた初老の男の前に、カナンは跪《ひざまず》いていた。

「森の魔女よ、そなたはシュリス・サラディンにかけられた不死の呪いを変えることができるとか。それに偽《いつわ》りはないな」

「そのとおりでございます」

かしこまって答えれば、初老の男——王はしばし目を伏せた。再び上げられた目の中に、欲が垣《かい》間見《まみ》える。

「それを不老不死の……不死身の呪いにすることは可能か」

「……それが可能であればどうなさるのでしょうか」

「シュリス・サラディンは最強の騎士となろう。騎士の誉《ほま》れである」

内心毒づきながらも、カナンは傍目《はため》には怯《おび》えて見えるように声を震わせる。

「そのような神の御業《みわざ》は持ちません……。私にできるのは少しばかり運命に干渉《かんしょう》し、呪いを緩和することだけでございます」

「試してもいないのに、無理と申すか」

不機嫌さを隠そうともせず、王は言う。

「やれ。これは王命である。我が国が不死身の戦士を手に入れることができれば、そなたにも褒美《ほうび》を取らす」

「……わかりました……」

魔女が小さくも了承の言葉を吐いたことで、王は満足そうな表情をした。カナンは怯《おび》えるふりをやめ、にやりと口角を上げる。そして黒い瞳でまっすぐ王を射抜いた。

「では、代償をいただきましょう」

「代償だと？」

「はい。魔女の力には、それ相応の代償が必要でございます」

口元だけ笑いの形に歪《ゆが》めながら、カナンは続ける。

「王族の姫を彼の運命に巻き込むこと。それが代償です。それでも成功するかどうかわかりませんが、うまくすれば姫は永遠に若く美しいまま……おや、こう考えると悪い話ではないかもしれませんね。失敗すれば、どうなるかわかったものではありませんが」

「何を馬鹿なことを！」

王の傍《そば》に控えていた宰相が焦りをにじませて叫んだ。

「代償もなしに、どうして魔女の力を揮《ふる》えるでしょう」

「あやつの相手など、そこら辺の女でよかろう」

面倒くさそうに言う王を、森の魔女は嘲笑《あざわら》う。

「不老不死となれば、もはや神の領域。それを穢《けが》す代償は高貴な血筋の御方。しかも、誰よりも愛されている方が望ましい。……おりますでしょう？　陛下。見目麗《みめうるわ》しく、優しく、賢くて、可憐な姫が……」

「まさか、リネディアのことを申しているのか⁉」

嗤《わら》う魔女は頷いた。第一王女リネディア。英雄の元婚約者にして銀色の髪と菫色《すみれいろ》の瞳を持つ、近隣諸国に名高いこの国の至宝。以前、カナンが遠目に見たことのある王女は輝く靄《もや》をまとっていた。それを、英雄の呪われた運命の道連れにすればいい。

「もちろん、ご本人の了承を得た上でのお話です。リネディア様ほどの輝かしい運命を持つ方が代償であれば、どのような改変も思いのまま。この魔女も喜んで力をお貸ししましょう」

王は目の前の女が薄気味悪く思えてきた。魔術師とは違う。誰も使えない不思議な力を持つという魔女。

不老不死の戦士は欲しい。しかし王にとってリネディアは大事な政略の道具だ。どうしても他の者ではダメなのかと問えば、王女だからこそ価値があるのだと魔女は嗤《わら》う。

「それと呪いの影響で子はできなくなりますので、リネディア様にはそれも納得してもらってください。……あぁ、リネディア様が女王になって英雄が王配《おうはい》となり、永遠に君臨し続ければいいのかもしれません。さすればガランバードン王家は安泰ですね」

押し黙る王とその側近たちを一瞥《いちべつ》したカナンは、「それではお心が決まりましたら、またお呼びください」と告げて退室する。それを止める者は誰もいなかった。

女官に案内されて広い廊下を歩いていると、前方から女性の集団がやってきた。案内の女官に倣《なら》って端に寄り、頭を下げる。すると、そのまま通り過ぎるかと思った相手が足を止めた。

「――あなたが魔女ですか？」

そう問われ、思わず顔を上げれば、そこにいたのはシュリスの元婚約者――第一王女リネディアだった。

定位置なのであろう優雅な曲線を描く椅子に王女が座っている。柔らかな色調で整えられた王女のサロンは、その椅子に王女が座《ざ》することで完成するよう計算されたかのようだった。

ゆるりと波打つ美しい銀色の髪の王女は、穏やかでいて意志の強そうな菫色《すみれいろ》の瞳を細め、ふわりと微笑んだ。

「魔女様が城に来ていると伺《うかが》ったので、陛下のもとへ確認しに行くところでしたの。お会いできて嬉しいですわ」

王女とカナンの前のテーブルに、侍女がてきぱきとお茶の用意をした。

「どうぞ、召し上がってください」

「……ありがとうございます」

どうしてこうなったと内心首を傾げながら、カナンは高級そうなお茶をいただいた。しばらくして、口を開いたのはリネディアだった。

「……シュリス様は、お元気ですか？」

「元気といえば元気ですね」

カナンが答えると、王女はホッとした様子だった。それを見つめるカナンの視線に気づき、恥ずかしそうに微笑む。

「そうですか。会うことは禁止されておりますので、気になっていたのです」

「リネディア様は、もしやシュリス……様のことを？」

もしや脈ありかと身を乗り出すが、リネディアはそっと目を伏せた。

「いいえ。将来、伴侶《はんりょ》として添えば愛情や信頼を育《はぐく》むことはできると思っておりましたが……」

言葉を濁《にご》した王女は、背筋を伸ばして顔を上げる。

「わたくしは、この国の王族として国のため、民のためになる婚姻を望まれています。シュリス様と国とを比べて国を選び……まして、その手を取ることに怯《おび》えたわたくしは彼にふさわしくありません」

強張《こわば》った表情の王女に、カナンは目を細めた。王女は言いにくそうに続ける。

「このようなことを言える立場ではありませんが、どうかシュリス様をお救いくださいませ。わたくしは――」

「魔女殿！　ご無事ですか⁉」

やれやれ疲れたと思いながらカナンが廊下に出ると、シュリスが息を切らしてやってきた。その顔はひどく青ざめている。案内の女官を下がらせたシュリスは、カナンに怪我はないかと心配した。

「大丈夫だって。いや、悪いね。あんたの相手としてリネディア様をいただけるかなーって思ったけど無理だったわぁ」

王女は輝かんばかりの明るい色をまとっていた。どのような困難も苦悩も乗り越え、傷ついても再び歩き出す強さ。あの姫の持つ運命の輝きならば、呪いをもっと緩和することが可能かもしれない。何よりシュリスを幸せにしてくれるだろうと考えたのだが、それも無理だとわかった。

「あのさぁ……、リネディア王女、隣国に嫁《とつ》ぐことが決まったんだって……」

「そうですね。隣国とは少々拗《こじ》れていたのですが、これを機に和解をという話になっています」

「知ってたの⁉」

「それは、まぁ……」

――わたくしは、国のために嫁《とつ》ぎます。それがわたくしの役目ですから。

凛《りん》とした声で語り、迷いもすべて断ち切った様子の王女は綺麗だった。きっと、国との間で迷うくらいにはシュリスを想っていたのだろう。

「……惜しいっ……！」

「何がでしょう？」

きょとんとするシュリスは、王女の婚姻話にさほどショックを受けていないようだ。二人の間に何も芽生えなかったのは、こいつに問題があったに違いないと、カナンは勝手に決めつけた。

一人でうんうん頷く魔女を見下ろすシュリスは、申し訳ない気持ちでいっぱいだった。

魔女が静かな生活を好むことは知っていたのに、シュリスの事情に巻き込むことで注目を集めるようになってしまったのだ。社交界でも、呪いを変える魔女の力が噂になっている。そして今回、ついに国王に召喚された。うまく切り抜けたようだが、下手をすれば牢屋送り、あるいは強制的に働かされることだって考えられる。

呪いを受けてからというもの、シュリスの話に耳を傾けてくれる人間はとても少なくなった。ずっと奔走してくれた仲間たちも、それぞれ仕事を任せられていて、ほとんど会えていない。

――それでも、今は、まだいい。

少し疎遠《そえん》になってはいても、家族も、仲間たちもいる。だが、彼らが死んでしまった後は？　自分のことを知ろうともしない人々から、化け物と見なされるのではないか。そんな恐怖と不安を押し隠しながら英雄として振る舞わねばならないシュリスにとって、いかにして女性の気を引くかなどというふざけたことを大真面目に話し合うことのできる魔女は、とてもありがたい存在だった。

だというのに、自分はそんな魔女に迷惑をかけている。

「うちまで送ってくれる？」

魔女の言葉で我に返ったシュリスは「もちろんです」と返事をした。

＊　＊　＊

「あのさぁ、あんた婚活急がないと、結構まずいんじゃないかな」

自宅で酒とつまみを用意しながらカナンは切り出した。

シュリスの身分は以前と変わらない。呪われたとはいえ、英雄であり、国に仕える聖騎士。そして彼が神殿に保護されるのは、『不死の呪い』が『永遠の転生の呪い』になってから。このままでは、国にいいように扱われる。不老不死の戦士にしようなどと思いつく阿呆どもだ。碌《ろく》なことを考えないに違いない。

リネディア王女もそれを案じていた。元々、王女との婚約もシュリスを戦力として国に縛りつけるためのもの。それが叶わなくなり、王女は別の形で国を守るための結婚をすることになった。では、シュリスは――――不死の英雄はどう利用される？

「誰かいいお相手がいればいいんだけどねぇ」

かなり難しいことを言っているのはわかっているが、無理矢理にでもテンション上げて尻を叩かねば、国中の女性から総スカンを食らった男はすぐに落ち込んでしまう。

「やっぱり若いお嬢さんを誑《たぶら》かして、勢いで行くのが一番だと思うんだよ」

恋に浮かれたお花畑状態なら、彼と手と手を取り合って運命に身を投じそうだ。それを思えば英雄の周りにいたハーレム要員たちは、ある意味素晴らしい危機意識を持っていたと言える。英雄にべったりだった巫女は王太子殿下を射止め、他の仲間たちもいつの間にかそれぞれ恋人や夫を作っていたのだから。

仲間たちから手紙をもらったシュリスは素直に祝っていたが、追い詰められた彼に懇願《こんがん》される前に手を打ったのではとカナンは疑っている。

「……不甲斐《ふがい》なくて、本当に申し訳なく……」

「いや、別に責めているわけじゃないからさぁ」

困り切ったように縮こまる英雄に、カナンはホットワインを差し出し、自分もごくりと飲んだ。

本当はワインよりも熱燗《あつかん》が恋しいが仕方ない。

シュリスの花嫁探しは遅々《ちち》として進んでいない。落とし物を届けようとしただけなのに睨《にら》まれ、ちょっといい感じかなと思った女性も、シュリスから贈り物をもらうだけもらって去っていく。

更に、これは魔女には報告していないが、頑張って声をかけてみようとしたらあからさまに避けられたり、正面切って『荷物運びの男はちょっと……』と言われたりもしていた。彼の心はボロボロである。

酒を片手にテーブルに突っ伏《つぷ》す英雄の姿に、さすがのカナンもちょっと気の毒になった。

「……魔女殿、私は自分が情けない……」

「あぁ、うん。私もあんたがここまでだとは思ってなかった」

「私は所詮《しょせん》、顔と地位と剣の腕だけの男だったのです」

「大体はそれで事足りるからね？　呪いがなければ、あんたほぼ全女性のターゲットだからね？」

カナンは思わずツッコミを入れた。呪いのことを知らなければ単なる自慢に聞こえるだろう。

「うーん……。私も婚活には苦しんだけど、あんたは呪いがあるから、もっと深刻だしねぇ……。

仕方がない。もう別の手段で行こう」

「別の手段……ですか？」

興味を引かれたのか、シュリスが少し頭を持ち上げた。

「うん。その綺麗な顔と鍛え上げられた身体を最大限に使って、狙った女をベッドで腰砕けにさせて、あんたから離れられないよう快楽という名の——」

「なんてことを言うんですか!!」

ものすごい速さでシュリスの手が魔女の口を塞《ふさ》いだ。その顔は真っ赤だ。

「女性がそのような、はしたないことを言ってはいけません！」

「も、もがが!?」

何か言いたそうだと気づいたシュリスがそっと手を離したが、カナンが「まさかあんた童《どう》て」と言いかけたところでもう一度塞《ふさ》がれた。

「……婚前交渉はよくありません」

照れが入りつつも重々しいシュリスの言葉に、カナンがこくこくと頷くと、ようやく解放される。

「えーと……この国ではそれが普通なの？」

「そういうわけでは、ないのですが……」

令嬢は清らかであることが求められるが、男はそれほどではない。ただ、シュリスは成人と同時に聖騎士として教育され、第一王女と婚約した。更に魔術師を倒したことで英雄と持て囃《はや》され、その一挙手一投足《いっきょしゅいっとうそく》に注目されていたのだ。色っぽいこととは縁遠かったし、婚約者がいる手前、そういう店に行くのも憚《はばか》られた。

なぜこのような話を女性にしているのだろう、と頭の片隅で思いながら、シュリスはちらちらと魔女を窺《うかが》い見る。魔女は、確実にシュリスより年上だ。そして先ほどの言動から、異性とそういう経験があるのは間違いない……

そんな考えを持った自分があさましく思え、恥ずかしくなったシュリスは頭を横に振った。これだけ親身になってくれている魔女に対して、何を考えているのか。

シュリスが心の中で神に懺悔《ざんげ》し出したことなど知る由《よし》もないカナンが提案する。

「じゃあ娼館《しょうかん》でも行く？　経験積んでおくのも必要じゃないかな」

「……その、初めては、好きな人としたいです……」

「あー……そう、ごめんね」

何を馬鹿なことをと言われるかと思ったのに、魔女は謝ってくれた。シュリスが驚いて見つめ返せば、「私だってそういう気持ちくらいはわかるよ。最初は大事だよねぇ」と笑う。それは今まで見たことがない表情で、どこか遠くを見ているような目は、寂しさと愛《いと》しさを湛《たた》えていた。

「魔女殿は、おいくつなのですか？」

「お、聞いちゃう？　たぶん三十は過ぎているかなぁ。正確にはわかんない」

魔女はいつものようなふてぶてしい表情になり、ふっふっふと笑った。

「私だって、素敵な恋の一つくらいは経験あるのだよ。ほぉーら、こんな魔女にだってできるんだから、あんたなら運命の恋の一つや二つ、絶対にできるって！」

ばんばんと背中を叩かれた英雄は、杯《さかずき》から零《こぼ》れそうになった酒を慌ててすすった。

――――ところがその後、花嫁探しは中断された。国境付近に強力な魔獣が出るとかでシュリスは頻繁《ひんぱん》に呼び戻されるようになり、市井《しせい》で生活することが難しくなったのだ。

いっそ国外で嫁を見つけてこいというべきか。正直言って、もうそれしかないとは思うが、それではせっかくできた飲み仲間を失うことになる。いや待てよ？　相手の気が変わらないうちに運命を改変するなら、一緒についていった方がいいのだろうか。

本気で悩んでいたカナンは、久々に姿を見せた彼が負傷していることに驚いた。シュリスは少し失態を犯しただけだと説明したが、その後も魔獣退治に行くたびに大怪我と言ってもいい傷を負ってくる。

そしてあるとき、彼の左腕がなくなっていた。

「いったいどういう戦い方をしてるのさ」

「少し油断した際に、喰われました。……ふふ、出血するし痛みもありますが、呪いのせいか一晩経てば傷は塞《ふさ》がるんですよ」

平然と言うようなことではない。

「あんた、こんなんじゃ嫁さんなんて見つからないじゃないの！　せっかくの綺麗な顔まで傷つけて！」

シュリスの頬にも大きな傷跡ができていた。美麗な顔についた傷は引きつり、表情を歪《ゆが》ませる。

「大丈夫ですよ……」

ふふふと笑うシュリスに、カナンは憤慨《ふんがい》した。他国で花嫁を見つけてこいと言ったが、シュリスは首を縦に振らない。どこか達観したかのような彼の態度に、カナンは苛々《いらいら》した。

シュリスの顔は諦《あきら》めに満ちているが、悠長にしている場合ではない。シュリスを覆《おお》う靄《もや》は、最初に視《み》たときよりもどす黒くなっている。

「マジでどっかの女引っかけてこい」

思いのほか真剣な声が出た。目が据《す》わっている自覚もある。しかしシュリスは困ったように笑うだけだ。

「女性を虜《とりこ》にするような抱き方など知りません」

「じゃあ娼館《しょうかん》行けよ！　おねーさんから学んでこい！　初めては好きな人とがいいとか言ってる場合じゃないから！」

「しかし……」

「もう！　好きな相手ができたときに大事に抱いてやりゃ、女は満足だよ!!」

煮え切らない英雄の姿に、カナンは地団太《じだんだ》を踏みたくなった。

「娼婦《しょうふ》が嫌なら、貴族の未亡人とか」

「腕のないこの身体と傷では、嫌がられるでしょう。見た目だけが取り柄でしたから……」

「くっそ、マジでもっと前に筆おろしさせておくんだった……！」

「筆……？」

「なんでもないよ！　くそ!!」

口が悪い自覚はあるが、八方塞《ふさ》がりの状況がどうしようもなく不安にさせた。これだから嫌なのだ。人の運命が視《み》えるくせに、何一つできずにただ時が過ぎていくだけだから。

ぎゅっと眉間《みけん》に皺《しわ》を寄せるカナンに、何を思ったのかシュリスが口を開いた。

「魔女殿が……」

「ああん？」

カナンがガラの悪い返事をしてしまったせいか、シュリスは視線を落とした。いいから続けろ、と促《うなが》せば、彼は視線を逸らしたまま言葉を紡《つむ》ぐ。

「魔女殿が、その、私に、教えてくれませんか……？」

「は？」

カナンはぽかんとした。口を開けたまま微動《びどう》だにしない彼女に、シュリスは「いいえ、やっぱりいいです」とか「魔女殿に決まったお相手がいなければの話で……」とかなんとか口の中でモゴモゴ言いながら、視線をうろうろさせて恥じらっている。

「シュリス、あんた……」

「……はい」

「本当に切羽詰《せっぱつ》まってるのね……」

こんな年上で口の悪い魔女に手ほどきを乞うほど切羽詰《せっぱつ》まっていたとは……

シュリスの性格からして、きっとものすごく悩みに悩んで言い出したに違いない。しかし――

「娼館《しょうかん》に行った方がずっといい思いできるし、勉強にもなると思うよ」

カナンが心の底からそう言っても、シュリスは俯《うつむ》いて黙り込むだけだ。その様子をじっと見つめていたカナンだったが、やがて大きくため息を吐《つ》いた。びくりとシュリスの肩が揺れる。

「あー……、あんた娼館《しょうかん》に行ってもガチガチになってそう……それに英雄が来たって騒がれでもしたら、それだけで委縮《いしゅく》して使い物にならなくなりそうだよねぇ……」

要するに、少しでも気心の知れた相手がいいのだろうとカナンは結論づけた。そこでちょっと自分について考えてみる。

誰とでもしたいわけじゃない。むしろしなくてもいい。干物《ひもの》上等。

……でも、まあ。前世でだけど経験がないわけじゃないし、シュリス相手なら一回くらいいいかな、と思う程度には情もある。

ただ、頭ではそう思っていても身体が納得してくれるかはわからない。こういうものは、心より身体の方が正直だったりするのだ。

どうせ何がどうなるかわからない世界。魔女という自分の存在。それを思えば常識とやらに縛られる必要もない。……ないのだが。

「あのさぁ、私、あんたのこと結構気に入ってるんだよね」

俯《うつむ》いていたシュリスが顔を上げる。綺麗な紫色の目で見つめられるとちょっと照れくさくて、カナンは視線を逸らして苦笑した。

「でも、一回そういう関係になっちゃったら、今の関係は壊れちゃうと思うんだよ」

どんなに大丈夫だと思っていても、変わってしまう。酒を酌《く》み交わしながら愚痴《ぐち》を言い合ったり、どうやって花嫁を見つけるか相談したり、魔女が下世話なことを言って英雄がたしなめたり。それはカナンにとって楽しいひとときだった。それを失いたくないと思うのは完全にカナンの我儘《わがまま》なのだが。

「本当にどうしようもなくなったら、ちゃんと考えるから。もう少しだけ頑張ろう。あんたの『初めては好きな人と』っていう夢を諦《あきら》めないでよ」

優しげな魔女の言葉に、英雄は小さく頷いた。


気づけば、シュリスたち英雄一行がカナンのもとを訪れてから一年が経とうとしている。最近も彼は魔獣討伐で忙しく、しばらく会えていない。

これ以上シュリスのまとう靄《もや》が昏《くら》くなっていくのを視《み》るのは嫌だ。できれば可愛い花嫁を連れてきて、目の前で永遠の愛を誓ってほしい。

気持ちはもう、弟とか息子とか孫とかを見守っている気分だ。聖騎士で英雄だけれど不器用で少し抜けているところのある青年に幸せになってほしいと、カナンは心から願っていた。

――――ガタン！

暖炉の火に薪《まき》をくべていたところへ倒れるようにして入ってきたのは、カナンが幸せを願っている相手だった。

「え、えええ!!　どうしたの!?」

突然のことに混乱したカナンだが、すぐに気づく。シュリスの呼吸がおかしい。顔色も悪いし、右手がどす黒く腫《は》れ上がっている。

「シュリス……？」

入口付近で倒れたままのシュリスをどうにか移動させようとしたが、カナンよりも背が高く鍛えられた身体を動かすことは叶わない。

仕方なくその場で彼の身体を診《み》る。四苦八苦しながらどうにか鎧《よろい》を剥《は》ぎ取れば、右手だけではなく身体中いたるところがどす黒く変色していた。打撲の跡か、骨が折れているのか、はたまた別の要因があるのか、知識のないカナンには判断できない。

何より気になったのは、シュリスを覆《おお》う靄《もや》が、前回会ったときよりも昏《くら》く濁《にご》っていたことだった。

「こちらにおいででしたか」

その声に、カナンはびくりと身体を震わせた。背後を振り返れば、いつの間にか家の前には騎士服とマントをまとった男たちがいる。

「……シュリスに何をしたの」

先頭の男をきつく見据《みす》えたカナンは、それが以前、自分を連行しに来た勅使《ちょくし》だと気づいた。相手は肩をすくめる。

「我々は英雄様をお迎えに来ただけです。魔獣が出て英雄様が倒してくださったのですが、負傷してしまわれまして。それでも魔女様のところまで歩けたのですから、さすがは英雄様ですね」

「あなたたちは戦わなかったのね」

シュリスと違い、鎧《よろい》どころか盾一つ持たない彼らの騎士服は乱れもしていない。

「不死の英雄様がいらっしゃるのに、我らの出番などないでしょう？　我らにお手伝いできることがあればなんでもしますが、我らの命は一度限りですので、英雄様が矢面《やおもて》に立ってくださるのですよ」

とてもありがたいことに、と男が言うと、周囲の騎士たちから笑い声が漏れた。

「英雄様はこちらで引き取り、治療に当たらせていただきます。ご安心を」

「……治療するくらいなら、もっと大事にすれば？」

カナンが憎々しげに言えば、男は嗤《わら》った。

「ここだけの話、国王陛下は呪いを解くつもりはありませんでした。魔女の力で不老不死の戦士にしたかったんです。だから生贄《いけにえ》花嫁を探すだなどと大々的に宣伝した。役人から直接呪いの話を聞いた者はそれが事実だと知り、噂が広まった――ほら、現に今も英雄殿に嫁《とつ》ごうとする娘はいないでしょう？」

「……変だと思った……。どうあがいてもシュリスのためにならないもの」

「不老不死の戦士が手に入らないとわかった今、我が国のためにどのように英雄を活用するかが肝《かん》要《よう》です。今はこうして危険な魔獣退治に一役買っていただいていますが、四肢が欠損して動けなくなれば毒薬の被検体に。その後は新人騎士に立ったまま斬られるだけの訓練人形に。最後は首だけにして毒見でもやらせるかという話も出ています。毎回この議論は白熱しておりますよ。首と切り離した胴体が動くかどうかで使い道が分かれますからね」

「……それはさぞかし胸糞《むなくそ》悪い会議でしょうね」

「いいえ、結構愉《たの》しいですよ。家柄も剣の腕も美貌《びぼう》も名誉も最上の婚約者も、何もかも持っていた男の末路を決められるのですからね――――連れていけ」

男が合図すると、後ろにいた騎士たちがシュリスを抱えようと近づいた。

「――――動かないで」

カナンはこれまでにないほど腹が立っていた。怒りのためか、普段は腹の奥底に留まっている魔女の力が、身体中を駆け巡っているのがわかる。

「あんたたち、シュリスのためならなんでも手伝うと言ったわね？」

「ええ、もちろんです。ですが英雄様は一人でなんでもできてしまわれますから――――」

続けようとした言葉が、男の喉《のど》から紡《つむ》がれることはなかった。

「そう、ならば手伝ってもらおうか」


黒髪の魔女は、黒い瞳を炯々《けいけい》と輝かせていた。

男たちの身体は、見えない鎖で縛りつけられたかのように動かない。

「お前たち程度では心もとないけれど……使えるものは使いましょうか」

酷薄《こくはく》な笑みを浮かべ、魔女が手で空《くう》を切ったように男たちには見えた。だが実際には魔女の黒い瞳にしか視《み》えない、男たちの運命の靄《もや》を切り取ったのだ。

本来の持ち主から離された靄《もや》が、英雄の昏《くら》く禍々《まがまが》しい靄《もや》と混ざり込めば、ほんの少しだけその色が薄まる。代わりに、男たちを取りまく靄《もや》が昏《くら》く変色した。魔女はその一つ一つに方向性を持たせてやる。

シュリスの呼吸が落ち着いてきたと思ったとき、突然騎士の一人が苦しみ出した。仲間の急変に驚く騎士たちに、カナンは冷たく言い放つ。

「今回シュリスが負うはずだった苦しみを分け与えたわ。シュリス一人が受ける分をあんたたち全員で分けて受けるんだから、まだマシでしょう？　どのタイミングでどうなるかわからないけど、今のうちに家に帰ったら？　森の中で突然始まったら行き倒れるわよ。ああ、毒にも冒《おか》されてたみたいだから解毒《げどく》の準備も必要ねぇ。…………間に合うのかしら」

くすくすと愉《たの》しそうに笑う姿に、騎士たちは戦慄《せんりつ》した。見れば、英雄の身体からは先ほどまであったどす黒い色や傷跡がなくなっている。英雄はどんな傷を負っていた？　どれほど多くの毒を受けた？　思い出せば思い出すほど顔色が悪くなり、騎士たちは魔女の家を飛び出していった。

それを見届けたカナンは、扉をしっかり閉めて鍵をかける。ふぅ、とため息を吐《つ》き、シュリスの傍《そば》にへたり込んだ。

「……怖かった……」

魔女は、ある日突然、世界に湧いて出るのだと言われている。そんな馬鹿なと一笑《いっしょう》したいができない。自《みずか》らの身に起きたことだから、それが真実だと誰より知っている。

カナンには別の世界で生きた記憶がある。アラフォーになるまで仕事に生き、婚活に勤《いそ》しんで、やっと見つけた夫と幸せに暮らした記憶。その世界で十二分に生き、大体のことに満足して死んだはずだった。

それが突然、気づけば幼い子供の姿でこの世界に佇《たたず》んでいた。精一杯生きて満足して死んだのに転生するとか、どういうことだと責任者に詰め寄りたかった。

カナンを拾い育ててくれた魔女も同じようなものだったらしい。彼女が生きていたのはカナンがいたのとは異なる世界のようだったが、どうして自分がここに存在しているのかについては首を傾げていた。そんな育て親も、ある日突然帰ってこなくなって、カナンはこの世界で一人になった。

カナンの魔女としての力はあまり使い道がなかった。カナンの力は、運命の改変。それも代償を必要とし、改変できるといっても、ごくささやかなものに限る。たとえば、必ず死ぬことになっている運命を変えることはできない。苦しみ抜いて死ぬのか、安らかに逝《い》くのかを選ぶことはできるかもしれないが。

そんな力を持つカナンは、人の運命がどのようなものか視《み》ることができた。それはその人自身を包み込む靄《もや》のようなもので、光り輝いていたり、くすんでいたり、色がついていたりした。

運命を変えるときは、対象の運命に他人の運命を混ぜ合わせる。いい運命を持つ者からそれを分けてもらって悪い運命と混ぜるのだ。そのときに少しばかり方向性を指示してやれば、改変のできあがり。

しかしカナンは滅多《めった》なことでは改変を行《おこな》わない。普通に生きていて己《おのれ》の運命がどのように転がるかわかる人間などおらず、誰もがその日を必死に生きているだけだ。それでいいとカナンは思う。どうなるかわからないからこそ、みな懸命に生きるのだ。

魔王と呼ばれた魔術師が存在していたあのころ、街で会う人々がまとう靄《もや》は、どれも澱《よど》み切っていた。ああ、きっともうすぐみんな死んでしまうのだとカナンは悟った。けれどそれを告げたとしても、いたずらに恐怖させ、混乱させるだけで何にもならない。故《ゆえ》に、森の魔女は沈黙していた。

それなのにある日、街中の人々の靄《もや》から澱《よど》みがなくなり、誰もが色とりどりの明るい靄《もや》をまとうようになった。それは唖然《あぜん》として立ちすくむカナンの視界に、春の花畑のように広がって――……

その美しさに、涙が出た。

穏やかに笑い合う人々がまとう様々な色合いの運命は、触れ合ったり離れたりしながら呼応するかのように小さくもキラキラと輝き、世界を愛《いと》しい色に染め上げる。

あんなにも心が震えて涙したのは初めてだった。

やがて、カナンは耳にする。魔術師を倒した聖騎士――英雄のことを。

人々の運命をまるっと全部変えた人間がいるのだ。

それはまさしく英雄だと、一人納得して祝杯《しゅくはい》をあげた。

なんのためにこの世界に魔女として生を受けたのかなんて、わからない。けれど、嫌だと思ったことに抗《あらが》える力があることに、カナンは感謝した。昏《くら》く澱《よど》んだ運命なんて、英雄にはまったくふさわしくない。光り輝く運命をまとって、愛する花嫁と幸せに暮らすことこそふさわしい。

英雄にかかった呪いを改変する代償は、花嫁だけではなかった。強力すぎる呪いの改変は、魔女の命すら求める。

それでもいいと思っていた。寄る辺のない身でこのまま漫然《まんぜん》と過ごし、朽ちていくよりもずっといいと。だから、これくらいなんてことはない。とことんまで付き合ってやろうじゃないか。

腹を括《くく》った魔女は、不敵に笑った。

＊＊＊

――思いのほか、楽に呼吸ができる、とシュリスは感じた。

今回討伐した魔獣は鋭い爪と強力な毒を持っていた。騎士団の面々は後方で待機し、自分だけが戦う。ここ最近の討伐ではずっとそうだった。

討伐に向かう部隊に、親しい者たちが組み込まれなくなったのはいつからだったか。ほぼ初対面の者ばかりが集まっていて、英雄の足手まといになるわけにはいかないなどと嘯《うそぶ》き、後方支援を買って出る。そんなことがずっと続いていた。

もしも昔なじみの騎士たちがいれば――共に魔術師を倒した仲間がいれば、何か違っていただろうか。それとも、彼らも同じようにシュリスを矢面《やおもて》に立たせただろうか。

左腕をなくしたとき、『価値が下がった』と言われた。呪いを受けて以降、シュリスの肉体は傷がつくと血を流し、痛みも感じるが、一晩も経てば傷は塞《ふさ》がるようになった。さすがに喰われた腕は戻らなかったが。

あの魔術師がかけたのは本当の意味での呪いだったのだろう。きっとすべてを失い、絶望しか残らないのが呪いというものなのだ。

家族も、仲間も、婚約者も、騎士としての信念も、国への忠誠心も、大切だったはずの何もかもが失われていく。親しい者たちは離れていくのに、なぜかそうでない者だけが周囲に群がってきて、身動きどころか呼吸もままならなくなる――

このまま使い物にならなくなったと判断され、捨て置かれるようになった方が楽だろうか。呪いの効力がなくなるそのときまで、どこかに身を隠すべきだろうか。

誰かと一緒にいることで感じる絶望も痛みも苦しみも、もう何も欲しくはない。いっそこのまま死ねたらいいのに、この身にはそれも許されない。

……そうか、とシュリスは気づく。死は何より公平に与えられる神の恩恵。それを奪われたならば、どこにいようが地獄なのは当然か。

ゆっくり瞼《まぶた》を上げれば、木の天井が見えた。城の医務室ではないようだ。というか、ここ最近ずっと来たかった場所にいるように思えた。

「まじょ、どの……？」

「何」

まさかと思いつつ呟《つぶや》けば、返事があって驚く。視線を巡らせると、不機嫌そうな顔つきの魔女がいた。そして人の顔を見てため息を吐《つ》く。そこに安堵《あんど》が込められているのを感じ、シュリスは込み上げてくるものをぐっと堪《こら》えた。

「あんたねぇ……、虐《いじ》められてるなら相談しなさいよ」

シュリスは一瞬固まった。

「いじめ……」

自分が、虐《いじ》められていた……？　聖騎士であり、英雄と言われた自分が？　認めるのはものすごく抵抗があった。しかし魔女は容赦しない。

「そうよ！　虐《いじ》め以外のなんだって言うのさ！」

憤慨《ふんがい》する魔女がなんだか可愛らしくて、思わず笑ってしまったら、何をへらへらしているのだと怒られた。しばらくそうして怒っていた魔女だが、やがて思いついたように言う。

「は？」

「そうだ、あんたさ、とりあえず私で手を打たない？」

「いや、だから呪いの話」

どくりと心臓が音を立てた。

「俺と、魔女殿が……？」

思わず『俺』と言ってしまったことに気づいたが、それほど狼狽《ろうばい》していた。

「そう、それ」

軽く頷く魔女を呆然と見やり、この人は本当にその意味がわかっているのだろうかと不安になる。

「あの、魔女殿、理由をお聞きしても……？」

いくら自分でも、この魔女が自分を好いていたとは勘違いできない。……いや、魔女はかなり変わっているから、あれもこれもすべて照れ隠しの愛情表現だったとか……？　それはそれで……などと内心混乱しているシュリスに対し、魔女はあははと明るく笑った。

「いや～、ちょっとやらかしちゃってさぁ、もしかしたら魔女狩りとかされるかもぉ～」

「魔女狩りっ……⁉」

あっけらかんとした魔女の発言に、シュリスは固まった。この国では魔女の存在は容認されている。よほどのことがなければ、魔女狩りなどされるはずがない。

「だからさ、あんたも相手いないままじゃ使い潰《つぶ》されて終わりだし、いっそのこと私で手を打たないかなと思って」

呪いを変えることができればシュリスは神殿に籍を置くことになり、国から解放される。カナンも魔女狩りにあわずに済む。

「ほ～ら、どっちを向いてもいいことずくめ‼」

「やだ、大丈夫よ。本当に好きな相手ができたら、その子と交代してあげるから」

「事はそのように簡単では……」

「こう、たい……？」

「そう。婚姻の誓約《せいやく》は不貞を働かなければいいだけで、本当の夫婦になる必要もないし、今後シュリスが誰かを本当に好きになったとき、私がいれば運命の改変を行《おこな》うことが可能だわ」

魔女はにっこり笑った。

「今現在相手が見つからないんだから、これが一番いい考えだと思うんだよね。あんたの花嫁探しは次に持ち越しってわけ」

意見しようとしたシュリスは、思いのほか真剣な目に見つめられて動きを止める。

「……魔女殿、もしや本当に御身《おんみ》が危ないのですか……？」

「危ないねぇ。ちょっと力を見せつけたから、魔女狩りにあって拷問《ごうもん》されるかなんかして、しまいには国にいいように使われちゃうかも？　ぜ————ったいお断りだけど」

それは、本当にまずいのではないか。魔女を利用しようと考えそうな人間の顔がいくつも頭に浮かぶ。そのすべての原因はシュリスにあるのに、恨み言一つ言わない魔女の目は優しくて——

「私は別に、なぁーんにも未練ないから、捕まる前に死んでもいいんだけどさぁ、どうせなら何かの役に立てた方がいいでしょう？」

「それが、りゆう、ですか？」

身体が震える。気づいているだろうに、魔女は何も言わずにニヤニヤ笑う。

「そうそう。それにもしかしたら、転生先で私も会いたい人に会っちゃったりするかもしれないでしょ。希望があるっていいことさ」

「そんな、かんたんに……」

冗談めかしたセリフに、なぜだか嫌だと感じた。いつぞやの魔女の表情が脳裏に蘇《よみがえ》る。遠く離れた誰かを愛しげに思い出すような、あの表情が。

「そういうわけだから、とりあえず私で手を打とう！」

「押しが、強い、ですね……」

ようやく絞り出した声は掠《かす》れていたが、魔女は気づかないふりをしてくれる。

「まぁ、いいじゃない。多少苦しい道のりでも、またお酒飲みながら愚痴《ぐち》聞いてあげるからさ！　婚活頑張ろう！　まだまだ先はある！」

「……あなたと誓約《せいやく》したら、いずれ重婚することになるじゃないですか……」

弱々しくツッコめば、それもそうかとあっさり返ってくる。

「その辺はおいおい考えましょう。大丈夫。辛いことは半分こするに限る！」

それが目の前で笑う魔女を終わりの見えない運命に巻き込むことだと理解しているのに。シュリスには差し出された手を振り払うことなどできなかった。

最後まで、魔女はシュリスの頬が濡れていることには触れないでいてくれた。

第二章　悪い魔女のわるだくみ

呪われた不死の英雄が死んだ。

ここ数年、ガランバードン国で常に話題になっていた英雄の死に、当初は誰もが驚きを隠せなかった。数多《あまた》の魔獣を操《あやつ》り、シェアラスト国を滅ぼした魔術師。それを屠《ほふ》ったガランバードンの聖騎士、英雄サラディンは救い主だった。

しかし彼は古《いにしえ》の呪いをかけられた。

それは今では失われた呪法。英雄たちは解呪《かいじゅ》のために奔走し、この大神殿にも助けを乞うてきたが、残念ながら何もできなかった。それが一転したのは、巫女が神託《しんたく》を得たためだ。

神はガランバードンの外れの森に棲《す》む魔女だけが、この呪いを緩和することができると告げた。

その神託《しんたく》を受けたのは巫女アリアリィンだと言われているが、実際は他の巫女だ。だが大神殿としては、自分たちさえ事実を認識していればいいので放っておいた。

魔女。いつの間にかこの世に現れる不可思議な存在。魔術とは異なる理《ことわり》の力を使う者。その存在についてわかることは少ない。何しろ、彼女たち自身もよくわかっていないのだ。魔女たちはここではない別の世界に生きていたらしいが、自身のあり方について疑問に思うこともなく静かに過ごすという。まるで、そうあるべきと定められているかのように。

――いや、今は魔女のことではなく、英雄サラディンについて考えねば。

目にしていた書類を机上《きじょう》に置き、グリュディアートは眉間《みけん》を揉《も》みほぐした。彼が神託《しんたく》により大神殿の神殿長を拝命して久しい。正直、肩が凝《こ》る立場など遠慮したかったが、神託《しんたく》ならば引き受けるほかない。

目を通していた書類は、ガランバードンに潜入していた間諜《かんちょう》が寄こしたものだ。

かの国の王は不老不死の秘密を手に入れたかったようだが、それが叶わないと知り、不死の英雄を酷使《こくし》したという。他の書類には、呪われた英雄の活用方法がずらずらと記《しる》されている。よくもまぁ、これほどのことを思いつけるものだと感心すらした。

「……血を飲んだとて、長寿になれるわけがなかろうに……」

欲の深い愚かな人間はどこにでもいるものだが、もはや呆れるしかない。報告書によれば、死した英雄の傍《かたわ》らには、魔女の遺体もあったそうだ。不死であるはずの英雄が死に、その傍《かたわ》らに魔女しかいないのであれば、魔女が花嫁になったと考えてよいだろう。

しかし、かの国は何を思ったのか――おそらくは王の怒りに触れたなどという理由だろうが――英雄を弑《しい》した罰として魔女の遺体を晒《さら》したのだ。おまけに、悪い魔女が悲劇の英雄を騙《だま》して殺し、永遠の花嫁になったなどという歌が面白おかしく流《は》行《や》り出した。

この世界を救うほどの功績を残した英雄と、その英雄を救った魔女を悪く言うことなど何人《なんぴと》にも許されない。そう判断し、ガランバードンがした仕打ちを含めて、真実を公表しようとしたのだが――

「……まさか、本人から待ったをかけられるとは思いもしませんでした」

ある日、大神殿に現れたのは、転生してきた魔女だった。

黒い髪と黒い瞳の小さな魔女は神殿長への面会を求めた。英雄との誓約《せいやく》により、神殿は英雄とその伴侶《はんりょ》の求めに応じる義務がある。

そうして出会った魔女は、幼い外見をしていたが、話しぶりは見た目を完全に裏切っていた。

「死んでから、もう三年も経っていたのね。それとも、たった三年で転生したことに驚くべきなのかしら」

彼女曰《いわ》く、魔女が花嫁となったことで色々と齟齬《そご》が生じたらしい。本来、転生はこれほど早く行《おこな》われるものではないはずだった、と魔女は言う。

「英雄サラディンは……」

「たぶん今年中にどこかで生まれるんじゃないかしら。ほら、私は魔女だから」

魔女だからの一言で済まされてしまい、グリュディアートは大いに困惑するが、魔女はまったく意に介さず身を乗り出した。

「それでね、巷《ちまた》で歌われている物語は規制しないで、放っておいてほしいのよ」

「なぜですか？　魔女様は英雄を救ってくださったのですよ⁉」

普段は温厚な傍付きの神官が大声をあげる。他の神官たちも同様に色めき立っていた。

大神殿でもどうにもできなかった呪いを、身を捧《ささ》げてまで変えようとした魔女に感銘を受けた神官は多い。そもそも神官や巫女は神の導きによって神殿の門を叩く者が多く、彼らの中では自己犠牲の精神が尊《とうと》いとされている。

「実は私たち、偽装結婚でさぁ」

「は?」

今は言うなれば仮初《かりそめ》の花嫁。転生後に英雄殿の真の花嫁を探すつもりだったと熱く語る魔女に、グリュディアートはやはり困惑するしかない。

「だからね、噂をこのままにしておけば、自分こそが英雄をお救いしたい！ と夢見るお嬢さんが絶対いるはずだと思うの！」

「はぁ……」

「あ、神殿長さんも、いい娘さんがいたら紹介してください！ よろしくお願いします！」

「はぁ……」

魔女は明らかにやる気に満ちていた。

「魔女様……、しかしそれでは魔女様が悪いままになってしまいます。それにあの国では魔女様のご遺体にひどい仕打ちをしたのです」

それでいいのかと問えば、魔女はにやりと口角を上げた。あどけない顔にはまったく似合わない表情だ。

「それはそれで、ちゃーんと報復したから平気。呪いをかけてきたわ！」

「呪いを……!?」

呪術はとうの昔に失われている。かの魔術師がどうやって古《いにしえ》の呪術に通じたのか見当もつかないほどだ。それに、魔女の能力は一人につき一つと言われている。改変の魔女である彼女に、呪いをかける力などないはずなのだ。

驚く周囲を他所《よそ》に、魔女は薄く平たい胸を張った。

「私自身を呪いに投じたせいで、できるようになったことがあるのよ。あの国の王族は豊穣《ほうじょう》期のお祭りで、城から民衆に顔見せするでしょう？　そのとき、呪いかけてきちゃった」

「かけてきちゃった、って……！」

呆然とする一同に構わず、魔女は「英雄殿が来るまでお世話になるわね～」と言いながら、戸惑う神官や巫女に挨拶《あいさつ》回りを始めた。

その後、件《くだん》の魔女は下級巫女用の部屋で寝起きしている。いや、下級巫女用の一部屋を占拠しているという表現が正しい。英雄の花嫁として、きちんと侍女などをつけると言ったのだが、本人が嫌がり、下級巫女と一緒に薬草などを煎《せん》じて働いているのだ。

神官たちはよく働く魔女に好感を持っているようだが、グリュディアートは知っている。あれもまた、巫女の中に英雄殿にふさわしい花嫁がいないか探しているのだ。

一度、巫女は結婚できるのかと聞かれた。当然、神官や巫女も結婚できるが、神殿にいる者は死した後、神の御許《みもと》にて仕えることができると教えられている。転生を繰り返すことは、神に仕える誉《ほま》れを辞するという意味合いから、どうしても忌避《きひ》してしまう。

そう説明すれば、魔女様は納得してくれ、今度は神殿に出入りする業者たちに狙いを定めた。いい娘の情報を、より広く集める気らしい。

数か月後、グリュディアートは神官と巫女を引き連れ、ガランバードン国の王太子の成婚の儀を執《と》り行《おこな》うために、かの国に降り立った。

「……」

「どうしたのだ、神殿長」

「いえ……失礼いたしました。お久しぶりでございます。国王陛下」

「うむ」

目の前で絢爛豪華《けんらんごうか》な玉座にゆったりと座《ざ》する国王の――白いものが交じった髪が明らかに薄くなっている。不自然にならないように視線を巡らせれば、その先にも同じ状態の人物がいた。彼は確か、王弟《おうてい》殿下だ。

一度気になると、視界に入る王族の頭がやけに目についてしまう。いや、貴族の中にも……

――まさか、魔女様……

顔が引きつりそうになるのをなんとか抑え込み、グリュディアートは成婚の儀に臨んだ。

儀式の最中にも彼は気づく。王太子殿下の髪は、今はまだふっさりとしているようでいて、よくよく見れば額《ひたい》が後退を始めていることに。

証拠は何もない。きっと直接聞いても、あの魔女は笑ってごまかすだろう。グリュディアートはそっとガランバードン城を去った。

その後、魔女と下級巫女が開発した精巧な鬘《かつら》が、ガランバードンの王侯貴族の間でよく売れるようになったそうだ。

＊　＊　＊

気づくと、カナンはまたこの世界に発生していた。以前と同じ、幼い姿で。

「……あれ？」

自分の手を見れば、どんよりとした重苦しい灰色の靄《もや》がかかっていた。目にするだけで気が滅入《めい》るような色だが、呪いを受けていながら灰色ならまだマシかと思い直す。たぶんシュリスも灰色の靄《もや》を持って生まれるだろう。

「ちゃんと服を着てる……不思議」

前回発生したときもそうだが、カナンは素《す》っ裸《ぱだか》ではない。頭からかぶるだけの白い貫頭衣《かんとうい》と、柔らかな布の靴を身につけていた。不思議だが、ありがたいことに変わりはない。発生するたびに服を探すところから始めるのは正直辛い。

それよりも、どうやら改変の力が多少変化したらしい。これも呪いの影響だろうか。

「おし。ちょっくら情報収集といきますか」

少し歩くと、ここがガランバードンで、カナンが住んでいた場所の近くだとわかったので森に向かう。

カナンの家は残っていた。家の中は荒らされていたが、隠しておいた貯蓄は残っていたので、それを手に家を出る。交流していた街の人たちは気になるが、死んでからそれほど時間が経っていなかった場合、面倒なことになるので行くのはやめ、歩いて半日かかる別の街へ向かった。


『英雄サラディンが呪いを受けて不死となった。英雄を我がものにせんとした魔女は助けを求める彼を騙《だま》し、新たな呪いをかけた。それは永遠に囚われ続ける呪い。哀れ、英雄は魔女に囚われ、果てのない生を繰り返す』

そんな歌が聞こえてきたのは、辿《たど》り着いた街の広場を歩いていたときだ。英雄と魔女という単語に惹《ひ》かれて聴いてみれば、どうやらシュリスとカナンのことらしい。ぽかんとしていると、隣にいた少女が頬を染めて友人と話しているのが聞こえた。

「ああ、サラディン様……！　魔女に騙《だま》されて囚われてしまうだなんて、おかわいそう！」

「サラディン様、素敵よねぇ……。魔女に取られるくらいなら、私が花嫁になって差し上げたかったわ」

少女らの手には、シュリスの姿絵が握られている。少し盗み聞きするに、シュリスとカナンが死んだのは三年前。当時まだ結婚適齢期に入っていなかった少女たちは、英雄のお相手探しとは無縁だった。だが魔女が英雄を騙《だま》して結婚し、英雄が魔女に囚われ続けているという歌が流行《はや》ったため、彼に同情と憧憬《しょうけい》を抱いているらしい。

これはいいかもしれない。魔女という悪役がいれば、自分こそが愛の力で英雄を解き放ちたいという女性が現れやすいだろう。

――物語に憧《あこが》れるお嬢さんを、うまいことゲットできるかも！

幸先《さいさき》がいいと、ご機嫌のまま街の宿で休んだ後、カナンは王都行きの馬車に乗った。乗り合わせた人間には、「親が祭りで店を出しているからそこまで行くのよ。王都の門で待ち合わせしてるから一人でも平気なの」などと適当に説明した。

王都に着くと、ちょうどガランバードンの豊穣祭《ほうじょうさい》が行《おこな》われているところだった。人だかりがすごくて、カナンは人の波に乗ってちょこちょこ歩いていくことしかできない。背が大分縮んだので周囲の景色も見えないのだ。

そうこうしているうちに、周囲の人々が足を止めた。視界が人に埋め尽くされている状況にうんざりしていたカナンの耳に、音楽と共に歓声が響く。

「国王陛下、万歳！」

カナンは周囲につられて空を仰《あお》ぎ見た。開放された城の門。その遥《はる》か上に位置するバルコニーに、陽光に煌《きら》めく王冠をかぶって立つあの男は――

にやり、と魔女は笑った。

カナンはこの国のシュリスに対する仕打ちを、しっかりばっちり根に持っていた。人を、国を、世界を救い、呪いを受けて国に尽くそうとした英雄にすることではない。その一心でわざわざここまでやってきたのだ。

灰色の靄《もや》がかかった手をかざす。魔女自身が呪いに身を投じたせいか、負の改変ならば代償なしできるようになっていた。せっかくなので実践させてもらおう。

カナンの手から伸びた昏《くら》い灰色の靄《もや》が、国王の周囲にまとわりつく。ついでに、どうかこの改変が国王一人じゃなく、王族とシュリスを苦しめたやつらすべてに起こりますようにと念じておく。

これはただのカナンの願望なので、そこまで影響が出るとは思えないが、要は気分の問題である。

とりあえず気が済んだので、祭りの屋台を冷やかしながら、カナンは大神殿へ向かう手段を考えるのだった。


この大陸は五つの国から成る。本来は六つだったが、そのうちの一つは英雄に呪いをかけた魔術師に滅ぼされてしまった。

大陸の中央に高い山脈があり、その北側に二国、南側に三国存在していて、大神殿はちょうどその中心だ。高い山脈の間に作られた神殿街は、北側と南側の国々の交易の場だけでなく信仰の象徴でもあり続け、人々は生涯に一度は巡礼に行きたいと望むらしい。

山脈を越えて進軍するのが難しいことや、大神殿を襲撃などすれば他国すべてを敵に回しかねないことから、大きな戦争はほぼない。大神殿をぐるりと囲む街は南北に門があり、交易の街として栄えているので、他国からの援助も必要としておらず、街というより要塞《ようさい》……いや、もう一つの国みたいなものだ。

そんな大神殿は、常に中立であろうとする。

カナンが英雄一行に神殿と誓約《せいやく》するように勧めたのも、神殿には国の要求をはねのけられるだけの力があり、また神殿で行《おこな》われる誓約《せいやく》には、それを違《たが》えれば罰が下るという神力まであるからだ。

実際、自分がその立場になってみると、あの助言はしておいてよかったと心底思う。

「今の私が……たぶん七歳とかそれくらい？　毎回これくらいで生まれるのかな」

不思議議だが、魔女とはそもそもこの世界において不可思議な存在らしいから、気にしても仕方がない。シュリスと待ち合わせるという意味でも、各国の中央に位置する大神殿はちょうどよかった。

大神殿を待ち合わせ場所程度に考えていたカナンだったが、思いのほか厚遇されて驚いた。考えてみればシュリスは英雄である。英雄とその花嫁を迎えるのであれば、王侯貴族並みの待遇をするのは当然かもしれない。

しかし、カナンは仮初《かりそめ》の花嫁だ。真の花嫁が受けるべき待遇を受けるのは気が引けるので、下級巫女と同じ部屋で生活することにした。とはいえ、一人部屋だしまったく問題ない。

神殿関係者はみんな親切だ。彼らに薬草の煎《せん》じ方を教え、薬を売って得た利益の一部を小遣いとして貯蓄している。森の魔女として一人で棲《す》んでいたころよりも稼ぎがよい。

ある日、カナンは下級巫女の一人が鬘《かつら》を作っているのを見かけた。

「これは女性用の鬘《かつら》なのですよ」

髪が短い女性は、神殿で暮らす者か未亡人、または罪人くらいだ。巫女服ならまだしも、私服で髪が短いまま市井《しせい》を歩けば、軽んじられて余計な揉《も》め事になることもある。それを避けるために、神殿では女性用の鬘《かつら》が売られているのだという。

ふーん、と話を聞いていたカナンは、少し考えた後、にやりと笑った。そして巫女を言いくるめて、女性用ではなく男性用の鬘《かつら》を作らせる。それを神殿長と懇意《こんい》にしている商人にお願いして、ガランバードン国に売りに行かせた。商人はなぜガランバードンなのかと首を傾げていたが、ちょうど商用で向かう予定だというので快《こころよ》く引き受けてくれた。

数か月後、商人が興奮して戻ってきた。巫女が作った鬘《かつら》がガランバードンで売れたという。噂を聞いてやってきた客は、みなお忍びだったが高貴な人たちらしかったと、商人は嬉しそうにまくしたてた。

長期契約を結ぼうと詰め寄られて卒倒しそうな巫女に、カナンはぐっと親指を立てておいた。下級巫女たちは後ろ盾のない没落貴族や平民。要するに金がない。生活に必要な最低限のものは神殿から支給されるが、生きていく上で金は必要である。薬草を煎《せん》じて薬を売るだけでは微々《びび》たる収入だが、大口契約が結べる男性用の鬘《かつら》はいい金になるだろう。

そうして後に、下級巫女たちが作る精巧な鬘《かつら》は、ある男性たちの間で密かに買い求められ、彼女たちの生活を少しばかり潤《うるお》したのだった。

「魔女殿――――――――!!」

「ぐえっ！」

薬草園で薬草を採取していたところ、突然後ろからぶつかってきた何かに押され、カナンは地面へ突《つ》っ伏《ぷ》した。

「な……⁉」

「魔女殿、魔女殿、よくぞご無事で……！」

「今現在、無事じゃねぇっ……！」

叫びながら振り返ったカナンは、そのまま絶句した。

「魔女殿、お会いできてよかった……！　……あの、魔女殿……？」

「か」

「か？」

「かぁああわいぃぃぃぃぃぃぃぃぃぃぃ‼」

「ぐえっ⁉」

カナンの目の前に天使がいた。灰色の靄《もや》がかかっているが、紛《まぎ》れもない天使。これを抱きしめずにいられる者がいるだろうか。いや、いない。というわけで、カナンは思い切り相手を抱きしめた。

「なんって可愛いの！　天使ちゃん！　すべすべほっぺ！　さらさら金髪！　おっきなおめめ！　ちっちゃい可愛いどうしよう～～～‼　持って帰っていいんですかぁあ？」

「て、天使ちゃ……⁉　魔女殿苦し……‼」

「ああああ、声まで可愛いとか萌《も》え死ぬっ……！」

「魔女殿ぉ！」

ぎゅうぎゅうと抱きしめ、すべすべほっぺやさらさら金髪を十分に堪能《たんのう》した後、カナンはようやく腕の力を緩《ゆる》めた。

「あー満足した。やぁ、シュリス。あんた小さいときは天使だったのねぇ」

「魔女殿……、言うことはそれだけ、ですか……」

カナンの腕から逃《のが》れることもできないほどぐったりとしたシュリスは、恨みがましい目を向けてくる。目元が染まっているので、もしかしたら照れているのかもしれない。

「言うこと……あぁ、会えて嬉しいよ。シュリス」

にっこり微笑めば、シュリスも恥ずかしそうに微笑む。それはまさしく天使の微笑み。

「可愛すぎるっ……！」

我慢できずに再びカナンは飛びついた。


現在シュリス五歳。カナン推定十二歳。体格差は歴然である。抱きつかれたら逃《のが》れられないと悟ったのか、カナンの手が届かないくらいまで距離を取った後、シュリスは訝《いぶか》しげに首を傾げた。

「なぜ、これほど年齢が離れているのでしょうか……？」

「あぁ、同じ年には生まれたはずなのよ。ただ、ほら、私魔女だからさぁ。赤ちゃんじゃなくて七歳くらいの子供の姿で転生しちゃうみたいなんだよね」

カナンにしてみれば、赤子で生まれるというのも結構微妙だったので、なんの問題もないのだが。

「そう、なん、ですか……？」

なぜかショックを受けているようなシュリスに、今度はカナンが首を傾げる。シュリスはカナンの無言の問いを避けるように、小さな手をもじもじさせた。

「あの、それで今日は、神殿に改めて誓約《せいやく》に来たのですが」

「そうなの？　家族と一緒に暮らしててもいいんだよ？」

シュリスはガランバードン国の隣国トゥリンドットの貴族に生まれたらしい。当然、今世の家族がいるし、家族と一緒に過ごすのも悪くない選択だ。貴族として過ごして、周りの淑女《しゅくじょ》の中から花嫁を見つけるのもいいかもしれない。

カナンはそう思ったのだが、シュリスは弱々しく頭を振った。

「いえ、俺が英雄の転生者だと知られてしまってから、両親は変わりましたから……」

シュリスの記憶が蘇《よみがえ》ったのは三歳のころ。それまではぼんやりとした思考しか持っていなかった。己《おのれ》が転生したのだという事実に気づいても、シュリスはとりあえずそれを秘匿《ひとく》した。

しかし、隠し事が苦手なシュリスは色々とやらかしてしまい、天才児かと言われるほどになってしまった。加熱する教育や周囲の期待に居《い》た堪《たま》れなくなり、結局、父に英雄サラディンの転生者だと告白した。

だが、優しかった父はシュリスを欲のこもった目で見るようになり、母はシュリスを我が子とは認めないと言わんばかりの冷たい目で見た。兄妹も母と同じ態度だった。元々、シュリスだけが突出して優秀だったために、密かに抱いていた嫉妬心《しっとしん》が抑えられなくなったようだ。

それを敏感に察知したシュリスは、神殿まで一人で旅してきたという。

「よく無事だったわねぇ。私が人攫《ひとさら》いなら間違いなく攫《さら》う。そんで愛《め》でまくるね！」

「あの……そう真剣に言われると困るのですが……」

シュリスは五歳児とは思えないほどに体力があった。夜通し歩いても疲れなかったし、相手の隙を突けば大人にも負けなかった。

「あー……たぶんそれも転生の影響かなぁ。不死の呪いって元々が強力な呪いだったからねぇ。ほら、私たちの外見も前の影響が濃いみたいだし」

そう言われてシュリスは納得する。カナンは黒髪と黒い瞳、顔立ちも前世の魔女の面影がある。シュリスはカナンが天使と称したように、ふわふわな金髪に大きな紫色の瞳、そして将来有望な非常に愛くるしい顔立ちをしていた。

「だからね、能力的にも引き継いでいる部分は多いと思うの。チートだね！　チート!!」

「チー……？」

シュリスにはわからない言葉だが、前からよくあることなので気にしないことにした。

「じゃ、シュリスはこれから神殿にお世話になるのかな？」

「はい。自分がいない方が、あの家族にとっていいでしょうし……、ここで一から鍛え直そうかと思います」

「そっかぁ。よしよし。強さも花嫁ゲットには必要だよね！」

うんうんと頷くカナンは、シュリスの華奢《きゃしゃ》な肩をがしっと抱く。

「さーあ、婚活二回戦の開始だ！　今度こそ可愛い花嫁ゲットして、シュリスの嬉し恥ずかし愛する人との初めての夜で童《どう》て」

「はしたないですよ！　魔女殿!!」

顔を真っ赤にした天使のような幼児に口を塞がれ、もがもが言っている魔女の姿を、周囲の神官や巫女が微笑ましく眺めていた。

＊＊＊

「どうされました、英雄様」

「……シュリスと、お呼びください。神殿長」

広く民衆に知られているのは英雄サラディンの名。だが生まれ変わった今、その家名は自分にふさわしくない。今世の親につけられた名もあるが、神殿に身を寄せた際にそれも捨てた。

できれば英雄としての自分も捨てたいが、英雄だったからこそ、こうして神殿の庇護《ひご》下にいるのだから、贅沢《ぜいたく》な悩みだろう。

そう己《おのれ》を納得させて、シュリスは隣に立つ神殿長を仰《あお》ぎ見た。ピンと背筋を伸ばした神殿長は、初老にさしかかっているとは思えないほど若く見える。

「……ずっと年下のままなのだな、と思いまして……」

前世の魔女と自分は、魔女曰《いわ》く十以上歳が離れていたらしい。今は七歳差だが、それはずっと続くようだ。たとえ転生したとしても追いつけない歴然とした差に、シュリスは項垂《うなだ》れた。

……だが、それでも。それでもシュリスは魔女に会えたことが嬉しかった。

自分たちが死んでからそれほど時を経ずに転生したということは、前世のシュリスを知る人間もいるということだ。かつての家族や仲間に、会おうと思えば会える。けれどシュリスが一番会いたかったのは魔女だった。

最後にただ一人、シュリスに手を差し伸べてくれた、あの魔女だった。

＊＊＊

神殿が用意した部屋が英雄と花嫁用の続き部屋だったこととか、神殿長がこれを機に魔女を花嫁用の部屋に押し込めようとしたこととか、シュリスが真っ赤になって辞退したこととか。色々なことがあったが、結局シュリスも英雄用の部屋は使わず、下級神官騎士用の部屋を使うことにした。

魔女殿が使わないのであれば、自分も真の花嫁を得てから使うのが筋でしょう、というのがシュリスの主張だった。

幼いながらもきりっとした表情での言葉に、周囲は萌《も》え萌《も》えした（カナン談）。

厳《おごそ》かな神殿は、にわかに賑《にぎ》やかになる。神殿騎士や神官兵と共に真面目に訓練に励むシュリス。巫女たちと共に薬草を煎《せん》じ、鬘《かつら》を作ってぼろもうけを企《たくら》むカナン。めきめきと異常な速さで剣の腕が上達するシュリスと、可愛い女の子に声をかけさせようとするカナンと、尻込みして首を横に振るシュリス。

それらは神殿の沈んでいた空気を明るいものにしてくれた。

シュリス十六歳、カナン二十三歳の年。シュリスが成人したのを機に、神殿は彼が英雄の転生者であることを公表した。

その前から、シュリスの存在を知る者――今世の家族がいるトゥリンドットの人々や、神殿を訪れた際にシュリスを見かけた人などから問い合わせが多数寄せられていた。それにもかかわらず真実を隠したのは、『せめて神殿で静かに暮らしてほしい』との神殿側の配慮だ。

しかし、中には『神殿が英雄を囲うのか』『武力を持つのか』などとまったく見当違いに喚《わめ》き出す輩《やから》もいた。これ以上神殿に矢面《やおもて》に立ってもらうわけにはいかないと、シュリスとカナンが二人で話し合い、公表してもらうことにしたのだ。

英雄が転生したことが公《おおやけ》になると同時に、神殿は誓約《せいやく》についても公《おおやけ》にした。

一つ、英雄と花嫁は神殿に属し、何人《なんぴと》もこれを害することはできない。

一つ、英雄は神殿における神聖騎士の位《くらい》に就く。

一つ、英雄は各国に対して中立であり、何人《なんぴと》もこれを侵すことはできない。

これらは神殿との間ですでに誓約《せいやく》が成り立っていることから、侵害すれば神罰が下される。

呪われた英雄が本当に転生したという話題は、各国で流行《はや》っていた英雄と魔女の物語と共に、加速度的に広まっていった。

そして、当の英雄と魔女はといえば。

「いやぁ、シュリスったら、成人したと同時に大々的に有名になっちゃうとか、花嫁探しに効果大だね！」

「……花嫁を探すための宣伝というわけではないのですが……」

作業しやすいよう、黒髪を片方の耳の後ろで簡単に結わえただけのカナンは、会話しながらも忙しく働く。薬草を煎《せん》じるカナンを見守るのが最近のシュリスの日課だ。

成長途中のシュリスの肉体は、前世ほどとは言わないが、なかなかに均整が取れ、素早さと力に長《た》けた身体に仕上がっていた。前世で得た知識――カナン曰《いわ》くチート（？）なそれも大いにシュリスを助け、元々知っていた剣技や体術を会得《えとく》することはたやすい。それに慢心することなく訓練を続けて、更に磨きをかけたシュリスの右に出る者は、もはや神殿騎士の中にはいなかった。

元々己《おのれ》を鍛えることが好きなシュリスはそれが楽しく、また、神官から教わる地理や政治、各国の歴史を、神殿が独自に入手した情報と比べてみたりすることにも興味を持った。前世では聖騎士にとって不必要と判断された事柄は容赦なく省《はぶ》かれ、ひたすら強さと清廉《せいれん》さ、そして王族に仕えるに足るマナーなど、国に都合のいいことだけを叩き込まれていたことを知った。

「内も外も完璧な美青年のできあがりだね!!」

「……やめてください……恥ずかしい」

頬を染め、小さく抗議する姿は、見た者が鼻血を出しそうなほど可憐だ。しかし残念なことに、ここにいるのは保護者気取りの魔女一人。

カナンはシュリスの頬をつまむと無造作に横に引っ張った。

「なぁーにが恥ずかしいだ！　恥ずかしがってないで、可愛い女の子の一人でも引っかけてこい！」

「いふぁいでふ」

そう、あろうことかシュリスは、いまだに女性にうまく声をかけられなかった。最初は前世でのあれやこれやが尾を引いているのかと気の毒に思っていたカナンも、彼が成人した今となっては、そうも言っていられない。

「あんた、そんな弱腰でどうするの！　というか、なんで前世よりも悪化してるのよ！」

ぷりぷり怒りながらほっぺたを引っ張っていたのだが、シュリスが何か言いたげなのに気づいて手を離す。

「だって、魔女殿……」

シュリスの魔女殿呼びはいまだに続いていた。カナンでいいと言っているにもかかわらず、恐れ多いとかわけのわからん言い訳で固辞《こじ》している。その代わり、一人称は『俺』で定着していた。

「だって、何よ」

言いたいことがあるなら言ってみろ、と言わんばかりのカナンに、シュリスは顔をしかめた。

「……街で会う子は、みんな悪い魔女の話をするんですよ」

「は？」

それは当然だろう。英雄の生まれ変わりと話す機会があれば、とりあえず巷《ちまた》で流行《はや》った物語を話題に出す。誰もが知っているし、会話の取っかかりに最適だ。

「いいじゃない。『俺の身を案じてくれるとは、なんて優しい人なんだ！』くらい言っておけば？」

特に否定も肯定もしなければ、嘘を吐《つ》くことにはならない。この英雄殿は普通に嘘を吐《つ》くのが苦手なようなので、その路線がいいだろうとカナンは一人頷く。

「魔女殿を悪く言う女性など、イヤです」

思いのほかきっぱり言い切ったシュリスに、カナンはきょとんとし――――それから口に手を当ててぷるぷる震えた。

――――ナニコレ可愛い。可愛すぎるよ、うちの子！

そうだ。シュリスはとてもいいやつなのだ。そんな彼が、恩義を感じているカナンを悪く言われて、その相手を好きになるなどありえない。

自分に置き換えてみればよく理解できる。どんなに好みの男だろうが、シュリスを悪く言うのであれば、その瞬間カナンにとって相手の価値は塵《ちり》以下になるだろう。

「まさかの、作戦ミス、だと……？」

「魔女殿……？」

「くっ……。『呪われた英雄と魔女』作戦、かなりイケてるじゃんとか思っていた自分が恥ずかしいっ……！」

「あの……？」

一人頭を抱えてブツブツ言い出したカナンに、シュリスは困惑するが、突如はっと気づいた。

「まさか……、あのおかしな話を広めたのは魔女殿ですか⁉」

シュリスにとっては、ものすごく納得いかない物語。事実と異なる上、魔女が悪く言われることに憤慨《ふんがい》していたのだが、神殿長に相談しても言葉を濁《にご》されるだけだった。そのため、神殿としてもよくは思っていないが、これほど広まっていてはどうしようもないのだろうと勝手に判断していた。

しかし、魔女本人が広めたというのであれば、神殿長のあの態度にも頷ける。

「魔女殿！」

「いや、広めたのは私じゃないよ。転生したときには、もう歌が広まっていたし」

カナンは慌ててそう言ってみたが、シュリスは疑わしそうに眉根を寄せていた。

＊＊＊

神殿長グリュディアートの執務室では、他にも数名の神官たちが働いている。神官の中でも特に優秀な彼らは今、腕組みして彼らを見据《みす》えるシュリスと対峙《たいじ》していた。

「それで……英雄様は何が知りたいのでしょう」

「『呪われた英雄と魔女』の歌についてです」

「魔女様のおっしゃるとおり、あの歌は魔女様が神殿に来られる前から流行《はや》っていましたよ」

年かさの神官が答えれば、シュリスは少し考えたのち口を開いた。

「それだけですか？　魔女殿は何一つ関わっていないと？」

神官たちはにこやかな表情を貼りつけたまま沈黙し、それを見たシュリスは眉をひそめる。

微妙な空気を断ち切ったのはグリュディアートだった。

「その歌のことが気になるのですか？」

「……魔女殿が隠し事をしているような気がしたもので」

思い込みに過ぎないかもしれないが、どうしても気になったのだ。更に眉根を寄せるシュリスに、神殿長は深いため息を吐《つ》く。

「シュリス様がお考えのとおり、魔女様も少しだけ関わっています。神殿は歌の流行を止めるために動き出そうとしましたが、魔女様はそのまま広めるようにとおっしゃいました」

シュリスの眉間《みけん》の皺《しわ》が深くなる。それに構わず神殿長は続けた。

「しかし、それはすべてシュリス様のためを思ってのこと。過ぎたことはどうしようもありませんので、この件で魔女様をお責めになりませんように……。さて、我々には仕事が残っておりますれば、どうかご退室願います」

しかしシュリスは動こうとしない。神殿長がもう一度退室を促《うなが》そうとしたとき、シュリスが口を開いた。

「そういえば、俺と魔女殿が死んだ後、母国……ガランバードンはどうなったのでしょうか」

神殿長の頬がひくっと動いた。

「これまで大神殿で様々なことを学びましたが、なぜか誰も私が死んだ後のことは話そうとしない。大神殿には各国の情報を入手できるほどの伝手《つて》があるのですから、知らないわけがないでしょう。様々なことを私に教えてくださるのに、それだけを敢《あ》えて避ける理由が思いつかないのです。……魔女殿が口止めでもしていない限り」

スラスラと述べるシュリスに、神殿長は冷や汗をかいていた。まさしくシュリスの言うとおりだったからだ。

魔女は大神殿に来た当初、ガランバードン国が魔女と英雄にしたことをシュリスに伝えないようにと口止めしていた。彼が怒りに任せて中立の誓約《せいやく》を破っては大変だし、何より花嫁探しの方が重要だからと言って。けれど、これ以上隠しおおせる気がしない。

神殿長はそっと息を吐くと、引き出しから書類の束を取り出した。

「……これを読んでも、どうかお怒りにならないでください。魔女様はシュリス様がお怒りになることだけは避けたいようでしたから」

そう言ってシュリスに書類を手渡す。神殿長が合図すると、神官たちは静かに部屋から出ていった。

シュリスはさっそく書類をめくり始めた。ぱらり、ぱらりと一枚ずつ丁寧に紙をめくる音が静かな執務室に響く。最初は無表情で文字を追っていたシュリスだが、突然その表情が険《けわ》しくなる。

「遺体を……晒《さら》した……？」

シュリスの記憶が蘇《よみがえ》る。ガランバードンでは、死した罪人の死体を城門に晒《さら》す刑罰が存在した。死してなお辱《はずかし》められるべきと判断された罪人のみが、数十日間、城門から吊るされるのだ。吊るされた遺体は鳥につつかれ、陽光を浴びて腐っていく。道行く人々は遺体に石を投げることが義務づけられるために、遺体の損壊は激しく、醜《みにく》く腐れ落ちる肉と漂《ただよ》う腐臭が更に嫌悪を呼び起こす。城門から下ろされるときに原形をとどめていることはほぼなく、最後は墓にも入れられず、野に打ち捨てられて動物に喰われるのだ。

聖騎士として勤めていた際、そうした光景を何度か見たことがあった。それを、行《おこな》ったというのか。あの、魔女に。前世の魔女と今世の魔女の顔が脳裏に浮かぶ。どちらもシュリスに優しく笑いかけてくれる。

――あの優しい人を、晒《さら》し者にしたのかっ……！

「シュリス様!!」

はっと気づけば、手の中にあった書類はぐしゃぐしゃになっていた。

「……神殿長……」

「お怒りは、当然だと思います……」

神殿長の言葉に、シュリスはぐっと奥歯を噛んだ。

「………あの人は、ただ一人、俺を救おうとしてくれた……、優しい、人なんです。女性なのに、ちょっと口が、悪くて、こっちが気落ちしていると、無理矢理お酒を押しつけて……私の酒が飲めないのかって………」

声を震わせるシュリスに、神殿長は黙って頷く。

「こんな……、こんなことをされて、いい人じゃないっ……！」

書類には、おぞましい『英雄の活用法』の数々も書かれていた。それを目にすれば、己《おのれ》の周囲にどれほど悪意が渦巻《うずま》いていたのかよくわかる。

だが、魔女との交流がシュリスの心を優しく包んでくれていた。シュリスが今こうしていられるのも、ただ一人、あの優しい魔女が手を差し伸べてくれたからなのに。ぐしゃぐしゃになった書類を抱き込むように背を丸め、シュリスは嗚咽《おえつ》を漏らした。

やがて、どうにか落ち着きを取り戻したシュリスに対し、「魔女様ご本人はまったく気にしていませんでしたよ」と神殿長が言う。憮然《ぶぜん》としたシュリスを見て苦笑し、「ガランバードン国王には相応の天罰が下っているでしょうから」と付け加えたが、気休めにもならない。

執務室を出たシュリスはふらふらと廊下を歩きながら思う。前世よりも強く、賢くなったと思っていたが、結局自分は情けないままだし、魔女に恩返しの一つもできていない。もしも自分が魔女のためにできることがあるとすれば、それは……

シュリスは弱々しく微笑んだ。だが、それも一瞬のことで、紫色の瞳に強い光を宿し、魔女の私室へ向かった。

「魔女殿」

ノックをしても返事はない。首を傾げて扉に手をかければ、鍵はかかっていなかった。

「魔女殿、ちょっとお話ししたいことがあるのですが……」

魔女の部屋には何度も入ったことがあるので、シュリスは何気なく室内に足を踏み入れる。部屋には明かりが灯《とも》っており、魔女は窓際にある机に突《つ》っ伏《ぷ》していた。

「……寝ているのか……」

このままでは風邪をひく。シュリスは魔女の背中と膝裏に手を差し入れると、一息に抱き上げ、ベッドに横たわらせた。自分よりも年上だが、寝ている姿はどこかあどけなく、シュリスは少しだけ笑った。そうして、傍《かたわ》らに片膝をつく。誓いをする騎士のように。

「魔女殿……。本当に申し訳ありません……」

シュリスには、魔女を呪いに巻き込んでしまった上に、その遺体を弄《もてあそ》ばれたことが許せなかった。それを知らなかった自分も、それをさせてしまったという事実も。たとえそのときシュリスにはどうしようもなかったのだとしても、自分で自分が許せない。だから、決意と共に立ち上がる。

「待っていてください。必ずやあなたの遺体を晒《さら》した者どもの首を手土産《てみやげ》にして帰ってきます」

「いるかそんなもん!!」

ガバッと起き上がった魔女が大声で抗議したので、シュリスは目を丸くした。

「起きていたのですか」

「……姫抱っこなんて恥ずかしいことされるなら、寝たふりをすることを私は選ぶ。今度からは普通に揺り起こすように」

「はぁ……それはすみません」

なぜ怒られるのかよくわからないが、シュリスが頷いてみせると、魔女は立ち上がり、部屋に一つしかない戸棚から酒を出した。

「シュリス君もようやく成人したし、久しぶりに飲みましょう」

＊　＊　＊

久しぶりの飲み会は、どんよりとした空気を背負う英雄殿がいるため、盛り上がりに欠けていた。

「あのさぁ、遺体晒《さら》されたって言っても、前世のことだし気にしなくてもいいよ？」

「……俺は、自分のことも、あの国のことも許せそうにありません」

頑《がん》として譲らないシュリスに、カナンはごくりと酒を飲んだ。

「いや、でももう報復したし」

「ですがあの国の王は、まだ代わっていません」

「ちょっと呪っただけだからねぇ」

「……呪った？」

その言葉に少しだけ、シュリスの目が揺らいだ。

「……それは相手が悶《もだ》え苦しみ、身体中をかきむしりながら死ぬような――」

「そんな呪いかけてたら、とっくに王様代わってると思うけど!?」

「では、まだ手ぬるいです」

「……どれだけ苦しめたいのさ」

「聞きたいですか？」

目の据《す》わったシュリスを見て、カナンは丁重にお断りした。酒の肴《さかな》にもできないグロい話題になりそうだ。自分の杯《さかずき》に酒を注ぎつつ、「でもねぇ」と言葉を紡《つむ》ぐ。

「ハゲになる呪いだから、人によっては絶望するんじゃないかな」

「はげ？」

きょとんとするシュリスにカナンは笑う。

「そうそう、頭頂部か生え際からジワジワいくようにって念じながら呪ったんだぁ。神殿で作っている鬘《かつら》、ガランバードンにも輸出しているんだよ。お得意様だし、首取ってこられたら困るってー」

首なくなったら鬘《かつら》かぶれなくなるじゃん、などと言いながらケラケラ笑うカナンに、シュリスは唖然《あぜん》としていた。

「……はげののろい」

小さく呟《つぶや》いてから、素早く片手で自分の口を覆《おお》っていたが、どうやら耐えられなかったらしく、シュリスが噴き出した。勤勉な巫女たちのおかげで日々進化する鬘《かつら》は、特別な顧客にのみ高額で販売されている。その最良の取引先がガランバードンなのだ。

ひとしきり笑った後、シュリスは魔女に尋ねる。

「でもそれは、誓約《せいやく》に反さないのでしょうか……」

「あぁ〜ん？」

低い声で英雄を睨《にら》みつけるカナンは下町のチンピラのようだった。

「じゃあ聞くけど、王族がハゲになって、いったい誰が困るって言うのよ。どの辺が中立じゃなくなるわけぇ？　誓約《せいやく》のどこに引っかかるのか、カナンさんわかんなぁ〜い」

「……なるほど……確かに。誓約《せいやく》にはかなり抜け穴があるのですね……」

シュリスは神妙に呟《つぶや》き、勧められるままに注がれた酒をまた一杯あおる。

「……しかし魔女殿は、それでよろしいのですか？」

「んー？　前に神殿長もそんなこと聞いてきたっけなぁ……」

ほろ酔い気分のカナンは、へらへらしながらそれを思い出した。

「転生なんて繰り返せば、必ず前の人生での恨みや心残りなんかに囚われると思うんだよねぇ。それは仕方がないと思う。でも、自《みずか》ら囚われる必要はないじゃない。そんなものに囚われて重たいものを抱え込んでいると、きっといつか壊れてしまうよ――なぁーんて、ちょっと偉そうだよねぇ。でも、私は元々他の世界からの転生者だったからさぁ」

ある意味先輩だしねとくすくす笑うカナンに、シュリスは目を見開いた。

「魔女殿は、他の世界からいらっしゃったのですか?」

酒を飲むのも忘れ、呆然とシュリスは問う。

「そう。そこで生きて、結婚して、死んで、そしたらここにいた」

うわごとのように繰り返すので、カナンは笑って頷いた。

「けっこん……結婚……?」

「……では、魔女殿が会いたい人というのは」

――御夫君《ごふくん》ですか?

囁《ささや》くような声だったが、きちんとカナンには聞こえた。ふふっと小さく笑う。

「そうだねぇ。会いたいって思ってはいたかも? でも、そんな強く思ってたわけじゃないよ。今はもう顔も朧《おぼろ》げだし……。それに拘《こだわ》っているのも自分らしくないなーって。前世は前世。今世は今世。だから気にしない!」

元気に魔女は言うが、彼女は今、呪いに囚われているのだ。神の御許《みもと》へ行けば会えたかもしれない人から遠く離れて。シュリスは項垂《うなだ》れる。

「俺が……俺が、魔女殿に恩を返せるとしたら……できるだけ早くこの呪いから解放して差し上げること、だけです、ね」

一日も早く花嫁を見つけ出し、そして――――そして、魔女を解放するのだ。

自分で考えておいて、どこか納得できないのは酔っているせいだろうか。大して飲んでいないが、この身体で飲むのは初めてなので、そのせいかもしれない。

「ばっかねぇ、そんなのどうでもいいわ！」

魔女の声に、傾きかけていた身体をはっと起こす。魔女の黒い瞳がシュリスを映した。

「えーゆーどのは、しあわせになるの。かわいいはなよめをみつけてぇ、しあわせにわらってくれたらそれでいーの！」

呂律《ろれつ》の回っていない魔女のセリフに頷けば、「景気づけだ！」と更に酒を注がれた。

――――気づけば、朝陽がのぼっていた。

酒くさい部屋の中、目を覚ました二人は二日酔いに苦しむ。

「きもちわるい……」

「……急に強い酒はダメでしたね……」

「前はイケたのに……」

二人そろって医務室のお世話になり、神官たちから生暖かく見守られたのだった。

二日酔いは辛かったが、シュリスが首狩りを諦《あきら》めたようだったので、カナンは一安心した。

しかしその後、自責の念からか、シュリスは護衛の騎士のように常にカナンの傍《そば》につき、侍従《じじゅう》のように世話をしたがるようになった。

「魔女殿、こちらはとある王家の庭でしか実らない、珍しい実なのですよ」

綺麗に盛られた果物を、にこやかに差し出す美青年。カナンはもの言いたげな視線を投げかけたが、彼はニコニコするばかりだ。仕方なく果物を一つ口に入れたカナンは、思わず目を見開いた。

「美味《おい》しいっ……！　何これ、ほぼ桃じゃん！」

「……モモ？」

「うん。前の世界にあったの。こんな果物が」

もぐもぐ夢中で食べていたカナンはシュリスにも果物を差し出す。シュリスはちょっと瞬《まばた》きをしてから口に入れた。

「確かに、美味《おい》しいですね」

「ねー」

ご機嫌なカナンの果汁で汚れた指を、お手拭《てふ》きで清める青年。まるで下僕のように女の世話をする男に、いったい誰が近づこうとするだろう。『英雄には魔女の下僕になる呪いもかけられている』などという不名誉な噂も密かに流れたが、幸いにして魔女と英雄の耳には入らなかった。

しかし、実はシュリスの気はまったく収まっていなかった。大神殿に巡礼に来た信者や出入りの商人たちに、自《みずか》らと魔女の身に起こった出来事として『英雄の最期』を語ったのだ。

その話は英雄が語った真実として、大っぴらにはならないものの確実に浸透していき、徐々にガランバードン国の評判を低下させることになるのだが……それはまだ先の話。『ガランバードンの王族は欲深で冷酷である』とまで言われるようになるのは、もっともっと先の話である。

◆王太子妃アリアリィン付き侍女の日誌◆

大陸中央に位置する大神殿から、呪われた英雄サラディンが転生していた事実が公表され、英雄の母国であるガランバードンの国民は沸きました。

英雄サラディンについては、その悲劇を吟遊詩人《ぎんゆうしじん》が歌い、広く知られています。隣国シェアラストを滅亡に追いやった魔術師を討伐した英雄。しかし魔術師によって不死の呪いをかけられ、最後は彼に横恋慕《よこれんぼ》した醜《みにく》い魔女に騙《だま》され、魔女の伴侶《はんりょ》として永遠に転生し続ける悲運の英雄。

中には、不死の呪いも魔術師や魔女の偽《いつわ》りだったのではないかと言う者もいました。呪いなど、おとぎ話の中でしか聞くことはない。吟遊詩人《ぎんゆうしじん》が面白おかしく歌っているだけなのだろうと。

しかし、英雄サラディンが転生し、神聖騎士の位《くらい》に就いたと大神殿が公表したことで、すべては真実だったのだと明らかにされたのです。

私は英雄様の旅に随行《ずいこう》された元巫女、アリアリィン様付きの侍女をしております。アリアリィン様は、英雄様と共に魔術師を討伐した功績を評価され、王太子殿下とご成婚されたのです。

呪われた英雄と魔女にまつわる歌の中には、巫女アリアリィンは英雄を愛していたけれど、魔女の策略によって永遠に仲を引き裂かれた、なんていうものもありました。本当かどうかはわかりませんが、愛する二人が結ばれない悲劇の歌は、胸に迫るものがあります。

さて、今回王太子妃アリアリィン様が大神殿に祈祷《きとう》に行くことになりました。通常であれば王太子殿下もご一緒なさるのですが、国王陛下直々《じきじき》に王太子妃殿下だけで行くよう命じられたのです。その理由はよくわかりませんが、アリアリィン様は非常に喜んでおられます。お仲間であった英雄様とお会いできるのが楽しみなのでしょう。

大神殿を訪れたアリアリィン様は、胸元が大胆に開いた深紅《しんく》のドレスを身にまとい、英雄様とお会いになられました。とてもお子を産んだとは思えない美しさ。さすがはアリアリィン様です。

「ああ、シュリス様、会いたかったわ！」

軽やかに英雄様に抱きつき、豊かな胸を押しつけていらっしゃいます。

「あ、ああ……、えっと、久しぶり」

英雄様は戸惑いながらも微笑まれました。その笑みには、王宮で美しい方々を見慣れている私も、思わずうっとりと見惚《みと》れてしまいます。輝く金色の髪に、神秘的な紫色の瞳。白地に金糸で刺しゅうが施《ほどこ》された、立派なお召し物をまとった英雄様は、大層美しい殿方でした。

「アリアリィンは昔と変わらず美しいね。ものすごく努力しているのだね」

……アリアリィン様の笑顔が強張《こわば》りました。努力。そう、アリアリィン様は努力しておられます。

朝昼晩の美容マッサージは欠かしませんし、身体によくないと聞けば、どれほど好物でも我慢し続け、薬草を煎《せん》じた苦そうな飲み物も飲んでいらっしゃいます。努力しているからこそ、この美貌《びぼう》を維持していられるのです。

しかしそれは、決して男性に看破《かんぱ》されたいことではありません。ましてや、相手はアリアリィン様よりもずっと年下の美しい殿方。聞きようによっては嫌味です。

「アリアリィン、そんなに胸元の開いたドレスではダメだ。女性に冷えは大敵だろう？」

「……そう、ですね」

指摘されたドレスはガランバードン国の貴族の間で流行しているものです。大胆にカットされた胸元が数多《あまた》の紳士の視線を釘付けにしてきたというのに、目の前の英雄様はそれを隠せとおっしゃる。私はそっとアリアリィン様にショールを差し出しました。

数日の滞在の後、帰途につかれたアリアリィン様は馬車の中で物憂《ものう》げに遠くを見つめておられます。

「……シュリス様、変わってなかったわ」

ぽつりと呟《つぶや》き、英雄様との思い出を話し始めました。

やたらと腕にすがるのは、世情に疎《うと》いせいだと解釈され、自慢の胸を押しつけても無反応。一度は彼の寝室に忍び込んだのに、そのままベッドに寝かされて、肝心の彼は別の部屋で寝ていた。翌朝『寝ぼけて部屋を間違えたんだねぇ』と言われたときの居《い》た堪《たま》れなさと、他の女性陣からの視線の冷たさ。英雄様は紳士的ですが、女性に対して微妙に失礼な言い回しをすることも多々あったとか。

「……当時は若かったし、シュリス様に恋してたから気づかなかったけど……今ならわかるわ。シュリス様は鈍感な上にデリカシーがないのよ」

お話を聞く限り、確かにデリカシーがない方のようです。しかしアリアリィン様は愛《いと》しげに目を細めました。

「でも、やっぱり優しいところも変わっていなかったわ」

どこか嬉しそうなそのご様子に、私もほっとしました。

……けれど、今のお話が本当なのだとしたら、私が見かけたのはなんだったのでしょうか。

大神殿に滞在中、所用で渡り廊下を通ったときのこと。英雄様が黒髪の地味な女性と一緒に、庭園の東屋《あずまや》に向かう姿を見かけました。

英雄様はごく自然に女性の手を取り、東屋《あずまや》のベンチに座らせると、傍《そば》にいた神官からクッションや膝かけなどを受け取り、手ずから女性の世話を焼き始めました。その甲斐甲斐《かいがい》しさは下僕のようで、思わず二度見したくなるほどです。実際、私は三度見しました。

地味な女性は困ったように、呆れたように笑っていましたが……あの美麗な英雄様に甲斐甲斐《かいがい》しくお世話されて頬の一つも染めないとは、なかなかの猛者《もさ》と見ました。

とにかく、あの光景を見るに、英雄様は単に鈍感でデリカシーがないのではなく、特定の相手に尽くしたいタイプなのではないでしょうか。要するに、大事な相手以外はみな同じ有象無象《うぞうむぞう》というか。……せっかくアリアリィン様が嬉しそうになさっているので、余計なことは言いませんけどね。

アリアリィン様は王太子殿下に嫁《とつ》ぎ、男児を出産されました。しかし王太子殿下は最近若い愛人を作り、そちらに入り浸っていることから、アリアリィン様は落ち込んでいらっしゃったのです。ですが、英雄様と再会してお気持ちが明るくなったようなのでよかったです。

「……あの様子なら、ガランバードン国に直接的な報復をすることはなさそうね……国王様も一安心かしら」

小さく呟《つぶや》かれましたが、よく聞こえませんでした。アリアリィン様はにっこり微笑むと、王太子殿下を振り向かせるためのいい案はないかと尋ねられましたので、私は「王太子殿下の髪の毛事情を武器に脅迫してはいかがでしょう」と進言いたしました。

王太子殿下は国王陛下と同様、髪の毛が薄い部分があるのですが、かなり初期の段階から鬘《かつら》を使用しているため、私のような古参の者や、王太子殿下を間近で拝見する機会が多い者でなければ気づきません。おそらく、若い愛人もまだ気づいていないはずです。

アリアリィン様は熟考なさった後、その案を採用されました。


後日、アリアリィン様は王太子殿下に髪の毛のことを指摘し、「私に知られるほどなのだから、深い仲になれば相手にも気づかれるでしょう。それがお嫌でしたら夜は私とだけ過ごしてください」と、遠回しに愛人と手を切るよう諭《さと》した上で、「私の前ではそのままのあなたでいてください。どんな姿のあなたでも、愛《いと》しい人であることは変わりません」とおっしゃいました。その手腕には感心いたします。

王太子殿下は愛人と手を切り、アリアリィン様と仲睦《なかむつ》まじく過ごされるようになりました。最近では、鬘《かつら》をかぶることなくお部屋で過ごされる王太子殿下も見慣れてきました。

あれをそのままでいいとおっしゃるのですから、アリアリィン様の愛は本物なのだと私は思うのです。

＊　＊　＊

シュリスのもとにアリアリィンが会いに来た。アリアリィンはガランバードン国の王太子妃だ。母国とはいえ、あの国の仕打ちはいまだに思い出すだけで腹立たしい。だが、直接的には何もしないとシュリスの中で決定済みだ。だからこそ、昔の仲間との再会を喜ぶことができた。

アリアリィンは相変わらず美しかった。艶《つや》やかな髪や肌を見て感心すると同時に、ふと過去に受けた魔女の教えが脳裏をよぎった。

『いいこと？　女の美は一日にして成らず！　努力に努力を積み重ねて美女は作られるのよ！　美しい人は、それを維持する努力家だと思いなさい。ただし、結婚したらそれ相応の費用がかかるから、花嫁選びではそれも考慮すべきね』

女性が美しさを維持するための方法や金額、執念に関する説明には驚いた。アリアリィンは王太子妃なので、余計に気を遣っているのだろう。そう思い、努力しているのだなぁと素直に感想を伝えたら、微妙な表情をされた。なぜだろう。

その後、昔の話を交えながら歓談した。言葉の端々から、アリアリィンがシュリスの内心を探っているのがわかる。国から探るように命じられたのかもしれない。――シュリスがガランバードンに復讐しないか。怒りを抱いていないか。その兆候がないか。

それだけ怯《おび》えているということは、自分たちが犯した罪を認めているということでもある。そのまま勝手に怯《おび》えていればいいとシュリスは思う。

歓談も終わりに近づいたとき、アリアリィンは侍女を下がらせて二人きりになりたいと言い出した。何か理由があるのかと思い、言うとおりにしてやると、突然抱きついてきた。

「シュリス様、本当にまた会えるなんて……！」

感極まったように言われても、シュリスとしては「はぁ」としか言いようがない。まぁ、確かに一度死んだ人間と会うことなど普通はないだろうが、彼女はそこまで自分に思い入れがあったのだろうか。

香水の匂いが鬱陶《うっとう》しい。思わず顔をしかめそうになった。そういえば、魔女は香水などつけていないが、いつもいい香りがする。確か香りのいい薬草を匂い袋に入れて身につけているのだとか……

半ば現実逃避したシュリスの耳《なか》に、アリアリィンの熱のこもった声が届く。

「私、あのときは本当に怖くて……。勇気がなかったのです。でも、今日お会いしてわかりました。私はシュリス様を愛しています。今日一日だけでいいのです。今宵《こよい》だけ、私をあなたの花嫁にしてください……」

一気に心が冷えた。魔獣の群れと一人戦わされたときよりも、ずっと。

「アリアリィン」

シュリスの呼びかけに、アリアリィンが顔を上げる。その目は潤《うる》み、頬は薔薇色《ばらいろ》に染まって美しい。とても三十をとうに過ぎているとは思えない。

「それなら君が、魔女殿の代わりに花嫁になる？」

え、とアリアリィンの口が動いた。その手を取ったシュリスは、目を細めて彼女を見つめる。

「俺を愛していると言うのなら、今宵《こよい》だけと言わず永遠に転生を繰り返そうか。魔女殿にはそれが可能なんだよ。彼女は、俺が本当に愛する人と結ばれるべきだと考えてくれているからね」

アリアリィンの目がうろうろと彷徨《さまよ》う。それを冷静に見つめながらシュリスは続ける。

「生まれる国も身分も時代も選べない。いつまで続くかもわからない。正直に言えば、神殿から支給される金では、今君が着ているドレス一枚も買えない。神殿に身を寄せるのも少々窮屈《きゅうくつ》だが、愛し合っているのなら、お互いがいればいいだろう」

指先にシュリスの唇が触れる直前、アリアリィンが手を引き抜いた。その顔が赤いのは、怒りと羞恥《しゅうち》のためだろう。

「……ひどいわ。花嫁にする気もないくせに、そんなことを言うなんて」

「ひどいのはそっちだ。宮廷での火遊びを俺に仕掛けようだなんて、どういうつもりだ？」

宮廷では既婚者が一夜の恋人を持つのはよくあることだ。だが元巫女であり王太子妃である彼女がそんなことをするとは思わなかった。大体、不貞は婚姻の誓約《せいやく》に反すると彼女も知っているはずだが、昔からたまに考えなしの行動をしていたから、今回もそれだろう。

変わらないものもあれば、変わったものもあるのだと突きつけられた気持ちになる。そんなシュリスの内心も知らず、アリアリィンは不機嫌そうに顔をしかめた。

「……夫は若い愛人と仲よくやっているわよ。あなたみたいな素敵な人が目の前に現れたら、私だってちょっとくらい遊びたくなるわ。……初恋の人だったし」

最後の方は小さくてよく聞こえなかったが、アリアリィンは王太子殿下とうまくいっていないようだ。そういえばアリアリィンには、ちょっとうまくいかないと放り出してしまう悪癖《あくへき》があった。彼女は元々貴族の娘だったが、家が没落して神殿入りしたのだと聞いたことがある。

「アリアリィン。今その手にある幸せを放り出してはダメだ」

アリアリィンは眉尻を下げてシュリスを見たが、何も言わないのでシュリスは続ける。

「今あるものが手に入るのは一度だけ。たとえ転生したとしても、まったく同じものは二度と手に入らない」

そう。人も物も国も景色も時間もすべて。ただ過ぎ去り、そして二度と手に入らない。

「だから大切にするんだ。今その手の中にあるものを大切にする。それだけで君は幸せになれる」

そう伝えれば、アリアリィンはまるであどけない少女のように、こくりと頷いた。

シュリスがアリアリィンとのことを魔女に話すと、「あの子は愛に生きるタイプだったからねぇ。

愛人になんか負けないから大丈夫でしょう」と言って魔女は笑った。

……それにしても、やはり女性は恐ろしい。『シュリスの妻になんかさせないで』と他の男に縋《すが》っていたのに、『愛しているから一夜だけあなたのものにして』などと平気で宣《のたま》う。

本当に愛する人と結婚してほしいという魔女の望みは叶えてあげたい。シュリスだって幸せになりたいし、永遠に一緒にいることになるのなら、好ましい相手の方がいいに決まっている。だが果たして、自分は花嫁など見つけることができるのだろうか。

昔の仲間との再会は嬉しいが、己《おのれ》の先行きが不安になってしまい、力なく肩を落としたのだった。

◆とある神官の手記◆

ある年の冬、流行《はや》り病《やまい》が広まりました。大神殿は改変の力を求める人々であふれ返り、魔女様はその一人一人に説明しました。

——改変には代償が必要であること。改変したからといってよくなるとは限らないこと。逃《のが》れられない運命は必ず存在すること。代償となる人間はその後、健康体ではなくなること。それらを代償となる人間にも説明し、その了承を得て初めて魔女様は力を使われること。

それは癒《いや》しの力というわけではない。病《やまい》が治る運命がほんの少しでも残されているのであれば、そちらに転がるようにしてやるだけで、代償となった人間はその後しばらくの間、病気にかかりやすくなるなどの不都合が出てくる。

そう魔女様はおっしゃいますが、まったく薬の足りていない今の状況からすれば、まさに神の御《み》業《わざ》です。病《やまい》に苦しむ人々は、みなその力に縋《すが》りました。

巷《ちまた》ではいまだに魔女様を悪役とした『呪われた英雄と魔女』の物語が歌われますが、魔女様はむしろ聖女様です。本人が嫌がるので絶対に言いませんが。


その後、魔女様の噂を聞きつけて、元ガランバードン国第一王女にして現トゥリンドット国王太《おうたい》后《ごう》リネディア様が大神殿にお越しになりました。自分を代償として、夫と息子の病《やまい》を癒《いや》してほしいと。夫と息子というのは要するに前国王陛下と現国王陛下のことです。

昔、魔女様はリネディア様を『輝く運命の持ち主』と評したことがあるそうです。「代償を支払った後の自分でも、花嫁になりえるのであれば、なる。その代わり、二人を助けてほしい」。そうリネディア様は訴えられました。

魔女様は少し考えた後、確かにそれは可能でしょうとおっしゃいます。周りで話を聞いていた私どもは驚きました。

永らく共に過ごさせていただいた私どもにとって、魔女様と英雄様は夫婦同然。どれほど美しい令嬢に言い寄られても、甲斐甲斐《かいがい》しく魔女様の世話を焼く英雄様の姿に、お二人がいつ本当の夫婦になるのかと、みんなやきもきしていたのです。それが、突然の花嫁候補の出現に、その場はどよめきました。

英雄様ご不在の中、魔女様はリネディア様にお尋ねになりました。

「あなたは花嫁になった後、夫を忘れて英雄を愛することができますか？」

リネディア様は長い間熟考しておられましたが、やがて「それはできません。おそらく、永遠に夫を愛しているでしょう」とお答えになりました。すると魔女様は優しく微笑まれて、「それならそれでいいじゃないですか。無理して嫁《とつ》いでもお互い苦しいだけですよ」とおっしゃいました。

そう。魔女様はいつだって英雄様のことを一番に考えておられるのです。花嫁は、誰でもいいわけではありません。英雄様を愛し、英雄様が愛する人でなくては。

それが魔女様ではなぜいけないのか、私どもにはわかりません。あれだけ仲よく寄り添っていて、なぜ本当の夫婦ではないのでしょう。きっとお二人にしかわからない何かがあるのでしょうが。

結局、リネディア様が花嫁になるという話はなくなりましたが、魔女様はリネディア様を代償として、前国王陛下と現国王陛下のお二人を治しました。


リネディア様ご一行が国に帰ってしばらくした後、魔女様が病《やまい》に倒れられました。魔女様はすでに呪いをその身に受けている状態なので、自分の運命を改変することはできないのだそうです。

魔女様が息を引き取った数刻後、英雄様も後を追うようにお亡くなりになりました。

お二人を失って、神殿は太陽が消えたかのような暗さです。元々お二人が神殿に籍を置かれるまでは、このように静かな日々が普通でした。しかしお二人が来られてからは、神に仕える仕事の合間、それとなく様子を見守ってきて、それが神殿での生活に潤《うるお》いと温かみを与えてくれていたのです。

私は病床《びょうしょう》の魔女様に、またすぐ会えますか？　と尋ねました。しかし魔女様曰《いわ》く、次はたぶん何十年とか、下手したら百年とか、そういう間隔になるだろうとのこと。

それを聞いた私はあることを決意いたしました。魔女様の教えのとおり、思い立ったが吉日です。魔女様と懇意《こんい》にしていた神官や巫女たちと相談し、神殿長に直談判《じかだんぱん》しました。

話を聞いた神殿長は呆れながらも許可を出してくださり、執務室の一角に大きな本棚を用意してくださいました。そこに、お二人の様子を描いた絵やエピソードを綴《つづ》った手記を収めてゆきます。

いつかまた、お二人は大神殿に来られます。それまでの間、こうして語り継ぐことで、お二人を身近に感じられるように。そして、それを見たり読んだりした者が同じように語り継いでくれることを期待して。

最後、お二人がどうなるのか知ることができないのが残念で、知ることができる者が妬《ねた》ましいですが、これればかりは仕方ありません。神殿長もお二人のことをこっそり書き留めていらっしゃるのを見ました。あれだけ夫婦のように寄り添っておいて、なぜ仲が進展しないのかという愚痴《ぐち》がほとんどだった気がします。

とにかく、ここに英雄様と魔女様のための本棚ができあがりました。……念のため、お二人にはこの存在を秘匿《ひとく》するよう口伝《くでん》を残しましょう。魔女様は照れ屋なところがあるので、本棚を撤去されかねません。

そんな魔女様は、最期に私たちに笑いかけてくださいました。

楽しかった、ありがとう、と言って。

いつかまた出会うであろう魔女様と英雄様。大神殿は心からお二人をお待ちしています。

＊＊＊

流行《はや》り病《やまい》でエンド。まさかの死因である。

またもや発生したカナンは一人、反省をしていた。

改変の力を大盤振る舞いしてしまった。ああいうふうに力を使うことに対して、抵抗はあった。

何せカナンは聖人君子でもなんでもないので、すべての人を救えるだなんて思わないし、実際できない。

改変してもダメだった場合は恨まれる。そんなのは嫌だ。誰かに恨まれるのは辛い。助からなかった病人の身内や、流行《はや》り病《やまい》の恐怖に怯《おび》える人間たちに責め立てられることだって十分ありえた。

それなのに、どうにもカナンはシュリスが隣にいると、ちょっとばかり張り切ってしまう。

あの、真面目なのに女性関係においてはぽんこつな英雄殿に、たぶん自分はいいところを見せたいのだろう。カナンの方が年上で、保護者みたいな気持ちがあるせいかもしれない。シュリスの前ではいい格好をしたいし、弱音なんて吐きたくない。強い自分でいたいと思う。

リネディアについては実に惜しいことをした。彼女が夫を愛していないとか、シュリスを大事にしてくれると言うのであれば、ぜひとも花嫁になっていただきたかった。

まぁ、あの運命の輝きからして、夫とは政略結婚だろうがなんだろうが幸せを掴《つか》むために努力しただろうし、そもそも彼女がその気であれば最初からシュリスと結ばれていたと思うので、どうしようもないのだが。

『悪役魔女に騙《だま》された囚われの王子様』的ポジションにシュリスを立たせ、物語に恋する少女をゲットしようという作戦も、失敗に終わった。シュリスの意見も聞かずに決行したのが悪かったのかもしれない。

薄々《うすうす》気づいていたことだが、シュリスの中には花嫁に関して『自分を好いてくれる人であればいい』という最低限の条件しか存在していない。前世での公開振られプレイや女性から袖《そで》にされ続けたことが、彼を女性関係において極端に後ろ向きな性格にしているのだろうか。

だがちょっと考えてみてほしい。なぜあんなに完璧な美青年が下手《したて》に出ねばならんのだ。あれほどの好物件。たとえ呪い付きであろうとも、好きになった相手を落とせないはずがあろうか。

本人に問題がまったくないというわけではない。おそらくは無自覚のまま軽い女性不信に陥《おちい》っている。果たしてそんな彼に、自然と恋心が芽生えることはあるのか。

――いや、すべては巡り合わせ次第。前の世界でカナンはアラフォーまで独身で、周囲からの心配や忠告を受けながらひたすらに出会いを求め続けた。要は、常にアンテナを張っていることが大事なのだ。女性に対してことごとく後ろ向きなシュリスには、それが圧倒的に足りない。

出会いだ。出会いが必要なのだ。

けれど、そうなると今度は自分の存在が邪魔になってきたなとカナンは唸《うな》る。シュリスは恩義を感じているからか、いつもカナンを最優先し、甲斐甲斐《かいがい》しく世話をしていた。まるで護衛のようについて回り、侍従《じじゅう》のように椅子を引き、侍女のように手ずから料理を取り分ける。やめさせようとしたのだが、『魔女殿は俺の恩人ですから、これくらい当然です』とキラキラした紫色の瞳で言われてしまった。

これではいけない。客観的に見れば英雄を下僕にした魔女でしかない。たとえいい出会いがあったとしても、相手の立場になると、他の女の世話にかまける男など論外だ。

――――よし。

魔女は今回の人生の方針を決める。

「今回はちょっと距離置こう！　その間に、シュリスにいい出会いがあればいいなぁ」

魔女としての本能か何かなのか、不思議とこの世界のどこででも生きていける自信はある。大神殿に行かずとも、どうにかなるはずだ。

「そのうち一回、神殿に顔出してみて、お相手がいるかどうか確認すればいいよね」

大まかな方針を決めた魔女は、ゆっくりと歩き出す。そうして、大神殿に行かず小さな森で暮らし始めた。

魔女は知らない。

転生した英雄が大神殿に馳《は》せ参じ、魔女の不在を知ると、大いに取り乱したということを。その後、英雄が魔女探しの旅に出ることを。そして大神殿のとある本棚に、魔女を探し続ける英雄の姿を記録した書物が増えることを。

何も知らない魔女は、英雄に見つかるそのときまで、のんびり暮らすのだった。

◆とある神官長の手記◆

突然、英雄様の転生者だと名乗る少年が大神殿を訪れた。英雄様と魔女様は流行《はや》り病《やまい》で亡くなったと伝えられているが、それから数十年、魔女様が転生したという話はまったく聞かなかったため、神殿は大騒ぎとなった。

数代前の神殿長が執務室に置かれたという本棚。神官や巫女たちは教育の一環として、そこから英雄と魔女についての知識を得る。いつか現れるであろうお二人をお世話する際、失礼がないように。誓約《せいやく》をきちんと理解し、それが破られることを防ぐために。更には時を経て転生するお二人が、時代の移り変わりに困惑することがないように、との配慮だと言われている。

それによると、魔女様は英雄様より数年早く転生し、大神殿に来られるという。だから突然「英雄の転生者だ」と言われても、大神殿としては「は？」となる。最初はまた偽者が来たのかと思われた。これまでにも何度かそのような痴《し》れ者がいたのだ。

しかし、じきに成人するという少年は、英雄様の絵姿によく似た容貌を持ち、自《みず》らをシュリスと名乗った。巷《ちまた》で歌われる物語にあるとおり、呪われた英雄はサラディンという家名で知られ、彼の名を知る者は少ない。なので慌てて神殿長に報告し、色々確認したところ、本人だと判明した。

そこまではよかったのだが、魔女様がまだ大神殿にいらしていない事実を知った英雄様は大いに取り乱し、魔女様を探す旅に出ると言って大神殿を飛び出してしまった。英雄様を一人にするわけにはいかないと、神殿長はすぐ傍《そば》に控えていた神官兵ロワンに随行《ずいこう》するよう命じた。

ロワンから届く定期便を読み、あのとき随行《ずいこう》を命じられたのが自分ではなくて本当によかったと神に感謝したのは、おそらく私だけではないだろう。

この書を目にした者は、ロワンの定期便にも目を通しておくように。

いつ、ロワンのように随行《ずいこう》を命じられるかわからない。日ごろからの心構えは重要である。

◆定期便其《そ》の一◆
ガランバードンへ向かう門の前で、無事、英雄様に追いつくことができました。どうやら神殿街で旅の装備を整えていらっしゃったようです。随行《ずいこう》のお許しをいただくことができました。

英雄様はまだ成人前のため、成人した者が一緒にいた方が行動しやすいという説得が効いたようです。貴族の子息とその従者を装《よそお》い、魔女様を探すことになりました。

◆定期便其《そ》の二◆
ガランバードンの外れの森に行きました。遠い昔、魔女様が住んでいらっしゃった場所だそうです。ここで遠い昔お二人が出会ったのかと思うと心が浮き立ちますが、気を引き締めます。残念なことに魔女様が住んでいたという家はすでになかったのですが、近くに訳ありらしき姉妹が細々と暮らしていました。

長くなるため詳細は省《はぶ》きますが、英雄様は姉妹を悪者から助け、無事に普通の生活に戻すことができました。さすが英雄様です。ちなみに、誓約《せいやく》に反するようなことはありませんのでご心配には及びません。

それにしても、英雄様は大変強かったです。戻ったら手合わせしていただくと約束しました。敵の中には魔術師もいたのですが、英雄様はものともせずに捕縛してしまわれたのです。英雄様ご自身は魔術のお力はないそうですが、なんとなくいつ攻撃が来るかわかるとおっしゃっていました。本当に素晴らしいです。

◆定期便其《そ》の三◆

姉妹の一人が足を悪くして歩けなくなり、英雄様との会話だけを楽しみにしているのだと乞われてしばらく滞在していましたが、その怪我が偽《いつわ》りだとわかりました。滞在中に成人した英雄様の部屋に、深夜、足が動かないはずの妹が侵入したのです。

どうやら英雄様に恋慕《れんぼ》し、引き留めるために偽《いつわ》りを口にしたようなのですが、姉妹に同情したせいで、無為《むい》に時間を過ごしてしまったと英雄様は嘆《なげ》かれています。

しかし、姉妹は結婚適齢期をとうに超えた年齢で、英雄様とは親子と言ってもいいほど歳が離れているのに、英雄様をどうしたかったのか……あまり考えないようにしています。

――――異なる筆跡で、誰かによる走り書きがある。

『怖いですね』

◆定期便其《そ》の四◆

トゥリンドットに入国する直前、野盗に襲われている楽師の一行を助けました。英雄様はその一行の長に大変気に入られ、一人娘の歌姫をやろうと言われました。

歌姫も英雄様を好ましく思ったのか、大変積極的で、個人的にはややはしたないと思われるようなことをなさいます。英雄様は、歌姫が歌った『呪われた英雄と魔女』の物語を聴いて、とても不機嫌そうでした。私も一神官として、魔女様を悪く言われるのは非常に不本意ですので、英雄様の気持ちがよくわかります。楽師一行とはトゥリンドットで別れました。

トゥリンドットに入ってから、黒目黒髪の女性の情報を得ました。その女性がいるのは娼館《しょうかん》だと聞いた英雄様は、急ぎその場所へ向かいました。しかし、花街に入ると道行く娼婦《しょうふ》たちが英雄様に群がり、もみくちゃにされてしまいました。

結局、魔女様はいらっしゃいませんでしたが、宿に戻った英雄様は、しばらく壁に向かって膝を抱えておられました。

◆定期便其《そ》の五◆

トゥリンドットを離れ、次に訪れた街で、英雄様に一目惚《ひとめぼ》れしたという令嬢に追いかけ回されました。令嬢は街の有力者の娘らしく、可愛らしい方ですが、こちらの言うことを理解してくれません。同じ言語を使っていても意思の疎通が難しいことが現実にあり得るのですね。彼女は権力を使って囲い込もうとしてきます。こういうのを我儘《わがまま》娘と言うのでしょう。

女性とは、決してか弱いものではなく、狙った獲物を逃さない恐るべき追跡力と執念を兼ね備えた生き物なのではないか……と最近思うようになりました。もはや宿も安全とは言えません。こうした女性陣から逃《のが》れる術をご存知でしたら、ぜひお教えください。

追伸：ところで神殿長様、巫女カリナはどうしているでしょうか。彼女の好意を無下《むげ》にし続けた私のことなど、すでに忘れているでしょうか。そうだとしても、彼女がいつもどおり慎ましく静かに暮らしていることを祈ります。

『ロワン神官兵、巫女カリナに何をしたのですかね？　誰か知っていたら教えてほしいです』

『巫女カリナはロワン神官兵に好意を抱いてたけど、ロワン神官兵は好みじゃないからってお断りし続けてたのですよ。もっと綺麗な顔立ちの女性が好きだから、と本人に直接言っていました』

『ひどい。神罰下りますよ』

『好きな人に言われたら落ち込みます』

『巫女カリナは可愛いと思います。そばかすがいい』

◆定期便其《そ》の六◆

現在、南方三国の一つアルトヴィーンに滞在しています。ここに魔女と呼ばれる女性が暮らしているというのです。英雄様は、はやる気持ちが抑えられないのか、宿の手配をする前にその女性のもとへ行かれました。

結果として、魔女様ではありませんでした。占いを生業《なりわい》にしている女性だそうで、魔女と呼ばれはしても、本物の魔女ではないようです。

そして占い師の女性は英雄様の探し人を占ってくれたのですが、「あなたの運命の相手は私だわ」と言い出し、旅についてくると主張しました。

英雄様を追いかける女性がまた増えました。

「一緒になってくれないなら死ぬ」などと言って自《みずか》らを傷つける方もいるので、これまでどおり、彼女たちに捕まらないように旅を続けることにします。

ところで、夜中に英雄様のお部屋に侵入しようとする女性が多いのですが、どのように対処すれば安眠できるのでしょうか。不眠が続き、少々辛くなってきています。

追伸：巫女カリナが私の身を案じていたという文を読み、とても嬉しく思いました。永らく大神殿に戻らず、日々の女性たちとの攻防で疲れた心が癒《いや》されます。ところで巫女カリナには、もう決まった相手がいるのでしょうか。彼女を手厳しく振った私が聞けることではないと重々承知していますが、ぜひお教えください。

『英雄様、女運なさすぎではないでしょうか』

『逃げ切ってください』

『ロワン神官兵、巫女カリナのよさに今更気づいたの？　虫がよすぎではありませんか？　というか、定期報告になぜ私的なことを記《しる》しているのですか？』

『女性不信に至って、精神的に不安定になっているように見受けられますが、大丈夫でしょうか』

『出入りの商人の息子が巫女カリナに贈り物してたの見ました』

◆定期便其《そ》の七◆
ようやく魔女様とお会いできました！　魔女様はアルトヴィーンの外れの小さな村に居を構えておられました。

それはまさしく運命のごとく。英雄様を追いかけてきた女性陣に包囲され、この中の誰を選ぶのかと詰め寄られていたそのとき、たまたま通りかかった魔女様を発見した英雄様が、女性陣を押しのけて魔女様を抱きしめたのです。

涙ぐんで思いのたけをぶつけられる英雄様の姿を見て、女性陣は呆然としておりました。この旅の間に成人され、強く逞《たくま》しく成長された英雄様は、親切でありながら冷静沈着な態度を崩されたことがなかったので、これほど取り乱す姿は想像もできなかったのだと思います。かく言う私も少々驚きました。よく言えば生き別れた恋人たちの再会。悪く言えば迷子が親を発見したかのようです。

魔女様は特段驚いた様子もなく、「よく来たねぇ」と笑っておられました。かなり懐《ふところ》の深いお方だと推察されます。

その時点で、女性陣の半数は別れを告げて帰りましたが、半数は英雄様のお心を勝ち取ろうとその場に残りました。しかし、英雄様が嬉しそうに魔女様について回り、魔女様のやることなすことに手を貸し、甲斐甲斐《かいがい》しく髪の手入れを始めようとしたところ、残りの女性たちも帰っていきました。

魔女様は、ご自分が離れた方が真の花嫁を見つけやすいだろうと考え、大神殿に姿を現さなかったそうです。それを聞いた英雄様は真面目な表情で考え込んだ後、「花嫁になりそうな女性は特にいませんでした」と答えていました。私もそう思います。

個人的には、魔女様には大神殿で英雄様を待っていてほしかったと切に思いました。

追伸：今回の旅で、私は女性の執念深さとしたたかさを見ました。巫女カリナの清らかさと慎ましさと優しさに気づかない私が浅はかでした。まだ間に合うのであれば、大神殿に戻った後、巫女カリナに許しを請いたいと思います。

『魔女様にお会いできてよかった……』
『女性陣が帰ってくれてよかった……』
『長旅お疲れさまでした』
『巫女カリナとはどうなるのでしょうね』

『内緒ですが、巫女カリナはずっとロワン神官兵の無事を祈っていたみたいです。商人の息子の求婚も断ったそうですよ』

第三章　幼馴染《おさななじみ》は最強のフラグ？

発生したとき、一瞬自分がどこにいるのかわからなかった。それほど鬱蒼《うっそう》とした森の中だった。

「あんまりうまくいかなかったなぁ……」

前の生ではシュリスのもとを離れてみたのだが、成果はイマイチ。なんだかシュリスの女性不信が、どんどんひどくなっているような気がする……

気を取り直し、とりあえず道か川を見つけようとカナンは歩き出した。ざくざくと歩を進めていくうちに、馬車が通れるような大きな道に行きつく。ここを歩いていれば、いずれ誰かに会えるだろう。

そのまま道沿いに歩き続けると、集落が見えてきた。日が暮れる前に人の住む場所を見つけたことにカナンはほっとするが、近づいていくとなんだか騒がしいことに気づく。どうやら妊婦が産気づいたらしい。

産婆《さんば》も医者もこの村にはいないのか、あたふたする村人たちの間にカナンは割って入り、てきぱきと指示をする。大神殿で世話になっている間、医務室で子供を取り上げる機会が何度かあったのだ。

日をまたいでようやく取り上げた赤ん坊は、灰色の靄《もや》に包まれていた。

「……シュリス……？」

まさかの再会である。こんなこともあるのかとカナンは驚いたが、取り上げたことを村人たちに感謝され、名付け親の権利を与えられたので、迷うことなくシュリスと名付けた。

自分は魔女だと言ったら、なるほどと納得される。村に住みたいと言えば、すぐに快諾《かいだく》された。

この世界の人々の魔女に対する認識には首を傾げるばかりである。魔女だと言っても、忌避《きひ》されることなく受け入れられる。魔術師が少しずつ減り、魔術は廃《すた》れていっているようなのに、稀《まれ》に現れる魔女という存在はすんなりと受け入れられるのだ。不思議だが、考えても答えは出ない。

赤ん坊シュリスは、なぜか集落の女性に抱かれると火がついたように泣いた。愛くるしい赤ん坊は村の娘たちの心を鷲掴《わしづか》みにしたが、シュリスの方は彼女たちをものすごく嫌がった。

どう観察しても、普通の赤子だ。前世の記憶があるようには見えない。あったら、カナンに尻を拭かれることを嫌がったはずだ、たぶん。

シュリスは以前、物心ついたころに記憶が蘇《よみがえ》ったと言っていたので、今回もそうなのだろう。赤ん坊を抱くことができるのは、母親とカナンくらいだった。しかも母親にはさほど懐《なつ》いていない。

シュリスの母親は他にも幼い子がいるし、家事などの仕事もあるため忙しく、カナンがシュリスを預かることが普通になりつつあった。シュリスの世話をしているうちに、他の女衆も自分の子供を預けていくことが増え、魔女の家は託児所状態である。

やがて、家族の誰にも懐《なつ》かないシュリスを、カナンの弟か何かのように家で寝起きさせるようになり、数年が経過した。

「まじょどの」

四歳を過ぎたころ、ようやくシュリスは記憶を取り戻した。それまでの天真爛漫《てんしんらんまん》なシュリスもとてつもなく可愛かったが、舌っ足らずに自分を呼ぶシュリスも可愛いとカナンは思う。

「なんで他の女の人を嫌がったの？」

シュリスに尋ねてみたが、本人は首を傾げるばかりだ。どうやら無自覚だったらしい。よくわからないが、一緒に預けられている女の子たちのことは避けていないようだし、気にすることではないかとカナンは結論づける。

「ところでさ、シュリス気づいてた？」

「なんですか？」

カナンは自宅の窓を開け、外を見る。

「ここ、シェアラストだよ」

カナンの言葉にシュリスが紫色の目を見開く。シェアラスト。それは、過去に魔術師により滅んだ国の名である。

シェアラストは、大陸の中で最も北に位置し、長い冬を強《し》いられる国だった。そこに住む人々は狩猟を生業《なりわい》とし、国は山脈から採れる鉱物や織物業などで栄えていた。しかし、それも魔術師が魔獣を引き連れて王都を襲うまでだった。王都は魔獣に蹂躙《じゅうりん》され、一夜にして滅んだと言われている。

魔術師が死んだ後、シェアラストの旧王都には魔獣たちが棲《す》みついたため、人々は各地に小さな集落を作って暮らしていた。国境付近の山にも魔獣がいるため、他国との行き来も難しく、現在は陸の孤島のような状態だった。

「ここに住む人たちは旧シェアラストの国民で、魔獣と戦える男はほとんど強制的に徴兵されているんだって」

「ちょうへい……王族がいるのですか」

「わからないけど、とにかく兵をまとめている人がいるってことは確かかな。対魔獣のための砦《とりで》に集まっているそうよ。だからここで暮らしていれば、たぶんシュリスも成人前には徴兵される」

幼い子供たちは魔女の家に預けられているが、七歳を過ぎると別の場所で戦いの基礎を学んでいる。チートなシュリスは、どんなに手加減してもすぐに頭角を現すだろう。

「あのまじゅつしが死んでから、どれくらいじかんが経っているのでしょうか」

「うーん……正確にはわからないけど、二～三百年ってところじゃないかな」

「………そのあいだずっと、まじゅうとたたかっているのですか……」

シュリスだけでなく、カナンにとっても驚きの事実であった。

「そうみたい。だから脳筋の集まりみたいになってるんだと思うのよ」

「のうきん？」

「そう。何度断っても砦《とりで》に来いと誘われてさぁ。怪我人の治療をしろって。今のところ、私もまだ成人じゃないし、この集落にも医者は必要だから連れていかれてないけどね」

それは、カナンも成人したら有無を言わさず砦《とりで》に連れていかれるということだ。シュリスは不快そうな表情をした。

「いますぐ、だいしんでんへ行きましょう」

「それがねぇ、今すぐは難しくって」

カナンたちが住む集落は、旧シェアラストの北側に位置していた。ここから大神殿へ行くためには、魔獣がはびこる旧王都付近を迂回《うかい》して南下するしかない。しかも、生活に追われているこの国の民に地図など作る余裕はない。貨幣《かへい》もなく物々交換が基本である。南下するにも物資が必要な上、せめて隣の集落の場所がわかるよう情報を集めなければならない。今のカナンとシュリスには足りないものばかりだ。

「少しずつ準備しよう。それでいざとなったら逃避行だ」

「とうひこう……」

「そう。あら、これってシュリスの親から見たら駆け落ち？　私、若い子誑《たぶら》かした悪い魔女って言われるかも～」

楽しげに笑うカナンは、俯《うつむ》いたシュリスの耳が赤く染まっていることには気づかない。

「ところでシュリス、自分で身体清められる？　今までは一緒にお風呂に入っていたけど」

そう問えば、シュリスは首まで真っ赤になって「ひとりでできます！」と叫んだ。カナンとしては、シュリスが昨日までのことをどう感じているのか気になるところだったが、追及しない方がお互いのためだろうと思い、黙って頷くにとどめた。

シュリスには準備のために村に居座ると説明したが、カナンの目的はそれだけではない。

「しゅりす〜」

洗濯物を干す手を休め、甲高《かんだか》い子供の声がする方を見れば、陽光にキラキラ輝く金色の髪の美幼児が、たくさんの女の子に囲まれていた。各々《おのおの》が花冠を作っていたのだが、それをシュリスに手渡しているようだ。さすがシュリス。早くもモテている。

「幼馴染《おさななじみ》……それはある意味最強のフラグ」

ぼそりとカナンは呟《つぶや》く。

そう。集落に残ったのは新たな作戦のためだった。この集落の人々は、『呪われた英雄と魔女』の物語を知らない。正確に言えば、魔術師を倒した英雄は知っているが、英雄のその後については伝えられていないのだ。おそらく、滅んだ国に来るような吟遊詩人《ぎんゆうしじん》がいなかったのだと思う。たとえいたとしても、生きることで精一杯な民にそれを楽しむ余裕はなかっただろう。

呪いも誓約《せいやく》のことも知られず、シュリス本人のことだけを知ってもらえる環境。一度恋に落ちてしまえば、勢いのまま突っ走ってくれる可能性がある。その時点で初めてシュリスの呪いを知っても、『これこそ運命の恋！』と余計に盛り上がるという寸法だ。

何より、この計画の一番の目玉は、最大の問題であるシュリス自身が幼馴染《おさななじみ》という関係から、徐々に信頼と恋情を培《つちか》っていける可能性があるということだ。

「前の作戦は失敗に終わったけれど……、これならいける！」

くっくっく、と悪い魔女そのものの顔で含み笑いをしながら、魔女は幼い子供たちを見守る。

――――しかしその直後、美しく編み上げた花冠をカナンに手渡してくるシュリスに、彼の中にはまだ何も芽吹いていない現実を突きつけられるのだった。

＊＊＊

カナンが十六歳になったとき、やはり砦《とりで》から執拗《しつよう》な勧誘が来た。だが、村に医者がいないことと、面倒を見ている子供がいることを理由に、なんとか納得してもらった。

シュリスは七歳から剣の訓練を始め、他の子供たちの習得状況に合わせて目立たないように気をつけながら、これまで知らなかった剣術を吸収していった。しかし、その他の時間はすべて魔女の後ろをついて回っている。

集落では「生まれたとき魔女さんに取り上げられたから鳥のヒナのように親だと思っているのだろう」と揶揄《やゆ》されていたが、本人はまったく気にしていない。時折、なぜ魔女の家に住んでいるのかと子供たちに聞かれ、シュリスはいつも「ご飯が美味《おい》しいから」と答えていた。

実際、シュリスはシェアラストの料理をあまり好まない。シェアラストでは硬いパンを、動物の肉を煮込んだやや臭《くさ》みのあるシチューに浸して食べるのが一般的だ。材料は保存食を使うため、基本的に塩辛い。この塩辛さと独特の肉の臭《くさ》みをシェアラストの国民は好むらしいが、他国の料理を知っているシュリスやカナンは苦手なのだ。

カナンは臭《くさ》みをなくすためと保存がきくようにするため、たくさんのハーブを使って料理している。しかし魔女の手料理はシュリス以外の子供たちにはおおむね不評だった。それはシュリスが十五歳になった今も変わらない。

「せっかく格好いいのに、味覚が変だなんてもったいねぇな。この間もマチアが作ってくれた弁当突き返してたし。お前に振られたからマチアは今ジーヴァと付き合ってるんだぜ」

共に基礎訓練を受けるギズル少年にそう言われたシュリスだが、まさか前世は別の国で暮らしていたから味覚が違うのだと言えるわけもない。

「ちゃんと普通のご飯も食べられるようにならないと、魔女さんの家から出たら困るよ」

「そうだよな、ミリア。みんな砦《とりで》に行くもんな」

ギズルが頷きながらミリアに同意する。だがミリアと呼ばれた銀色の髪の少女は「違うわよ」と呆れたように言う。

「砦《とりで》に行くからとかじゃなくって、結婚したらってことよ」

ミリアの言葉に、聞いていた他の子供たちは納得したようだ。

「もうすぐ成人でしょ？　ここら辺じゃ、すぐに結婚する子が多いもの。砦《とりで》に行ってから相手を探す子もいるけど、シュリスだってさすがに成人したら魔女さんの家は出て行かなきゃいけないじゃない。魔女さんも未婚だし」

ミリアの熱弁に、ギズルが笑った。

「未婚っていっても魔女さん二十二だろ。二十歳《はたち》過ぎたらもらい手ないって」

「あら、未婚の女の人っていう事実に変わりはないわ」

ミリアは〝未婚〟を強調する。シュリスが魔女と暮らしていることが面白くないのだ。

「あぁ、でも爺《じい》ちゃんが言ってたけど、魔女ってちゃんと特別な相手がいるんだって」

「特別な相手？」

「うん。爺《じい》ちゃんの爺《じい》ちゃんのそのまた爺《じい》ちゃんが小さいころにも別の魔女がいたらしいんだけど、魔女はその特別な相手と暮らしてたんだ。なんか、魔女には絶対に決まった相手っていうのがいるらしいぜ。だからシュリスが魔女さんの家にお世話になってても、シュリスの家族は何も言わないんだって。えっと、魔女さんとシュリスなら間違いが起きようがない？　とか言ってたかな。何を間違えるのかわからないけど」

その説明に、他の子供たちが首を傾げる。

「それって、その魔女が普通に結婚してただけじゃないの？」

「僕もそう思ったんだけど、爺《じい》ちゃんは違うって。魔女は絶対に決まった相手としか結ばれないものなんだってさ」

「そんな相手がいるなんて素敵ねぇ……あれ、シュリスは？」

自分を探す声が聞こえたが、シュリスはその場を離れ、一人黙々と歩き続けた。

魔女の特別な相手。

そんな話、大神殿でも聞いたことがない。おそらくただの村人が作った昔話のようなものだろう。昔ここに住んでいたという魔女の話であって、カナンに関係することではない。

それでも、もしかしたらという考えがシュリスの胸を占める。もしかしたら、あのときシュリスに手を差し伸べなければ、カナンは特別な相手と出会って幸せになっていたのではないか。

そう、たとえば——別の世界で結婚していたような相手と。

それをさせない自分こそ、魔女にとっては呪いそのものなのだろうなとシュリスは落ち込んだ。


魔女の住居は、相変わらず集落の子供たちの託児所と化していた。夕方に親が迎えに来るまで魔女が面倒を見てくれるため、集落では感謝されている。

「あら、シュリス早かったねぇ」

泣いている子供を抱き上げた魔女が、シュリスを迎える。そしてもう一人、シュリスを迎えたのは明るい茶色の髪の少女だ。

「おかえりなさい、シュリス」

「アディラ、また来ていたのか」

シュリスの言葉に、アディラと呼ばれた少女はにっこりと微笑んだ。アディラも魔女に預けられていた子供の一人で、昨年成人した直後から砦《とりで》で働いている。事あるごとに魔女の家にやってきては一緒に食事を取っていた。アディラの両親がすでに他界していることも理由の一つだろう。

アディラはよく魔女から料理を習っている。それがシュリスのためだということはわかっていた。たまに差し出されるシュリス好みの料理には、くすぐったい気持ちにさせられる。

魔女がシュリスとアディラを見守っているのにも気づいていた。アディラを好ましくは思うが、花嫁にしたいほどかどうか、ということからは目を逸らしてしまっている。

シュリスは魔女に向き直り、「ただいま帰りました」と告げた。

「おう、おかえりシュリス坊や」

奥の部屋から子供を抱えてやってきたのは、背の高い赤褐色《せっかっしょく》の髪の男だ。

「……あなたも来てたんですね。ラース指揮官」

「魔女さんが恋しくてさぁ」

ラースは砦《とりで》で魔獣退治の総指揮をとっている。三十代半《なか》ばの精悍《せいかん》な男で、いつもこうして快活に笑う。先代から指揮官の立場を譲られてまだ数年だというが、指揮官として優秀だし面倒見もいいとかで周囲の評判は上々だ。シュリスは気に食わないが。

「ドア開けたら突然『結婚してくれ』って言われた～。毎回挨拶《あいさつ》代わりにプロポーズってびっくりするくらい新鮮味ないよねぇ」

からからと魔女は笑うが、シュリスは本当に、心底、ものすごく気に食わない。ラースという男は、未婚の女性は必ず口説《くど》くと決めているかのように、甘い言葉を軽々と口にする。優秀な上に割と整った顔立ちをしているので女性にも人気がある。

もっとも、魔女に甘い言葉を囁《ささや》いたところで面白がられるだけなのだが。そうとわかっていても、簡単に口説《くど》き文句を言うような輩《やから》は魔女にふさわしくないとシュリスは思う。

「魔女殿、ラース指揮官の言葉は信用してはいけません」

シュリスの言葉に、魔女はきょとんとし、次いで笑い出した。

「大丈夫よ～。そりゃあ年上の魅力ってやつはあるだろうけど、プロポーズの安売りする男なんて好みじゃないわー」

心配ないよと言う魔女に笑顔を向けながらも、年上の魅力がラースにはあるのか、となんとなく面白くない気分が増す。

「それにラースさんのお目当ては私じゃなくてシュリスだからねぇ」

魔女が言えば、ラースは抱えていた子供を下ろし、ずいっとシュリスに詰め寄ってきた。

「シュリス坊や、そろそろ砦《とりで》で働いてみようか！」

「俺はまだ成人前です」

「あと一冬越せば成人だろう。ちょっと早めるくらい問題ない」

「まだ春です」

「そんな堅いこと言うなよぉ」

ほぼ毎日、同じようなやり取りが交わされ、それを見てみんなが笑う。気がつけばシュリスの隣にアディラが寄り添っていた。

最近、シュリスは考える。アディラは大事な幼馴染《おさななじみ》だ。気心も知れている。

アディラを、選ぶべきなのかもしれない。

愛しているかと問われれば答えに窮《きゅう》するが、これまでの女性とは違うと感じている。もしかしたら、いずれは花嫁として愛せるのかもしれない、と思う。

そうなれば――――魔女をこの呪いから解放してやれる。

その思いが日に日に強くなる。大神殿に行けば生活に困ることなどなかったはずなのに、こうして滅んだ国で魔獣に怯《おび》えながら細々と暮らす生活を魔女に強《し》いている。まだ成人しておらず、魔女の庇護《ひご》下にいるような自分は無力だ。ならば、己《おのれ》にできることをするほかない。

シュリスはアディラに話しかける。できるだけ、アディラを好ましく思おうとして。

それだけが、自分が魔女にしてやれることだと思うから。

＊＊＊

明かりを持ち、上着を羽織《はお》ったカナンは地下にある備蓄庫にいた。シュリスは十五歳。今は秋で、もう一冬過ぎれば成人だ。カナンは備蓄している食糧を確認する。昨年の冬を越す際にかなり多めに備蓄したため、大分余裕がある。保存食もできるだけ用意した。

シュリスとアディラの距離が少しずつ近づいてきている。今となっては、大神殿に赴《おもむ》くつもりもない。ただ、この国のために何かするならば、一度大神殿に行って現状を説明した方がいいだろう。支援という形ならば、誓約《せいやく》に触れることはない。シュリスが直接言えば大神殿もすぐに動いてくれる。そのとき隣にいるのは自分ではないかもしれないが。

砦《とりで》の兵士はよくやっている。このような状況下で生活できているのは、魔獣を押しとどめる砦《とりで》の存在が大きい。だが、旧王都に巣食う魔獣を殲滅《せんめつ》し、王都を取り返すことが人々の悲願。国を再建したいのだと砦《とりで》の兵士たちは言うが、それには大量の犠牲者を伴《ともな》う。

先日、茶色い髪の少女と共に来た、赤褐色《せっかっしょく》の髪の男を思い出す。

——魔女さんには、どんな不思議な力があるんだ？

——魔女っていっても私は出来損ないなのよ。不思議な力なんてないもの。できることといえば薬草を煎《せん》じることくらいかしらね。

——それは残念だ。

ラースとの会話を思い出し、カナンはため息を吐《つ》いた。常に快活な指揮官は、魔女の目には、陽の差さない森にある沼地のような靄《もや》に包まれて視《み》える。

地下から出て居間に入ろうとしたところ、突如後ろから伸びてきた手に口を塞《ふさ》がれた。

「……!?」

とっさに暴れ出したカナンの耳元で「静かに」と聞き覚えのある低い声がした。暴れるのをやめればすぐに解放される。振り返ると、そこにはラースが立っていた。

「ちょっと、びっくりさせないでよ！」

勝手に入ってきていた男は「魔女さんに相談があってな」と悪びれもせずに笑う。

「アディラがシュリスに大事な話があるんだとよ。だから二人きりになれる時間を作ってやりたい。明日、シュリスとアディラを北の集落まで使いに行かせようと思う。魔女さんから頼めばシュリス坊やも頷くだろ？」

カナンの背後に稲妻が走ったように感じた。

……大事な話。幼馴染《おさななじみ》同士の。

なんだそれは。もしや、ついにそのときが来たのか。そんなイベント見逃せない！　……いや、しかし万が一にでも邪魔をすることになっては元も子もない。

二人きりになりたくとも、この集落ではほとんどが顔見知り。どこで誰に会うかわからない。だが、北の集落ならば、朝から出かけても帰ってこられるのは夕方。道中は二人きりだ。

少し迷った末、断腸《だんちょう》の思いでカナンは了承した。


翌朝、アディラとシュリスは馬に乗って集落を発った。「すぐに戻ります」と言うシュリスにカナンは手を振る。小さくなっていく二人の背中を見つめながら、もうじき、そういうふうに言われることもなくなるかもしれないなぁと感慨深くなる。

数時間後、昼食の準備をしていると、ラースが訪ねてきた。

「魔女さん、二人のことが気になるんだろう。気もそぞろだ」

「そうかもねぇ」

指摘されたカナンは素直に認める。もしもアディラがシュリスに愛を告白したとして、シュリスはアディラに自分の事情を話すことができるだろうか。そしてアディラは、シュリスのすべてを受け入れてくれるだろうか。

手の平に視線を落とす。灰色の靄《もや》がかかったこの手を見るのも、もうじき終わりになるのかもしれないと思うと、少し寂しい気もする。

「魔女さんってさ、口は悪いけど結構お人好しだよな」

背が高いラースの笑い声が頭上から聞こえた。

「そんな魔女さんだったら、俺たちのことも助けてくれるよなぁ」

「？　何を――――」

顔を上げたカナンの口に布を丸めたものが突っ込まれ、一気に担《かつ》ぎ上げられた。

「暴れたら落とすぞ」

普段の姿からは想像できないほど冷淡にそう言い放った男は、足で扉を蹴り破って外へ出た。

「この国はさ、魔獣って病《やまい》に喰われちまってるんだよ」

大股でずんずんと歩きながら赤褐色《せっかっしょく》の髪の男は言う。

魔術師に王都を滅ぼされ、魔獣の棲《す》み処《か》にされた国。王都に近づくほど強大な魔獣が多数おり、たとえ魔獣をすべて殲滅《せんめつ》したとしても、それらの棲《す》んでいた土地は作物を実らせない。なぜそうなのかはわからないが、死に物狂いで取り返した土地は、不毛の土地と化していた。

「英雄の話、俺は爺《じい》さんから聞いたことがある。でもさ、その話を聞いて幼心《おさなごころ》に思ったね。なんでこの国が滅ぼされる前に助けてくれなかったのか、なんで魔術師を倒した後、この国の魔獣を倒しに来てくれないのかって」

逆恨みなんだけどさぁ、と男は続ける。

「でも俺だけじゃないんだ。俺の親父もお袋も爺《じい》さんも婆《ばあ》さんも、みんなそう思ってた。なんでこの国だった？　なんで俺たちが苦しむ？　どうして誰も助けてくれないんだ？　って」

いつも快活に笑っていたはずの男は、低い声で小さく嗤《わら》う。

「そういうのは、直接口にしなくても子供に伝わるものだ。ずっとそれを感じて育った。遊びに行くたび、村の通りを歩くたび、仕事の手伝いをするたび、夜中に水を飲みに起きるたび。……な？　病んでるだろう？　俺はね、魔女さん。いい加減、嫌になったんだよ。俺も自分の子供や孫に伝えちまうのか？　……そんなのごめんだ」

ラースが向かったのは砦《とりで》だった。砦《とりで》の兵士たちを見たカナンは目を見開く。砦《とりで》の中へ入っても

ラースの歩みは止まらず、奥へと進んでいった。

そうして辿《たど》り着いたのは大きな執務机がある部屋だ。ラースは客用と思われるソファにカナンを下ろすと、その両腕を縄できつく縛り上げた。それから、廊下で待機する兵士に警備を強化するよう命じて扉を閉める。

ゆっくりと執務机の後ろに回り込んだラースは酒瓶を取り出した。

「魔女さんも飲むかい？」

カナンは口の中に入れられていた布を舌で押し出し、ペッと吐き出す。

「……どういうつもり？」

どっかりと椅子に座って背を預けた男は、酒の入った杯《さかずき》を片手に目を細めた。やがて彼は机の引き出しを開け、薄汚れた紙をカナンに差し出す。

それは古い姿絵だった。白銀の鎧《よろい》をまとった、金色の髪と紫色の瞳をした美丈夫《びじょうふ》が、深紅《しんく》のマントの端を片手で掴《つか》み、視線をやや斜め上に向けた構図で描かれている。薄汚れ、色あせてもいたが、間違いなく英雄サラディンの姿絵だった。

こんなときでなければ、何この構図、と笑ってしまいたかったのだが。

「それは他国から物資を運ぶやつらが入手してくれたもんだ。最初は、あんたの魔女の力が知りたくて情報を集めてもらってたんだよ。他国とは行き来すんのも一苦労だから、大分時間はかかったが、それでも頑張ってくれた」

魔女は存在自体が稀《まれ》なため、その情報はほとんど出回っていなかったが、あるとき、こんな話が入ってきたという。

『呪われた英雄と魔女』

魔術師を倒した英雄が呪われていたことも、それを救った魔女がいたこともラースは知らなかった。その魔女は英雄にかかった不死の呪いを転生の呪いに変えたという。そして届けられた英雄の姿絵を見て驚いた。シュリスが成長すれば、このような美丈夫《びじょうふ》になるだろう。

また、数百年前、流行《はや》り病《やまい》にかかった人々の運命を変えたという魔女がいた。聖女とも呼ばれたその魔女こそが『呪われた英雄と魔女』に出てくる魔女の転生した姿で、己《おのれ》の所業を悔い、善行を積んでいたのだろうと言われていた。

それに関する情報の中に、当時とある商人が書き残した日記があった。流行《はや》り病《やまい》にかかり、藁《わら》にも縋《すが》る思いで大神殿にいた魔女のもとを訪れたところ、魔女は代償として健康な人間を要求した。彼の妻が代償になってくれたので、彼の病《やまい》は快方に向かったという。しかし壮健だった妻は、それからしばらく体調を崩しやすくなったと記《しる》されていた。

ラースの緑色の瞳がまっすぐカナンを見据《みす》える。

「あんたは、代償があれば運命を変えることができる――違うか？」

「……そうだとして、何を望むの」

感情のこもっていない声で問うカナンに、ラースはぐっと身を乗り出した。

「この国の運命を変えてほしい。満足に暮らせるようにするか――他国を侵略できる強さが欲しい」

カナンが黒い目を瞠《みは》る。それを見てラースは苦笑した。

「言っただろう？　俺はもう嫌になってるんだ。どうあがいてもこれ以上は八方塞《ふさ》がりだからな。ここで朽ち果てるか、他者から奪い取るしか、俺には考えつかなかった。……今、外にできるだけ多くの民を集めてる。代償ってのは多ければ多いほどいいんだろう？」

耳を澄ませば、確かに人が大勢いるようなざわめきを感じた。

「国の運命を変えるほどの力なんてないわ」

「それでもやってほしい」

言葉が通じないのか、と一瞬思ったが、ラースの表情は確信に満ちていた。

「この国にも、かつて魔女がいたんだってよ。癒《いや》しの魔女と呼ばれてたそいつは、随分えぐい代償を求めたそうだ。……村のジジィが言うんだ。代償が多ければ多いほど、魔女の力は強大になる。そして、魔女自身が命を賭《と》せば、魔女の力はそれ以上の奇跡も起こすんだってな」

そうだ。強大な不死の呪いを改変するためには、代償として魔女の命が必要だった。

ゆっくりと立ち上がったラースはカナンの前までやってくると、目を細めて言う。

「優しい魔女さん、あんたはどうせまた転生するんだろう？　なら、一度くらい、俺たちのために

その命を使ってくれたっていいよな？」

ラースのごつごつした太い指が、優しくカナンの頬をなぞる。それが次第に唇へと近づいていき――

がちっ。

「うおっ！」

焦った声でラースが飛びのく。指に噛みつこうとして失敗したカナンは、そのまま威嚇《いかく》するようにガチガチ歯を鳴らした。

「今の雰囲気で指に噛みつこうとするか⁉」

「知るか馬鹿！　勝手に言ってろボケ！」

ぺっぺっと唾《つば》を飛ばされ、引きつった顔でラースは距離を取った。魔女は黒い瞳を怒りに輝かせる。

「何がどうせ転生するなら一回くらい死んでくれ、だ！　自分勝手なこと言ってんじゃねーよ！来世があるから今世は死んでもいいやなんて、誰が思うか‼」

来世がある。その次もある。だが永遠に繰り返されるとしても、一つ一つの生をしっかりまっとうできなければ、負けなのだ。何がどう負けなのかと問われれば答えに窮《きゅう》するけれど、たぶんそうじゃないと、ちゃんと生きているということにならない。痛みも苦しみも何もかも、無為《むい》なものになる。

冗談じゃない。負けてたまるかとカナンは思う。幸せになった者勝ちなのだ。

それに、今カナンが死んでしまったら、同時にシュリスの命も終わってしまう。せっかく花嫁候補が現れたというのに、それではダメだ。

フーッと動物のように威嚇《いかく》するカナンを嫌そうな表情で見下ろしながら、ラースは「俺たちだって死にたくない」と唇を歪《ゆが》めた。

「そんなことを言えるのは、あんたが魔女だからだ。元々、この土地で生きてきた人間じゃないからだよ。――――あんたがやらないと言うなら仕方がない。あんたを餌《えさ》に、シュリスを使う」

その言葉に、カナンは息を詰めた。

「あんたたちのことは、ずっと観察してた。とても夫婦という雰囲気じゃない。言ってみりゃ保護者と子供か？　だがシュリスはあんたのためならなんでもやるだろう。あんたさえ押さえれば、あんたのためにシュリスは動く。何せ英雄様だ。他国を侵略するのに大いに活躍してくれるだろうさ」

ラースは窓の外に視線を向けた。その窓からは砦《とりで》の中央広場が見下ろせる。

「さぁ、どうする？　魔女さん」

ラースに反対する者はこの集落には誰もいない。唯一、反対するであろうシュリスも、夕方まで帰ることはない。帰ったときには、すべて終わっているだろう。

「もしあんたがやってくれるとして、あんたが死んじまった後のことは任せろ。シュリスの面倒は見る。アディラがシュリスに惚れているからな」

無言だったカナンがぴくりと反応する。

カナンが死ねばシュリスも死ぬということを、ラースは知らないようだ。

「どちらにせよ、集まったみんなの前には出てもらうぞ。……外の様子を見てくる。見張りを置いていくから、下手なことはしないでくれよ」

ラースが兵士の一人を部屋に招き入れ、何やら指示をして出ていく。カナンは黙ってひたすら考えていた。

「時間だ」

戻ってきたラースがそう告げ、カナンを部屋から連れ出した。ギィッと重苦しい音を立てて外への扉が開き、冷たい空気に晒《さら》される。陽の光に思わず目を瞑《つぶ》ったカナンがそっと目を開ければ、そこは壇上だった。

眼下の広場にはざわめく大勢の人間がひしめいている。見たことのある顔もいれば、見たことのない顔もいた。ラースとカナンの登場に、しん、と辺りが静まり返る。

カナンは我知らず息を止めていた。民衆の目が一斉にカナンに向いたせいではない。民衆の周囲に漂《ただよ》う靄《もや》が、今まさに指揮官と同じような深く澱《よど》んだ沼の色になりつつあったからだ。人によって色の差異はあるものの、この瞬間にも昏《くら》く深みを増して渦巻《うずま》いてゆく。

上から視《み》ているせいもあって、それはまるで底なし沼のようだった。

＊　＊　＊

ラースは集まった民衆を見下ろし、声を張り上げた。

「集まってくれて感謝する！　俺たちは故国を取り戻すために戦い続けた！　だが、魔獣が減ることはなく土地は穢《けが》れ続ける！　俺はこれを繰り返したくない！　己《おのれ》の子孫に安寧《あんねい》の地を与えたいと思うことは罪か⁉　否《いな》‼　未来を望むことは罪か⁉　否《いな》‼」

民衆の中からも「否《いな》‼」と叫び声があがる。それに混じってすすり泣く声も聞こえた。

「悪《あ》しき魔術師によって国は滅び、我らは辛酸《しんさん》を嘗《な》めた‼　連綿《れんめん》と続くは魔獣との戦いの日々‼　そこに安らぎはない‼　だが、代償を支払えばそれを魔女が変えてくれる！　安寧《あんねい》の地を我らに！　魔女に代償を捧《ささ》げよ‼」

わぁっと歓声が起こった。

『安寧《あんねい》の地を我らに！』

『代償を捧《ささ》げよ‼』

『安寧《あんねい》の地を我らに！』

『代償を捧《ささ》げよ‼』

繰り返される大合唱を前に、沼色の靄《もや》をまとう指揮官は魔女の背中を押す。

「さあ、魔女さん」

そう促《うなが》せば、目の前の光景に怯《おび》えていたはずの魔女の黒い瞳が、ひたりとラースの目を捉えた。

「残念だけど、できない」

はっきりとした拒絶に、ラースは顔を歪《ゆが》める。

「シュリスに他国を侵略させてぇのか？」

馬鹿にしたような言い方は、挑発のつもりだった。だが、魔女は口角を上げて首を横に振る。

「代償にならないからよ」

「何？」

泰然《たいぜん》とした様子の魔女は、まるで一人だけ異なる世界にいるようにも見え、初めてラースは魔女に畏怖《いふ》を感じた。

「あなたたちでは、代償にならない。みんな同じ――――絶望の色」

そのとき甲高《かんだか》い悲鳴が起こった。

上空に、翼を持つ魔獣たちがその姿を現した。

「魔獣だと……!?」

突如現れた魔獣に、広場に集まった民衆は大混乱に陥《おちい》る。『翼持つ魔獣』は駆逐《くちく》するのが最も困難であるが、数が少なく国境付近の山に生息しているので、これまで砦《とりで》で遭遇することは少なかった。それが、上空から襲ってくる。

「民を砦《とりで》の中に誘導しろ！　やつらが去るまで待つしかない！」

「指揮官！　森から魔獣が多数、砦《とりで》に向かって攻めてきます！」

「なんだと!?」

兵士の言葉にラースは戦慄《せんりつ》した。数か月に一度、森から魔獣が向かってくることはあるが、それがこのタイミングと重なるとは！　それらを殲滅《せんめつ》しようと外に出れば、上から攻撃を食らうだろう。

そこまで考えたラースは、はっとして魔女を見る。

「あんたの仕業か……！」

「違う。たまたま昏《くら》い運命を持つ者たちが一堂に会《かい》し、その思いを共鳴させたせいで運命が混じり合って増幅して……最悪な運命へと加速しただけ」

魔女の説明も、頭に血の上ったラースには関係ない。こいつがすべての元凶だと思った。

魔女がいなければ、人々は集まらなかった。

魔女がいなければ、魔獣が襲ってくることなどなかった。

魔女がいなければ、ラースは希望を見出《みいだ》したりしなかった。

魔女がいなければ、――――これほどの絶望を味わうことはなかった。

怒りと絶望を行動力に変え、人々を救うためにラースは駆ける。その場に魔女を置き去りにして。

＊＊＊

阿鼻叫喚《あびきょうかん》。脳裏にぼんやりとそんな熟語が浮かんできた。結構余裕あるじゃん、なんて笑おうとしたけれど痛くて笑えなかった。

魔獣に襲われる人を見て、死んでいく人を見て、あがる悲鳴と血しぶきを見て。それでも、これしか方法が取れなかったことを心の中で謝罪する。

元々この集落には、誰一人として明るい靄《もや》をまとう人はいなかった。ラースによって砦《とりで》へ連れてこられ、兵士たちの持つ靄《もや》がどろりと更に昏《くら》く澱《よど》んでいくのを目《ま》の当たりにしたときから、覚悟はしていた。

澱《よど》んだ昏《くら》い運命に抱かれ続ける人々。代償にすらなれない運命たち。

そのことを、ラースに告げることはできなかった。彼はもう十分な絶望の中にいて、それでもなんとか生きたいとあがいていた。そんな彼に、魔女からの言葉は最後通牒《さいごつうちょう》となっただろう。そうはしたくなかった。あがく人間は嫌いではない。かといって、救うこともカナンにはできない。

だが、シュリスを戦争の道具にさせるつもりなんてなかった。道具のように使われるために転生するわけじゃない。幸せになるためだ。

カナンにできることは、一瞬でも長く生きること。もしもカナンの思惑どおり、ぎりぎり間に合うのなら――

そこまで考えて、ふっと自嘲《じちょう》する。

……たとえ間に合わなくても、せめて、シュリスがアディラと共にいる時間を、少しでも長くできるなら……根性で生きながらえなくては。

うつ伏せになっていたカナンは、顔だけ動かして空を見る。青かった空は徐々に茜色になっていく。その茜色を背景に、『翼持つ魔獣』と呼ばれるモノが君臨していた。

――ドラゴンだよねぇ。

別世界の知識で言うところの『ドラゴン』は、巨大な身体を持つくせにかなりのスピードで動く。

時折山から下りてきては、その口や手足で人を掴《つか》み取り、上空から投げ出す。

今確認できるのは三体。それぞれ形態が微妙に異なるが、カナンにはどれも『ドラゴン』にしか見えない。

「……こういうふうに死ぬのは、初めてだなぁ……」

――賭けに、負けたかな。

上空のドラゴンのうちの一体と、目が合ってしまった。ぐんっと速度を上げてこちらに来る。ご丁寧に鋭い牙と爪を見せつけながら。

そして目の前が、真っ赤に染まった。


「何をしている!!」

突如響いたのは、まだ少年と言ってもいいほど若々しい声。だが、その声はこの喧噪《けんそう》の最中《さなか》、広場の隅々まで轟《とどろ》いた。

「お前たちは、国が滅んでなお続く戦士の末裔《まつえい》だろう!! 戦え! 生きるために武器を持て! ここが落ちれば、次は集落だぞ!! 他に誰が守るのだ!! 守るために戦え! 生きろ!! その手は、足はなんのためにある! 絶望している暇があるなら、剣を持ち立ち上がれ!!」

魔獣の返り血を全身に浴びた少年は、一見して恐ろしい風体《ふうてい》だった。金色の髪も整った顔も血にまみれ、その中で紫色の瞳だけが爛々《らんらん》と輝いている。その手に握る剣の一振りで巨大な『翼持つ魔獣』の首を落とすなど、常人の技ではない。

その言葉で、我に返った。

だが、恐慌《きょうこう》に陥《おちい》っていた人々は、転げ回って逃げるしかなかった人々は、その姿で、その声で、

――そうだ。戦わなくては。生まれてから、ずっと戦ってきた。生きるために剣を振るい、苦しい日々の中でもひたすら耐えて生きた。それは魔獣に殺されるためではない。無様に死ぬためでは、決してない。

自分たちが逃げ回ることしかできなかった『翼持つ魔獣』を、少年が倒したという事実もまた彼らの闘志に火をつけた。それぞれが立ち上がり、砦《とりで》の武器庫から武器を運び出す。声を出して自《みずか》らを奮い立たせ、仲間に声をかけて立ち上がらせ、敵に相対する。

それをカナンは呆然と眺めていた。その傍《かたわ》らに、少年――シュリスが膝をつく。

「魔女殿。遅くなってすみません。もう少々お待ちください。片付けてまいります」

カナンの返事も待たず、シュリスは残った魔獣のもとへと駆けていった。

「……ふっ……、ふふっ……」

カナンは笑いが込み上げてきた。

――ああ。本当におかしい。本当にぽんこつだ。

ここは、可愛い女の子を助けて惚れられる場面だろう。なんで魔女なんか助けて、ものすごく安心した表情をしているんだ。こんなタイミングで出てこられて、惚れない女なんかいないだろうに！

まったくもって、英雄殿はぽんこつだ。

でも、最高に格好いい。

カナンは渾身《こんしん》の力を振り絞って立ち上がる。視界の端に入り込む魔獣の生首をなるべく見ないようにして。

見下ろす広場は、色の洪水。最初は、昏《くら》く澱《よど》んだ沼の表面に、ぽつりぽつりと絵の具が落ちたようだった。それが瞬《またた》く間に増え、どんどんと広がっていく。まるで、色とりどりのキラキラしたビー玉が敷き詰められていくかのようだ。

「……参った」

胸が締めつけられる。我知らず、唇が震える。

――降参しよう。まったく、なんというものを見せつけてくれるのだ、あの英雄は。

確かに、カナンは賭けに出た。でもそれは、自分が死ぬ前にシュリスとアディラが戻ってくれば、アディラを花嫁にすることができるというだけだった。集められた人間たちに真実を告げないことで、たくさんの人間が絶望の中で死んでいくかもしれないと理解していても、他に方法が考えつかなかった。

なのに、彼は魔女の予想を遥《はる》かに超え、想像以上の光景をもたらした。

シュリスはすごい。行動一つで、これだけ大勢の運命を変えてしまえるのだから。これが英雄でなくてなんだというのだ。

絶望一色だったのに。たったの一振りで。たったの一声で。すべて明るく変えてしまえる男なんて、他に知らない。

「……どうでもいいと、思ってたんだけどなぁ……」

顔を歪《ゆが》めて、カナンは小さく嗤《わら》う。

日本からこの世界に転生したとき、カナンは絶望にまみれた運命たちを視《み》て、早く滅びればいいと思っていた。死や滅びというものが、一種の救済だとも考えていたから。

けれど、それを覆《くつがえ》した存在がいて、美しい光景を見せてくれた。そこから少しずつこの世界が好きになれた。

けれど、絶望色の沼地のような運命たちを前に、自分勝手な要望だけを突きつけるこの世界の人間に、カナンは再び、いっそのことすべてなくなればいいのにと思っていた。苛立《いらだ》ちや怒りも当然あるけれど、それだけではない。その絶望の深さから、苦しみから、解き放つことなど魔女にはできないと知っていたから。

そう考えていたことも含めてすべて、英雄殿は覆《くつがえ》した。

それなら、カナンだってできることをやる。少しはいいところを見せなくては。

幸い、人々の了承は得ている。だからカナンは力を揮《ふる》う。できうる限り、……いや、可能ならばほんの少し余力が残るように祈って。

人々に向かって手を翳《かざ》し、明るくなった色の渦《うず》から靄《もや》を切り取る。それを国全体に流すイメージで。うまくいくかなんて知らない。けれど、もしもできることなら。せめて誰もが普通に暮らしていけるように……そんなふうに願って。

靄《もや》が大地に吸い込まれていくのを確認して、魔女はその場に崩れ落ちた。

「魔女殿……、魔女殿！」

シュリスの声だ。うっすらと目を開ければ、血まみれの顔がのぞき込んでいて、ちょっとびっくりした。倒れている人間を揺り動かさないあたり、シュリスは戦闘慣れしているよなぁと妙なところで感心する。

頭がガンガンするし、呼吸も浅い。かろうじて、改変の力に命までは取られずに済んだみたいだ。……でも、時間はない。

「シュリス……アディラ、よんで」

どうにか声を絞り出して頼めば、シュリスは訝《いぶか》しげな表情をした。

「いいから、……急いで」

カナンが片手を上げると、シュリスの手がそれを包んだ。いつの間にこんなに大きくなったのかと、場違いな感想がカナンの頭に浮かぶ。

「アディラに、シュリスの花嫁に、なってくれるか……、聞きたいの」

目を見開いたシュリスに、カナンは震える唇の端をどうにか上げた。

——わらって、みえるだろうか。

このまま何もしなければ、魔女は死んで二人は転生に入る。まぁ、そんなこと、させないけど。だってシュリスを愛する花嫁が、見つかったかもしれないから。

「連れてって……」

シュリスがはっと顔色を変え、カナンの服に視線を向ける。そして裾をめくると悲鳴をあげた。

「……これは、誰が……！」

カナンの腹には剣が深く突き刺さっていた。わかっていても、こうして見ると更に血の気が引きそうになって、カナンはそこから目を逸らす。

柄《つか》しか見えないほど刺さったそれは絶望と憎悪の証だ。おかげで今まで失血死は免《まぬが》れていたが、動いたせいで内臓のどこかが傷ついたのだろう。冷静に分析したくもないが、急激に冷えていく己《おのれ》の身体に、死が近いことだけはわかる。

「……はやく、アディラを」

刺したのはラースだ。だが、それもあの状況では仕方なかったと思う。彼の絶望に染まった靄《もや》を視《み》ては、恨む気持ちすら湧いてこない。それはカナンがお人好しだからとかではなく、たぶんそうなる運命を回避させられなかった魔女としての罪悪感からだ。

それよりも、カナンが死ぬ前に改変しなければ、シュリスも転生に入ってしまう。動こうとしないシュリスに焦《じ》れ、もう一度声をかけようとしたカナンは、その背後にアディラの姿を認めた。

「アディラ――――」

その声に、びくっとシュリスが震えた。かと思えば、突然カナンの身体を横抱きにして駆け出した――――アディラとは反対方向に。

「…………は？」

シュリスの肩越しに、目と口を大きく開けるアディラが見えた。

「しゅりす、あでぃら、あっち」

振動と痛みでうまく言葉が紡《つむ》げないが、なんとか必死に教える。だが、シュリスは止まらず走り続ける。まるで、アディラから逃げるように。

――なんで？

カナンは混乱した。もう手の感覚がない。寒気もするし、視界もぼやけているし、思考もままならないし、シュリスは言うこと聞いてくれないし、どうしたらいいのか本当にわからなくなった。

「しゅりす、どして、ばか、だめだよ、せっかく、せっかく、しゅりす、せっかく……うぅ……」

しゃくり上げながら感覚のない手でシュリスの胸を叩く。すると、ようやくシュリスが立ち止まった。紫色の目を大きく見開き、形のいい唇を少し開けて呆然と彼女を見つめる。

「魔女殿が……」

ぐったりと力の抜けたカナンは、ひっくひっくと泣きながらシュリスを見た。

「俺に弱音を吐いたのも、目の前で泣いたのも、初めてです……」

目元を赤く染めたシュリスはそっとカナンを下ろし、額《ひたい》を合わせて黒い瞳をのぞき込む。涙を零《こぼ》しながら「アディラを」と呟《つぶや》くカナンに、シュリスは紫の目を細めた。

「嫌です。あなたは俺が好きになった人と幸せになれと言った。それ以上アディラを呼べと言うなら、口を塞《ふさ》ぎます」

言葉も出ないほど驚くカナンを見て小さく笑い、シュリスは形のいい唇で魔女の涙を吸い取った。冷え切った頬に、それはとても熱く感じる。

「―――――――」

優しい声が聞こえた気がしたが、限界だった。

……暗転。

◆失恋した少女の話◆

物心ついたころにはもう、好きだった。

魔女の家に預けられるのは楽しかった。みんなで遊べるし、魔女はいつも明るくて優しかったから。家では両親が毎日疲れ切っていた。子供だけで遊べる魔女の家は、わたしたちの楽園だった。

そんな魔女の家で暮らしていたのがシュリスだ。

シュリスはわたしたちの誰よりしっかりしていて、なんでもできた。金色の髪と紫色の目はキラキラしていて、女の子よりも綺麗な顔をしていた。女の子たちはみんなシュリスが初恋だったと思う。

でも、ずっと見ていたからわかる。シュリスは、魔女が好きなんだ。

いつだってシュリスの優先順位は魔女が一番。あとはみんな平等。魔女だけが特別。最初は養《やしな》い親みたいなものだからだろうと思った。でも、シュリスは時々、信じられないくらい優しい目で魔女を見つめている。シュリスは女の子に対して鈍感なところがあったから、大体の女の子は、それでシュリスを諦《あきら》めた。

だけどわたしは諦《あきら》めなかった。魔女はうんと年上だし、いい人だけど美人じゃない。だから大人になったときにシュリスに釣り合うのはわたしの方だと思って頑張った。

成人して砦《とりで》で働くようになってすぐ、ラース指揮官のもとで書類整理をするようになった。指揮官は魔女に興味があるみたいで、魔女の家に行くわたしについてきた。

わたしは両親を魔獣に殺されて、一人ぼっちになったから、魔女が一緒にご飯を食べようと誘ってくれる。シュリスは魔女の料理が好きだから、わたしも作り方を教わった。いつか結婚したときに、毎日食べさせてあげたいから。

あるとき、ラース指揮官が、『呪われた英雄と魔女』のことを教えてくれた。シュリスは魔女に騙《だま》されて、ずっと一緒にいるっていうこと？　そんなの、ずるいし、ひどい。指揮官は、二人は夫婦という関係には見えないと言った。わたしもそう思う。

ラース指揮官は、集めた魔女の情報から、あの魔女には運命を変える力があると判断した。

……本当に？　それじゃあ、もし魔女が運命を変えてくれていたら、わたしの両親は死ななかったかもしれないってこと？

指揮官は、魔女は代償を要求するものだと言うけれど、それを聞いて余計に腹が立った。誰かを助けるために代償を求めるなんて、ひどい。そんな人、シュリスにふさわしくない。

魔女のことを監視しているとき、魔女の家の備蓄庫に二人用の旅装《りょそう》が隠されているのを見つけた。まさかと思いながら確認すれば、不自然なほどたくさんの備蓄があった。どれも旅に欠かせないものばかり。自分たちだけ逃げるつもりなんだと思った。

ラース指揮官に報告したら、シュリスと魔女を引き離したいと言うので、喜んで協力した。短いけれど二人きりの旅。シュリスはうっとりするくらい格好よかった。

用事を済ませて帰路についたとき、我慢できなくて「いつまで魔女と一緒にいるの？」とシュリスに聞いた。シュリスはちょっと考えてから、「許される限りずっと」と答えた。相手は悪い魔女なのに、幸せそうな顔なのが信じられなかった。

わたしが呪いのことを知っていると言えば、シュリスは驚いていた。シュリスのことが好きだし、ずっと一緒にいたい。呪いなんて怖くない。たとえ神の御許《みもと》に行けなくても、シュリスと一緒なら平気。だから、わたしを好きになって。そう伝えたの。

シュリスは「ありがとう」って言ってくれて、わたしは嬉しさのあまり涙が出そうだった。なのに……

「帰ったら魔女殿に相談してみる」

……何、それ。魔女がダメって言ったら、諦《あきら》めるの？　魔女がいいって言ったら、わたしと結婚するの？　わたしを、好きだからとかじゃなくて？

腹が立ったから、「どうせ魔女はもうすぐ死ぬのに」と言ってしまった。見たこともない怖い顔のシュリスに詰め寄られて、ラース指揮官の計画を話してしまった。今から急いでも間に合わないだろうと思ったのに、シュリスは馬から降りると驚くほど速く駆け出した。

慌てて追いかけたけれど追いつけないまま砦《とりで》に着く。驚いたことに砦《とりで》が魔獣に襲撃されたらしい。ほとんど終わった後のようだったけれど、被害は甚大《じんだい》だった。

わたしはシュリスを探した。きっと魔女のところだ。

案の定、シュリスは横たわる魔女の傍《かたわ》らに跪《ひざまず》いていた。魔女が、わたしの名を呼ぶ。わたしをシュリスの花嫁にと望んでいる声が届く。

――わたしを、シュリスの花嫁に？

ぽっと胸に火がともったみたいになった。嬉しい。シュリスだって、魔女がいいと言えば結婚してくれそうな感じだった。さっきは腹が立ったけど、シュリスがわたしのものになるならいい。これからうんと好きになってもらえばいいわ。

傍《そば》に行こうと、一歩踏み出す。すると、シュリスが魔女を抱えて駆け出した。

……え？

魔女がわたしを指さし、何か言っている。でもシュリスは止まらない。そのまま視界から消えてしまった。

……何これ。シュリスが逃げた？　……わたし、シュリスの花嫁になれないの？

身体中の力が抜けて、わたしはその場に座り込んだ。

しばらくして、シュリスが帰ってきた。魔女は一緒ではない。死んだと伝えられた。

「どうして……わたしから逃げたの」

震えながら問えば、シュリスは紫色の瞳でわたしを見る。けれど本当は、わたしなんか見てない。

「身体が勝手に動いた」

……それは何より明確な拒絶だった。

見たことがないくらい無表情のシュリスは、まるで人形みたいで怖かった。そしてラース指揮官を見つけると彼を殴り始めたので、わたしは悲鳴をあげる。

シュリスが殴るのをやめた後、指揮官がかろうじて息をしていてほっとした。シュリスは、魔女殿からの慈悲《じひ》だと言いおいてわたしに紙片を残し、その場を去った。去り際、「……それがなければ殺し尽くしてやったのに」と囁《ささや》いていったのが心底怖かった。

……あんなシュリス、知らない……

震える手で紙片を広げてみれば、それは魔女からの手紙だった。ラース指揮官の執務室にあった書類を千切って使ったらしい。

そこには、魔女とシュリスはどちらかが死ぬと死んでしまうこと、わたしをシュリスの花嫁にするため自分はまだ死ねないこと、そのために幾人かが死ぬであろう運命を回避させないことと、それに対する謝罪が書かれていた。最後に、どうか生き残った人たちは精一杯生きてほしいと。

……馬鹿みたい。

魔女はやっぱり魔女だった。小さいころから知っている、お人好しで優しい、わたしたちの魔女だった。わたしが勝手に、悪い魔女にしてしまっていたのだ。胸が締めつけられて苦しい。

せめてシュリスに魔女のお墓の場所を聞けばよかった。でも、聞いても教えてくれなかったかもしれないと気づく。たぶんわたしには、謝る権利なんて、ないんだ……

魔女の死から数年後、作物が採れないはずの土地に苗木が根付いた。

第四章　愛され王子と逃げ腰魔女

——いや。ないだろう。自分。

またもや計画ミス発生。幼馴染《おさななじみ》と仲よくさせよう計画に、なんとカナン自身が影響されてしまったようだ。

幼馴染《おさななじみ》じゃないけど、二人で暮らしてたら嫌なトコも好ましいトコも見えちゃうよね。会話だって増えるし。

大神殿のときは神官とか巫女とかが周りにいたし、部屋も当然別々だったしね。それを思えば、一緒にいる時間が長く濃くなった分、好意が増すのは普通だよね。うん、普通。

だけどさ、その好意は、別に恋愛的なものじゃなかった。シュリスの人となりを好ましく思って、幸せになってほしいなぁと願っていただけのはず。

なのに、あのとき。これ死んだな～って思ったときに助けられて。あれほどの絶望の靄《もや》をまるごと変える瞬間を見せつけられて。

あれは、間違いなく物語の主人公がやることだ。目の前で繰り広げられたそれが、自分のよく知るシュリスが巻き起こしたものだった——となれば、そりゃ好感度は鰻上《うなぎのぼ》りだよ！

……だけど、私は、魔女なのだ。

ほんの少し運命を変える手助けができるだけの魔女。この世界の異物。お姫様でもなんでもない。シュリスにとって私は、魔女だし保護者だし、年上で平凡で可愛くなくて……

真の花嫁を見つけようと、さんざん息巻いていたくせに、今更シュリスが気になっちゃった？

ミイラ取りがミイラになった、みたいな？　いや、ちょっと意味が違う？　……あれ？　しかも私、シュリスの前で泣いて、子供みたいにダダこねたような……

恥ずかしいぃぃぃぃぃぃ!!　どの角度からどう考えても恥ずかしい！　もうどんな顔で再会すればいいかわからない！

――――と、思っていたのに、転生してしまった……

幼い姿のまま、草原に一人、カナンは佇《たたず》んでいた。

「……よし。逃げよう」

カナンの決断は早かった。

シュリスが物心つくまで、まだ数年ある。逃走することを決意したカナンは、ひとまず大神殿に向かった。記憶を取り戻したら、シュリスはお供を引き連れて魔女を探しに来てしまう。大神殿には自分が発生したことを告げ、少しばかり世界中を旅して回るので、シュリスには大神殿で待つよう伝言を頼もうと思った。


カナンが大神殿に行くと、誓約《せいやく》の魔女が現れたと大騒ぎになった。

今代の神殿長は、上品に年齢を重ねたと思わせる年配の女性で、ミリアニーナと名乗った。

「それで、魔女様。前回よりも大分お時間が経っているのですが……。もしや、一度どちらかに転生されていましたか？」

優しく聞かれたので、実はシェアラストに英雄と共に転生していたことを告げる。すると、「ぜひ詳細をお願いします」と言われた。カナンもシェアラストが今どうなっているのか気になっていたし、大神殿には支援してほしいと思っていたので、問われるまま語り始める。

気づけば、いつの間にか執務室に集まった神官や巫女がカリカリとペンを走らせ、魔女が語る内容をひたすら書き留めていた。

……今は、日々の生活においてシュリスが手伝いをしてくれたことなどを話しているだけである。なぜに必死にカリカリしているのか。

訝《いぶか》しく思ったが、ミリアニーナは非常に聞き上手で、カナンはついペラペラと語ってしまった。最後、ドラゴンに喰われそうになったところを助けてくれたシュリスの格好よさについて、熱が入ってしまったのは仕方がないことだろう。物語として最も盛り上がるところだ。神官や巫女たちの反応もよく、カナンはとても気分がよかった。

「シェアラストについては、大神殿の方で調査してみましょう。必要な支援もしておきますのでご心配なく」

ミリアニーナがそう言ってくれたので、カナンは安堵《あんど》する。

「……それで、シュリスも五年くらいしたらここに来ると思うんですけど、私はちょっと旅に出るから心配しないでって伝えてほしいんです」

カナンが本来の目的である言付けを頼むと、ミリアニーナはにっこりと微笑んだ。

「それはお勧めいたしません」

「は？」

思わず聞き返したカナンだが、ミリアニーナは慈愛のこもった微笑みを絶やさない。

「先日、南方三国の一つネイデルハイドの第三王子が生まれました。第三王子は金色の髪と紫色の瞳のとても愛らしいお姿をしているそうです」

……そいつは、十中八九シュリスだろう。今度は王子様か。

「英雄様は今回も魔女様をお探しになるでしょうが、王子という身分になれば、大騒動を引き起こすことは目に見えています」

それは容易に想像がつき、カナンは顔を引きつらせる。これまでもシュリスは魔女を探す旅で騒動を起こしていたが、今回の転生先は王族。

国家レベルの騒動が起こるのは大神殿としても防ぎたいのだろう。英雄は魔女の所在が不明だと暴走するので、逆に魔女が大神殿にいれば問題ないということだ。

……理屈はわかるが、カナンは困る。

「それだと会いに来ちゃうでしょう？」

「英雄様にお会いになりたくないのですか？」

瞬《まばた》きを繰り返すミリアニーナから、カナンはそっと視線を逸らし、「色々あって……」と言葉を濁《にご》す。魔女の姿をじっと見つめていたミリアニーナは、やがて口を開いた。

「何やら事情がおありのようですから、わたくしがお力になりましょう」

第三王子が英雄の転生者だと判明した場合、おそらく王宮から連絡が来るだろうとミリアニーナは語る。その時点でネイデルハイドに文を送り、魔女は大神殿にいることを伝えた上で、英雄には王宮で暮らすように進言すると提案した。

「現在のネイデルハイドの王家は愛情深い方々ですから、第三王子を成人前に手放そうとはしないでしょう。それどころか第三王子が大神殿に近づくのも嫌がるかもしれませんね」

それを聞いたカナンは思案する。

第三王子という立場ならば、周囲に煌《きら》びやかな姫や貴族の令嬢がいるだろう。そんなのに囲まれて育ったら、今世はカナンに構っている暇などないかもしれない。というか、花嫁見つけちゃうかもしれない。

自分については、所在と無事を知らせておけば、それで満足してもらえる。そうやってどうにか距離を置いて過ごす。その時間と距離が、徐々にカナンを落ち着かせてくれるだろう。

そうだ。逃げたら逃げたで、なぜ逃げたか追及される。そうなってしまったら、己《おのれ》の心情やら何やら白状するはめになるかもしれない。……それだけは避けたい。

自分でも愚かな矜持《きょうじ》だとは思うが、今更シュリスのことが気になっちゃって気まずくって〜……なんて、絶対に言いたくない。

いつかシュリスが来たとき、まだ自分が落ち着いていないと判断したら、逃げる。それまでは大神殿で生活する。

――――――これだ。

決意した彼女はミリアニーナに向き直ると、深々と頭を下げた。

「これからお世話になります」

「こちらこそ。わたくしの代で魔女様にお会いできるなんて光栄です」

上品に笑うミリアニーナは聖母のようであった。


魔女が大神殿に住み着いてから五年ほど経ったとき、ネイデルハイド王家から使者が来た。第三王子が英雄だと知れたのだ。ネイデルハイド王家としては、可愛い末王子を大神殿に行かせたくないが、本人がそれを望んでいるという。

ミリアニーナが使者に手紙を持たせて帰らせた結果、第三王子は成人まで国にいることになったと返事が来る。早々に逃げる準備を始めていたカナンは、安堵《あんど》すると共に、どこか肩透かしを食らった気分だった。

更に数年経つうちに、ネイデルハイドの第三王子は有名になっていった。彼の名はウォルティト。金色の髪と紫色の美しい瞳を持つ王子は、見目麗《みめうるわ》しく文武に長《た》けているという。

この第三王子にはなぜか婚約者がいない。一説によると、末っ子を溺愛《できあい》する王家が彼の願いを聞き届けて〝好いた人〟との婚姻を認めているという。そのため、貴族の令嬢がこぞってその座を競い合い、恋の話に事欠かない。最新の情報では、ネイデルハイドの隣国フュレインの王女が彼に惚れ込み、婚姻したいと申し入れているらしい。

さて、そんな噂を数年聞かされ続けたカナンは――

「今度こそ、真の花嫁見つかったかな～？」

すっかり落ち着きを取り戻していた。実はシュリスとは月に一度くらいのペースで文を交わしている。前回は一緒に暮らしていたから、なんだか変な気分だったが、こういうのも悪くない。

シュリスの手紙には、日々どういうことを学び、家族がどういう人たちで、どれだけ自分を大切にしてくれているかなどが細かく書かれている。とても充実していて幸せなんだろうということが伝わってくる手紙に、思わず顔が綻《ほころ》ぶ。

最初のうちは手紙を開くたびにドキドキしていた。けれど……なんというか、好意を示唆《しさ》するような空気をこれっぽっちも感じさせない文章の羅列に、カナンは気づいたのだ。

そうだ。シュリスにとって、自分など恋愛対象になるわけがない。前回カナンが晒《さら》したあの醜態《しゅうたい》については見なかったふりをしてくれているのかもしれない。あのときシュリスがなんか熱っぽかったのも、戦闘後だからとかたまたま感情的になってたとか、そういう感じだったに違いない。

「魔女様～、薬草採ってきましたよ～」

「は～い」

巫女たちが部屋に薬草を運び込むのを見て、カナンは手紙をしまう。それを見た巫女が楽しそうに言った。

「また英雄様からのお手紙ですか？」

「うん。昨日届いたんだよ」

「早くお会いできるといいですね」

にこにこする巫女たちに、魔女は「どうかねぇ」と返す。

「シュリスはあっちで大事にされているみたいだから、もしかしたら今世はずっと王子様として暮らすかもしれないねぇ」

「そんなことは……」

巫女たちは心配そうな顔をしてくれるが、そんなこともあるかもしれない。

心構えは大事だ。


第三王子の成人の儀が行《おこな》われる年、ネイデルハイドから魔女宛《あて》に使者が来た。

「魔女様、どうかネイデルハイドへお越しくださいませ」

来た！　とカナンは思った。

恭《うやうや》しく頭を下げているけれど、使者の目は決して好意的ではない。カナンのことを、英雄を騙《だま》した悪い魔女だと思っているのかもしれない。

「第三王子様の将来のため、我が国としてはぜひとも魔女様にお越しいただきたく存じます」

使者の持つ書状の刻印はネイデルハイド王家のものだった。シュリスからの手紙にもあるものだから間違いない。

静かに息を吸い、そして深く吐いた後、魔女は使者の顔を見た。

「わかりました。いつ向かえばいいですか？」

「今すぐにでも。第三王子の成人の儀までに、すべて終えられたいとのことですので」

「魔女様、お待ちください。神殿長にご相談した方が」

心配そうにする巫女に、使者は冷たい視線を送る。

「魔女様にはこのまま同行していただく。神殿長には其《そ》の方から説明すればいいだろう」

巫女相手に見下すような物言いをされるのは、非常に面白くない。これ以上何か言われる前にと、

「神殿長にはお話ししておいてね」とお願いして巫女を退室させる。そして、できうる限り手早く荷物をまとめると、使者について建物を出た。

「それでは魔女様、どうぞ」

ネイデルハイド王家の紋章付きの馬車に乗り、カナンは大神殿を後にした。馬車の中には彼女一人しかいない。だが久々に会う英雄殿に、普通に接することができるかだけが不安だった。


南方三国の一つネイデルハイドは、その中で最も南に位置する国である。磨き上げられた白亜《はくあ》の宮殿は、北方のものに比べると開放的だ。温暖な気候で鮮やかな色の花々が咲き誇り、甘い香りが風に乗ってふわりと漂《ただよ》ってくる。ガランバードン国の王宮や大神殿とはまったく異なる造りに、カナンは物珍しさから視線をぐるりと巡らせた。

馬車から降り、使者の後ろをついていくと、ある部屋の前で使者が立ち止まった。そこに控えていた兵士が静かに扉を開ける。

「――――どうぞ」

使者に促《うなが》され、部屋の中に入ると、後ろで扉が閉まる音がした。

「ようこそ、魔女様。我々はネイデルハイド王家に仕える貴族です」

そう自己紹介されたカナンは首を傾げる。カーテンが引かれているため薄暗い室内には、裕福そうな見た目の人物が数名存在した。自分は第三王子ウォルティトのために呼ばれたはずである。決して、欲深そうな目をしたおっさんたちに会うためではない。

「部屋を間違えましたかね」

そうであってほしいと思ったが、ここで合っていると言われた。こういうときは、とりあえず相手を刺激しないことが肝要《かんよう》である。カナンは勧められるままソファに腰かけた。

「魔女様、我々はウォルティト殿下を主《あるじ》と仰《あお》ぐ、この国の貴族です」

そこから、ウォルティト王子賛美《さんび》が始まった。大変理知的で文武に長《た》け、上に立つ者として申し分ない方であり、第一王子、第二王子よりも玉座にふさわしい、と。

だというのに、第三王子には有力な婚約者もなく、つけられるべき側近もつけられていない。この現状を、第三王子に心酔《しんすい》する貴族たちは歯がゆく思っていた。これはすでに立太子されている第一王子に対抗すべく、貴族たちが幼い第三王子を担《かつ》ぎ出し、無用な争いで玉座を血に染めることを防ぐための国王の考えなのだと。

「しかしながら、それは我らの勘違いだとわかりました。ウォルティト殿下こそ、呪われた英雄にして聖騎士サラディンだったのです」

魔女は眉をひそめたが、相手は熱の入ったセリフを垂れ流す。

「殿下が英雄サラディンであるならば、国王陛下のなさりようも理解できるというもの。いずれ大神殿に赴《おもむ》くと決まっているのであれば、婚約者など宛《あて》がうはずもない」

それで納得して終わればよかったのに、彼らはそうしなかった。

「けれど、あの方はまだネイデルハイド王国第三王子ウォルティト殿下なのです」

薄い銀色の髪の貴族が、魔女の黒い瞳をひたと見据《みす》える。

「英雄には中立の誓約《せいやく》があるわ」

「存じております。英雄と花嫁は神殿に属し、英雄は神聖騎士の位《くらい》に就く。何人《なんぴと》もこれを害することはできず、各国に対して中立である。……といった内容でしたかな」

そこで別の貴族たちが口を開く。

「しかし、まだウォルティト殿下は英雄として神聖騎士の位《くらい》に就いていない」

「であれば、中立の誓約《せいやく》も無効でしょうな」

そう。これもまた誓約《せいやく》の穴だ。転生するたび大神殿に赴《おもむ》き、英雄と認められて神聖騎士の位《くらい》に就くことが、条件の一つになってしまっていた。少し知恵の回る者ならば、その抜け穴に気づくだろう。そして今世の英雄は、まだ大神殿に赴《おもむ》いていない。ウォルティトとして生きている。

「みなさんがここに集まったのは、国王陛下のご指示でしょうか」

そうではないとわかった上での問いかけだ。シュリスは、己《おのれ》の呪いや魔女の力について家族にのみ話したと手紙に記《しる》していた。あの真面目な男が嘘を記《しる》すはずがない。

「ウォルティト殿下はネイデルハイドに必要なお方。せめて今世だけでも王族として、ひいては国王として暮らしていただきたいとの思いから、魔女様をお呼びいたしました」

問いかけへの答えが返ってこない。やれやれと思いながらカナンはぽりぽりと頭を掻く。

「えーと……？　結局、何をどうしてほしいの？」

「ウォルティト殿下に玉座に就いていただくため、魔女様にも協力してほしいのです」

「魔女様の呪いで、政敵をすべて排除していただけるとなれば、殿下の治世は安泰でしょう」

「魔女様は英雄の花嫁でいらっしゃる。では内助の功となりますかな。そうなれば魔女様は後宮に部屋を賜《たまわ》ることでしょう。当然、正妃には我が国の貴族の血筋の者がなるでしょうが……」

和《なご》やかに笑っているけれど、要するに、自分たちの手を一切汚さずに利益だけを得たいというわけだ。

「私は呪いなどかけられませんよ」

解くことはできなくても、かけることはできるのだが、できないことにしている。カナンの言葉に、驚きに満ちた顔で貴族たちが喚《わめ》く。

「なんと!?　では何ができるのだ!!」

「呪いを改変することくらいですかねぇ。まぁ第三王子様につきましては、すでに改変した後ですので、これ以上の改変はできかねますが」

「話が違うではないか！」

「どういうことだ！」

困惑顔の魔女を他所《よそ》に、貴族たちは口々に騒ぎ出したが――

「これはいったいどういう集まりなのかな？」

突然部屋に響いた涼やかな声音に、貴族たちがいっせいに口を噤《つぐ》んだ。声がした方向を見れば、二人の美丈夫《びじょうふ》が立っている。

一人は明るい金茶の髪と緑色の瞳。もう一人は短い焦《こ》げ茶色の髪と瞳をしていた。身にまとう衣服や背後に騎士たちが控えている様子から、身分の高さが窺《うかが》える。

「日ごろから我らが末王子を担《かつ》ぎ出そうとする面々が、こうして城内に集まるとは、いったいどういった目論見《もくろみ》があるのか……そこの女性についても実に気になるところだ」

金茶色の髪の男が言えば、焦《こ》げ茶色の髪の男がその後に続く。

「まったくだ。兄上が次期国王であること、そしてウォルが成人の儀と共に継承権を失うことは、決定事項だと通達されたばかりなのになぁ。これはまさしく国王陛下への反逆だろう。色々と詳しく聞かねばならん」

二人の合図と共に、騎士たちが貴族たちを連行していった。

カナンは別の部屋に案内された。ソファなどはなく、床に敷かれた繊細な模様の絨毯《じゅうたん》に座るよう勧められる。先ほどのソファがあった部屋は、他国の人間に応対するためのものだったのだろう。

目の前には二人の美丈夫《びじょうふ》。眼福《がんぷく》である。

「私は、ネイデルハイド王国第一王子リィデルガート。こちらは第二王子のギリトアルだ」

明るい金茶の髪と緑色の瞳の方がリィデルガート。短い焦《こ》げ茶色の髪と瞳の方がギリトアル。リイデルガートよりもギリトアルの方が鍛えられた肉体をしていた。服装も、リィデルガートはたっぷりと布を使った衣装だが、ギリトアルの方は動きやすさを重視していて、王子というよりは武官のようだ。

「このたびは、我が国の貴族がご迷惑をおかけして申し訳なかった」

色とりどりの果物が盛られた器《うつわ》と飲み物が用意されると、二人の王子は侍女などを下がらせた。

「先ほどのヤツらは、我が国の貴族社会の中では弱小で、なんとか中心勢力に入り込みたいが、それができぬ者たちだ。いずれ末王子を次期国王に担《かつ》ぎ上げ、甘い汁をすすろうと考えていたのだろうが、成人の儀と共に王位継承権を失うと聞き、焦って行動に移したようだな」

「あいつらがどうやって情報を手に入れたのか、詳しく聞き出さねばならない」

今世のシュリスは王子様になったばかりに、お家騒動が勃発していたらしい。だが兄王子たちの様子からどうやらシュリスは大事にしてもらっているようだとわかり、カナンは安堵《あんど》した。

「それはさておき、せっかく魔女に会えたのだ。一つ我らの願いを聞いてはくれないだろうか」

「………どのようなことでしょう」

にこやかな笑顔の第一王子を、カナンは警戒する。

「私たちの可愛い末の弟ウォルティト。あれが英雄サラディンの生まれ変わりだと聞いたときは驚いた。すぐに大神殿に行きたいと言う弟を王家全員で説得し、なんとか成人までは国に留まるよう約束させたのだ」

「あのときは、みんなで泣き落としにかかったよなぁ」

懐かしむように遠くを見ながら二人は語る。

どうにか泣き落としに成功した後、王家は英雄サラディンについて調べた。北方二国の一つガランバードンで凶悪な魔術師を倒した英雄。けれど、そのせいで不死の呪いを受けてしまった英雄。そして、騙《だま》されて醜悪な魔女と婚姻したまま転生を繰り返す英雄。

何より、転生し続けなければならない呪いの存在に驚いた。なんとか呪いを解こうと古い文献をあさり、希少な魔術師を探し出しては頼ったが、なんの成果もあげられなかったという。

「ウォルティトは、魔女のことを恩人だと言っている。自分に唯一、手を差し伸べてくれた存在だと。……でもね、私は納得いかない」

緑色の瞳が鋭くカナンに向けられた。

「そもそも、なぜ花嫁が必要だった？　花嫁一人を生贄《いけにえ》にせずとも、たとえば大勢の人間を代償として用意すれば、事足りたのではないか？　そうさせずに花嫁を要求したのは、最初から自分が花嫁に収まる魂胆《こんたん》だったか――」

「……………あぁん？」

カナンの口からチンピラのような声が出たが、幸いにも二人の王子には聞こえなかったらしい。

「よくもお前程度の容姿でウォルの嫁になろうと考えたものだ。まぁそれこそ呪いのせいでもなけりゃ、絶対にありえないことだったろうがな」

「………他になり手がいなかっただけなんですけど」

フンと鼻を鳴らして見下してくる第二王子にかなりイラつくが、相手はシュリスの家族だと思って我慢する。

「確かに、ガランバードンの非道な行《おこな》いはウォルティトから聞いた。しかし、我々は英雄サラディンの姿絵も手に入れたんだ。まさしくウォルそのものじゃないか。もちろん我々の愛を一身に受けて輝く今のウォルの方が格好いいぞ？　だが、心優しく美しく凜々《りり》しい上に英雄となれば引く手あまた。花嫁候補はいくらでもいたはずだ。いや、花嫁に限定せずとも、救世の英雄のためならば誰もが代償として身を捧《ささ》げただろう。だが、そうならなかった——魔女がそうさせなかったのだな？」

「汚い手を使って花嫁の座を手に入れ、徐々にウォルを懐柔《かいじゅう》したんだろう！　だからアイツはあんなにも…………！」

「そう！　口を開けば魔女殿魔女殿魔女殿と……！　我らの可愛い弟を誑《たぶら》かすとは性悪魔女めっ……‼」

なんだか興奮した様子の二人を他所《よそ》に、カナンは茶をすすった。第一王子ははっと我に返ると、作り笑顔を貼りつけて居住まいを正す。

「……とにかく、我らはウォルティトの呪いを解いてほしいのだ。必要ならば、いくらでも代償を用意する」

「奴隷とか強制的に集めた人は、代償に向きませんから。その後の人生どうなるかわからないのに、全員が了承してくれるんですかねぇ。……まぁ、そもそも、もう改変の余地がないんですけど」

「む……、奴隷はダメなのか……⁉」

ずっと昔、英雄殿も奴隷を連れてきたっけなぁ……。カナンはちょっと昔を懐かしんだ。

「魔女が花嫁なのが気に食わないのでしょう？　シュ……じゃなくて、ウォルティト様がお好きになられた女性を花嫁にすることはできますから、その方の了承を得ればよろしいのでは？」

もしかしていい相手がいるのではと思っての言葉だったのだが、なぜか兄王子たちがキッと睨《にら》みつけてきた。

「貴様！　そんなあっさり別の嫁をくっつけようとするなどっ……！　ウォルの身体をさんざん弄《もてあそ》んだ上に、飽きたから捨てようというつもりか!!」

「ウォルを捨てるだと!?　何様のつもりだ!!」

「……何コイツら、めんどくせぇぇ……！」

――どうやら今世のシュリスは若干暑苦しいほどの家族愛を享受《きょうじゅ》しているようだ。

「…………最初の質問から答えましょう」

こめかみを指でほぐしつつ、魔女はゆっくりと語る。

「確かに、大勢の人間を代償として、不死の呪いを転生の呪いに変えることも可能でした。けれど、その場合は英雄一人で転生します。たった一人で転生し続けるということの意味が、その重みが、あなた方にわかりますか？　家族が、友人が、愛する人ができても必ず別れ、そしてまた最初から始めることになるのです。人はそんなに強くありません。いつしかそれは諦観《ていかん》に至り、行き場のない憤《いきどお》りが、その身を蝕《むしば》んでいくことでしょう」

改変の代償は、大勢から寄せ集めても可能だった。だが、それを行《おこな》う魔女自身、一度転生した身である。一人きりで転生し続けるということを、誰よりもはっきりと想像することができた。

不死の呪いと転生の呪い。どちらも根本的なところは変わらない。すべてを失い続け、絶対的な孤独に陥《おちい》っていく。だから英雄に告げたのだ。代償として、花嫁が必要だと。

本音を言えば、代償は友人でも兄弟でもなんでもよかった。ただ、永遠に繰り返されるのであれば、伴侶《はんりょ》という関係が一番歪《ゆが》む可能性が少ないと考えただけだ。

「私が花嫁になったのは単に成り行きです。その辺は聞いていないのですか？」

カナンの問いかけに、ギリトアルが眉間《みけん》に皺《しわ》を寄せた。

「……ウォルは、なぜ魔女が花嫁になったのか詳しく語りたがらない。ただ、魔女の素晴らしさばかり並べ立てる……」

ことごとく女性に振られ続けた話など、あまりしたくないだろう。たとえ、うんと昔の話だったとしても。

「ウォルティトに言い寄る女性は、みな不幸な目にあっている。これは魔女の呪いではないのか？」

どうせ陰険な女性同士の戦いが起こっていたのだろう。なんでも魔女のせいにされては困る。

「呪いの力があったとしても、知らない人間なんか呪いませんよ。それに、誤解があるようですが、私は英雄を弄《もてあそ》んでなんかいません。肉体関係は一切持ってないし、むしろ花嫁探しを手伝ってきたんです」

あんたらの大事な弟には一度たりとも手を出してないから安心して、という意味で言ったのに、なぜか兄王子たちは目を剥《む》いた。

「はあ!?　お前が花嫁だろうが!!」

「本気で言っているのか……？」

兄王子たちの反応にびっくりしながら、「仮初《かりそめ》の花嫁ですし……？」と返す。

「夫婦の誓約《せいやく》をしているんだろう？」

「よくご存知ですね。不死の呪いに抵抗するための策の一つとして組み込んだものです」

「……ウォルティトが婚約者を望まない理由として説明してくれたのだ……。不貞を行《おこな》えば、呪いにどのような悪影響が出るかわからないと」

そのとおり、と頷く魔女に、なぜか兄王子二人は信じられないものでも見るような目を向けた。

「……と、いうことは、あいつは何度転生しても女を抱けずに……それは辛《つれ》ぇ!!」

「そうやって自分以外の女を抱けないようにして、ウォルを振り向かせようとしたのか……？　なんと狡猾《こうかつ》な……！」

なんかひどく憤慨《ふんがい》されている。

「いや、彼は経験したことないんだし、別に気にしていないのでは……」

一度も経験がなければ案外気にならないものであろうと思っての発言だったが、兄王子たちには衝撃だったらしい。

「なんという非道……!!　永遠に女を知らないとは……！」

「そこはお前でいいから経験させてやれよ!!　……あまりにもウォルがかわいそうじゃねぇか……」

「……何その無駄な連帯感……」

涙まで流しかねない男たちに、カナンはドン引きした。

「……とにかく、私と英雄はそういう関係じゃありません。英雄が本当に好きな相手を見つけたら真の花嫁にするという話になっていますし、それを破るつもりもありません」

魔女が真面目な表情で告げれば、兄王子たちは黙り込む。やがて、まっすぐ魔女に向き直ると、真剣な表情で見つめた。

「……どうやらあなたの人となりを誤解していたようだ。無礼を謝罪しよう。すまなかった」

「ああ。……あんたは、俺たち同様、ウォルを大事に思ってくれてたんだな」

ようやく誤解が解けたようなのでカナンはほっとする。聞く耳を持ってくれる人たちでよかった、と安堵《あんど》していると、二人はおかしなことを言い出した。

「では、魔女よ。ウォルティトの呪いを少しでも軽くなるよう改変してくれ。代償は、私たち二人が支払う」

「え？」

「王族が二人も身を捧《ささ》げれば、呪いの効力を薄めるとか色々できるだろう？」

「はぁ？」

魔女の目から視《み》て、二人は共に宝石のように硬質で透き通った、薄い青と薄いオレンジ色の綺麗な靄《もや》に包まれている。だが、シュリスの運命を大きく改変できるほどではない。

すでにシュリスの呪いは『花嫁と共に転生する』という改変を経ている。最初に多くの代償があれば他にも条件づけができたかもしれないが、今の状態からできることはほとんどない。

「いや、王族ならなんでもいいっていうわけでもないし、それに……」

説明しようとしたが、リィデルガートがカナンの手を取り、首を傾げた。

「我らはそれなりに女性に好まれるし、扱いもうまいぞ？」

「まあ、体力には自信がある。たとえ魔女だろうと満足させてやれると思うぞ」

「はあ？」

なんだか、話がかみ合っていない気がした。

「……あの、何が代償になるのかわかっているんですよね？」

「何を言っている。我が国では魔女を満足させれば願いを叶えてもらえると伝わっているぞ」

「宝石なんかもいいが、一番価値があるのは快楽なんだろう？」

「んなワケあるかっ!!」

ついつい怒鳴れば、二人はきょとんとした。タイプの違う美形だと思っていたが、そういう表情は恐ろしく似ている。

「最初は生贄《いけにえ》の花嫁が相手になるはずだったのだろう？　女同士で……とはあまり聞かない話だが。しかし自分自身が花嫁になったから、代償は不必要になったのか」

「大勢の人間を代償とする場合、全員の了承を得なければならないというのであれば、確かに結構な大仕事だ」

「全っ然、違うわ!!　なんだその十八禁要素満載の代償！　そんなもん代償になるか!!　大体、不貞は夫婦の誓約《せいやく》に触れるでしょうが!!」

この阿呆どもがと罵《ののし》れば、兄王子たちは目を瞠《みは》った後、おかしそうに笑った。

「そのように怒られるのは初めてだ。なんだか新鮮だな」

「そうだな。女に嫌がられたことなんかないなぁ」

「ちっ……これだから顔のいい男は……！」

忌々《いまいま》しそうな魔女に、リィデルガートが表情を改める。

「あなたは伝えられている物語の魔女とは随分違うようだ。……ウォルティトが懐《なつ》くのも頷ける」

そのとき、扉の向こうが騒がしくなった。

「魔女殿!!　ご無事ですか!?」

両扉を破壊しそうな勢いで開けたのは、金色の髪と紫色の瞳の美青年だった。

身体に兵士が何人かしがみついているのをものともせず、ずんずんと部屋に入ってくる。その目に剣呑《けんのん》な光を宿らせながら。

「……兄上方……これはどういう状況でしょうか。魔女殿を俺から隠すように連れ去るとは……！」

「ウォルティト。お前のために、我らが魔女に身を捧《ささ》げようとしていたのだ」

「それは代償にならないって言ってるでしょうが！」

「お前の言ってたとおり、魔女はそんなに悪い女じゃねぇってわかったけど、口は悪いな」

「大きなお世話だ!!」

「……身を、捧《ささ》げる……!?」

魔女の手首をいまだ掴《つか》んでいる兄王子の手を、末王子は手刀《しゅとう》で叩き落とした。そして自分が魔女の手を取ってその場に膝をつく。

「魔女殿……お会いしたかったです……！」

「え？　うん……久しぶりだねぇ、シュリス」

カナンは微笑んだ。視界の端で痛がっている第一王子は放っておく。

兄王子たちとのやり取りのおかげか、シュリスと再会しても変に緊張はしなかった。自然な態度が取れている自分に安堵《あんど》する。ブラコン王子たちに感謝である。

「兄たちが失礼なことを言ったようで……申し訳ありません」

「いや、シュリスのことを大切にしてくれてるみたいだねぇ」

少し過剰な気もするけど。と心の中で付け加えておく。シュリスは紫色の瞳を細めた。

もうすぐ成人を迎えるという第三王子は非常に美麗だ。前世でも聖騎士時代に叩き込まれた動きは軽やかだったが、王子として教育されたせいか優雅さまでも加わっているように思える。

「魔女殿はお変わりないですね」

シュリスは苦笑し、カナンの手を引いて立ち上がらせた。

「兄上方、魔女殿は俺が歓待いたします」

「待て、ウォル……」

兄王子の呼びかけに応えることなく、シュリスはカナンを引っ張って部屋を出ていく。王宮内をどんどん歩いていくシュリスに、カナンはやや小走りになりながらついていった。

兄王子たちは方法はともかく、シュリスの呪いをどうにかしたいと考え、魔女に代償を捧《ささ》げようとまでしていた。そうやってシュリスを思いやってくれる存在に、悪い感情を持つことなどできない。むしろ、大切にしてもらってよかったなぁとカナンは考えていた。

「こちらです」

案内されたのは、第三王子の私室のようだった。家具などに派手さはないが、どれも優美な趣《おもむ》きである。

ぱたんと扉が閉まった途端、カナンは抱きつかれてバランスを崩し、毛足の長い柔らかな絨毯《じゅうたん》に腰を下ろすことになった。

「魔女殿、魔女殿、魔女殿、魔女殿、魔女殿、魔女殿……！」

「なんか怖いんだけど⁉」

ブツブツと言い続けるシュリスは、とても麗《うるわ》しい第三王子様には見えない。凜々《りり》しい英雄でもない。カナンのよく知る、ぽんこつだけれど優しいシュリスだ。カナンに会えたことを心から喜んでくれているのがよくわかる。

……まぁ、前回の最期は刺されたことによる失血死？　だったからなぁ……この反応も仕方ないかと、カナンはシュリスが落ち着くのを根気よく待った。

しばらく経ってようやく落ち着いたシュリスは、改めて兄王子たちの非礼を詫びる。

「記憶を思い出したのが五歳のころです。婚約者を決めろと貴族たちが騒ぎ出したので、家族にだけ自分が英雄の転生者であり、魔女という伴侶《はんりょ》がいることを説明しました。家族からせめて成人までは一緒にいてほしいと懇願《こんがん》され、大神殿からも魔女殿は神殿にいるので安心して国元に留まるように諭《さと》され……成人までそうすることにしました……」

しかしその後、第三王子の婚約者の座を巡って貴族女性の熾烈《しれつ》な争いが勃発し、その中で不幸な出来事が起こるようにもなった。そこまで聞いて、魔女はこてりと首を傾げる。

「その中に気に入った女の子いた？」

「魔女殿……！」

なぜか美麗な顔を歪《ゆが》めるシュリスに、カナンは瞬《まばた》きを繰り返す。しばらく項垂《うなだ》れていたシュリスだったが、気を取り直したのか、また話し始めた。

「……女性の恐ろしさを再確認しただけで、好ましい女性はいませんでした。しかし問題は彼女たちだけではありません」

「兄王子たち？　かなりのシュリス好きだよねぇ」

「……はぁ」

シュリスはため息を吐《つ》いた。

「……今の家族は、どうにか俺の呪いを解こうとしてくれました。だから俺は問われるままに、呪いのことや、魔女殿のことを説明しました。恩人であり、ずっと俺を助けてくれている大事な人だと」

カナンはちょっと照れたが、シュリスは続ける。

「けれど、俺の婚約者の座を狙う女性たちが次々と不幸な目にあうのを、兄上たちは魔女の呪いのせいではないかと疑い出したのです」

「そういえば、そんなことを言っていたわね」

シュリスはぐっと拳《こぶし》を握った。そして忌々《いまいま》しげに顔をしかめる。

「先日国王陛下が、俺の成人と共に王位継承権を消失させると発表した後、どこからか俺が英雄の転生者であるという話が貴族たちに漏れたのです。おかげで、その対応に追われ、魔女殿が城に連れてこられたと聞いたときもすぐに動けず、兄上たちを頼ったのですが……」

「おおー。そこに繋がるわけね」

ぎりぎりと歯ぎしりをするシュリスとは対照的に、カナンはなるほどと素直に感心していた。

「……とにかく、俺の自称婚約者候補たちのうちの誰かがライバルを傷つけているのでしょうが、犯人はわかりません。俺もたまに私物がなくなったりしますが、やはり犯人は見つけられませんでした。継承権がなくなると発表されて、貴族令嬢がまとわりつかなくなったのに、今度は英雄の転生者だと知れてしまい、また女性たちが突撃してくるようになり……」

シュリスのため息は留まるところを知らない。彼の女難《じょなん》は今世も健在であった。

「なんで英雄殿は何度転生しても女性関係で苦労するのかなぁ？」

「……なぜでしょうねぇ……」

ふふ、とカナンは苦笑した。

「やっぱり私が本物の花嫁じゃないから、女性関係で苦労する方向に運命が転がっているのかねぇ」

その言葉で、シュリスの目の色が変わる。

「……では、本物の夫婦になればいいのですか？」

「は？」

先ほどまで抱きつかれていたせいで、お互いの距離は割と近い。手などいまだに握られたままだ。カナンを見つめる紫色の目には真剣な光が宿っていた。

「どうしてもだめだったら、考える。……そう、おっしゃってくださいましたね」

なんのことかと口を開きかけて――昔そんな会話をしたのを思い出す。

――本当にどうしようもなくなったら、ちゃんと考えるから。

――あんたの『初めては好きな人と』っていう夢を諦《あきら》めないでよ。

「……魔女殿」

目の前の金髪の青年は、もはや見慣れた灰色の靄《もや》だけでなく、何か別の……そう、言うなれば色気を噴出《ふんしゅつ》しているように感じるほど、熱い眼差しをカナンに向けていて――カナンは混乱した。

「待った。突然どうしたの。おかしいぞ。まるで……いやまさかそんなわけないし」

「前回の人生で魔女殿がようやく俺に弱音を吐いてくれたとき……俺に泣いて縋《すが》ってくれたとき、俺は決めたんです」

何を。と問いたかったが、問えば藪蛇《やぶへび》になる気がした。

――っていうか、そこはスルーしてほしかったトコ!!

沈黙したカナンがじりじりと下がれば、その分だけシュリスが迫る。

「会えない時間が恋心を募《つの》らせると言われましたが、逆にきっぱり切り捨てられそうになるとは……明らかに作戦ミスでした」

「は？」

声が小さくてよく聞き取れなかったが、シュリスはにっこりと微笑むばかりだ。

「え、えーと……？」

混乱のせいか、どくどくと心臓が早鐘《はやがね》を打つ。

――あれ？　さっき、シュリスは何を言ってたっけ？　本物の夫婦がどうとか……。昔の口約束が、なぜ今浮上してきた？

今のシュリスは言うなれば少年と青年の間。普通なら、どちらかというと可愛い年齢のはずだ。しかし日々肉体を鍛えているのか、はたまた身分のおかげで質のいい栄養を摂《と》ることができているのか、その身長はすでにカナンを軽く超えている。更に、こちらを見つめるその表情は、視線は、醸《かも》し出す雰囲気は、まったくもって可愛いという言葉に当てはまらない。

まるで愛《いと》しいものを愛《め》でるように細められた紫の瞳。なぜか詰められる距離。少し伏せられた長い睫毛《まつげ》。そして、隠しているようでいて隠しきれていない、むしろダダ漏れな色気。

硬直するカナンの手を、シュリスはゆっくりと己《おのれ》の口元へ運んでいく。そして指先に柔らかな唇の感触が――……

「ふにぃやあああああああ!?　何それ!?　無理無理、絶対無理!!　色気過剰すぎるぅうううう!!」

叫び声に驚いたのか、目を見開いたシュリスの隙を突き、魔女は素早く部屋を走り抜けると、そのまま廊下へ飛び出した。走りながら、沸騰《ふっとう》した脳みそがはじき出した答えは一つ。

――逃げよう。

落ち着いて考える時間が欲しい。具体的には転生五回分とか。

＊＊＊

「……英雄様、大丈夫ですか？」

固まっていたシュリスは、かけられた声にのろのろと顔を上げた。視線の先には心配そうな表情の神殿長――――ミリアニーナがいる。魔女を追ってネイデルハイドまで来てくれた彼女は、隠れて成り行きを見守っていたのだ。

「……逃げられた……」

「魔女様、あんなに素早く動けるのですねぇ……」

ほほほ、とミリアニーナが上品に笑う。魔女はシュリスの一瞬の隙を突いて小動物のように素早く逃げていってしまった。

「…………ものすごく、嫌、だったのでしょうか……」

自分で口にしておいて傷ついたシュリスは、床に両手をつき、ガクリと項垂《うなだ》れた。先ほど魔女に迫っていた青年にはとても見えないだろう。

「魔女様は巫女ラーナが追跡しています」

戻ってきた巫女の報告にミリアニーナが頷くと、部屋にいた別の巫女が口を開く。

「あの、神殿長様」

「どうしました？」

「魔女様は、照れていたのではないでしょうか」

「……照れて？」

確かに、顔は真っ赤だった気がするが、照れているだけにしてはやや過剰な反応だったような……。思案するミリアニーナの前に他の巫女が進み出る。

「魔女様は英雄様のことを庇護《ひご》すべき存在と認識されていました。そのような存在から突然あのように男を前面に出して迫られれば、逃げるのは当然です」

「ぐっ……！」

巫女の言葉に胸を押さえたシュリスが呻く。それをチラリと目の端で見ながら、神殿長は巫女たちに先を続けるよう促《うなが》す。

「逃げる際、『色気過剰』ともおっしゃっていました。色気を出して迫るのは厳禁です」

「ただでさえ英雄様はお顔がよすぎるので……。色気はなるべく抑えた方がよろしいかと」

巫女たちの言葉にショックを受けている英雄を無視し、ミリアニーナは考え込む。

巫女たちの言葉はもっともだ。しかしミリアニーナは、英雄が美麗な顔で迫れば、元々英雄に好意的な魔女は落ちるだろうと踏んでいた。

魔女が大神殿に来て、その前世の話をしてくれたとき、ミリアニーナは思った。

キタ――――――!!　と。

ずっとずっと、大神殿では英雄と魔女の行く末がどうなるのか、代々見守ってきた。例の本棚に寄せられた記述によれば、数百年ほどの間、二人の関係にはまったくもって進展がない。

英雄何してるんだと、何度歯噛みしたことか。

それが、なんと自分が神殿長になったこのタイミングで二人が転生してきただけにとどまらず、魔女の英雄に対する態度に変化があったのだ。英雄の活躍を熱く語った魔女の姿から、ミリアニーナは敏感にそれを感じ取っていた。

だからこそ、英雄から逃《のが》れるように旅に出るという魔女を説得し、英雄にはしばらく国元に留まり、文通でもって魔女と交流を図るように提案したのだ。英雄の方は魔女を本気で落としたがっているようだったので、ミリアニーナとしては喜びに打ち震えたものだ。

「けれどまさか、魔女様が英雄様のことを気の迷いだと結論づけるとは、考えもしませんでした」

ほほほ、と笑う神殿長に、シュリスは恨めしげな眼差しを向けた。神殿長からの定期連絡で、魔女が自分のことを恋しがるどころか『花嫁見つかったのかもねぇ』などと巫女たちに話していると知り、がっくりしていたのは記憶に新しい。

「……検閲《けんえつ》さえなければ……手紙に思いのたけを書いたのに……！」

個人的な手紙には家族の検閲《けんえつ》が入るため、滅多《めった》なことは書けなかったのである。

悔しそうにシュリスは嘆《なげ》くが、魔女のあの様子から想像するに、そうしていたらもっと前に魔女は逃げ出していただろう。

そんなシュリスを見下ろしながら、ミリアニーナはスッと姿勢を正す。すでに英雄は一歩を踏み出した。今更後退するなどありえない。

「作戦会議を始めます。みなさん忌憚《きたん》のない意見を述べてください」

神殿長の言葉に厳しい表情で頷く巫女たちは、情けない表情の英雄を前に、熱く意見を交わしたのだった。

◆作戦会議◆

巫女一　「魔女様は英雄様の花嫁探しに固執《こしつ》されていました」
巫女二　「はい。それはこれまでの記録にもありますので間違いありません」
英雄　「あの……これまでの記録とは……？」
巫女一　「しかし、それは英雄様の幸福を第一に考えられていたからのようです」
英雄　「え、無視？」
巫女三　「確かに。かつて絶世の美女と言われたリネディア王女でさえ、魔女様のお眼鏡にはかないませんでした。英雄様を一番に愛せないからとの理由で」
英雄　「なんでリネディアのこと知っているの!?　随分昔の話だよね!?」
巫女一　「と、いうことは、英雄様の幸福は魔女様によってのみ与えられるということを前面に押し出すべきです。色気ではなく」
巫女三　「そうですね。色気ではなく」

英雄　「……ものすごく悪意を感じるのは気のせいなのか……」
巫女二　「過剰な色気は現在必要ありません。時と場所を考えないから、ずっと進展がなかったのではないですか」
英雄　「あの、神殿長……？　巫女たちが俺に厳しいのですが……」
神殿長　（にっこり）
英雄　「……」
巫女一　「しかし、そんな英雄様に朗報が！　ここに取り出したるは、魔女様が今世においてお話しになった、前世のお二人の関係を記《しる》した書です！」
巫女三　「まあ！　懐かしいですわ。初々《ういうい》しい魔女様と英雄様の生活に、読んでいてドキドキいたしました」
英雄　「だから、なんでみんな知ってる感じなんだ!?」
巫女一　「この中で、魔女様は言っておられます。『幼いシュリスは天使のように可愛らしくて、上目づかいでお願いされるとついついお菓子をあげてしまった』『シュリスのお願いには本当に弱かった』と」
英雄　「それ、本当に幼いときの話だから！」
巫女二　「確かに。英雄様のお願いには弱いようなことを呟《つぶや》いておられました」
巫女一　「それを武器にするのです」
巫女三　「どういうことですか？」

巫女一「色気ダダ漏れ状態だと魔女様を警戒させてしまうのは実証済みです」
巫女二「あれはねぇ……」
巫女三「仕方ありませんわ……」
英雄「……え、そんなに……？　そんなにひどかったの？　ねぇ？」
巫女一「そう。英雄様は魔女様との歳の差を気にするあまりか、過剰なまでに大人の色気を使おうとなさいました」
英雄「ちょっ……！」
巫女一「しかしそれこそ愚策《ぐさく》！　魔女様の性格を考慮すれば、そのような受け入れがたい態度で迫るよりは、懇願《こんがん》系美青年路線で行くべきなのです！」
二・三「「おお～」」
巫女三「きっと大人ぶりたかったのでしょうけれど……」
巫女二「仕方ありません。常に歳の差七つ。相手は自分の保護者同然。おまけに延々と花嫁を探されてしまうなんて、年上の男性を目の敵《かたき》にしたくもなりますわ」
英雄「……言葉が胸に突き刺さる……」
巫女一「けれど、魔女様は『お願い』に大変弱い方です。お口が悪いので勘違いされがちですが、面倒見もよろしく、お優しい方ですから」
巫女三「そこを突くというわけですね……！」
巫女二「これはいけるかもしれません……！」

英雄　「いや、俺はちょっと……。もう少し男らしいのが——」
巫女一　「英雄様は黙っていてください」
巫女二　「魔女様に対して男らしさを出したいなどと、どの口が言うのですか」
巫女三　「魔女様に早々に逃げられておいて、よくそのようなことが言えますね」
英雄　「神殿長！　この人たち本当にひどいんですが！」
神殿長　（にっこり）
巫女一　「よろしいですか。次に魔女様にお会いするときは、純粋な好意から魔女様をお慕《した》いする人畜無害《じんちくむがい》な美青年を装《よそお》うのです」
巫女二　「そうです。そして魔女様の油断を誘うのです」
巫女三　「油断した魔女様の懐《ふところ》に入り込み、懇願《こんがん》して一気に攻め落とすのです」
英雄　「この人たち、本当に巫女なんですか……？」
神殿長　「大体の方針は固まりましたね。英雄様、頑張ってください」
英雄　「決定!?」
神殿長　「できませんか？」
英雄　「……いや、それで魔女殿が手に入るなら、なんでもやる。……無理矢理襲うのは最後の手段だし（ぼそっ）」
巫女一　「……神殿長、今英雄様がボソっと犯罪めいたことを言っていました」
神殿長　「……聞かなかったことにしましょう。そうならないよう誘導するのが魔女様のためです」
巫女三「……そうですね。魔女様のためです」
巫女一「それにしても、英雄様は聞きしに勝《まさ》る女運のなさですね」
巫女二「転生し続けても女運ないですよね」
巫女三「むしろこれこそ呪い……」
英雄「いいんです！　俺の女運は魔女殿で使い切ったんです!!」
巫女達「「「…………!!」」」
神殿長「――――聞きましたね、みなさん」
巫女一「はい！　この耳で!!」
巫女二「これはきちんと書き記《しる》さねば！」
巫女三「大神殿のみんなが待っています！　しっかりと詳細に記録させていただきます！」
英雄「は？　え？　何を？」
神殿長「では英雄様、ご健闘をお祈りしております。わたくしたち、これからちょっと執筆……ではなく、野暮《やぼよう》用がございますので」
英雄「は……？」
神殿長「行きますよ、みなさん」
巫女達「「「はい！　神殿長!!」」」
英雄「なんなんだ……？」

＊＊＊

色気ダダ漏れの英雄殿から逃げ出すことしばし。カナンは迷子になっていた。この王宮、庭園が自慢らしいが広すぎる。カナンは途方に暮れた。

いったいなぜこんなことに……。いや、わかっている。原因はシュリスだ。あの英雄殿だ。彼がおかしなことを言い出すから。

あれではまるで、まるで——……シュリスが、自分に好意を持っているようではないか。

浮かんだ考えを振り払うように頭を振る。そんなはずはないのだ。

——一度、ネイデルハイドから離れよう。

そう決めて足を踏み出したとき、後ろから声をかけられた。

「魔女様」

振り返れば、大神殿で一緒に薬草を煎《せん》じていた巫女がにこやかに立っていた。

「巫女ラーナ……？　どうしてここに？」

「魔女様がネイデルハイドへ発ったのと同時に、その報告を受けた神殿長たちと共にやってまいりました。神官兵たちも一緒ですよ」

ひくり、とカナンの頬が引きつった。まさかこの国と一戦交える気だったんじゃないよね？　と心配するカナンに、巫女はにっこり微笑む。

「元々第三王子の成人の儀を執《と》り行《おこな》うため、ネイデルハイド国には来る予定だったのです。それが多少早まったのと、なぜか同行志願者が多くなっただけでございます」

「……サヨウデスカ」

にこやかに言い切られては、他に言えることはない。

「心配かけてごめんなさい」

「いえ、ご無事で安心いたしました」

そう言って巫女が案内したのは、他国の賓客《ひんきゃく》の滞在用に造られたという宮――外宮と呼ばれる一画だった。今までいたのは王宮の中でも公的な区画である内宮。そして王族が生活する区画が奥宮と呼ばれるらしい。

「こちらの外宮は蒼《あお》の宮と呼ばれています。元々、儀式で訪れる神殿関係者が泊まるために造られたそうで、こちらには神殿関係者しかおりませんのでご安心ください」

外観は内宮と似ていたが、一歩足を踏み入れれば、蒼《あお》を基調とした内装に目を奪われる。それは決して寒々しいものではなく、他国の者が南国で涼しく過ごせるようにとの配慮なのだろう。

気になったのは、蒼《あお》の宮の敷地に配備されていたのが、神官兵だったことだ。

「……あのさ、普通、外壁近くを警備するのってネイデルハイドの兵なんじゃないの？」

「同行志願者が多かったので、兵たちも暇を持て余しておりまして。ネイデルハイド側に相談したところ、蒼《あお》の宮の警備はすべて大神殿側で行《おこな》うことになりました。ネイデルハイド王の懐《ふところ》の深さには感謝いたしますわ」

朗《ほが》らかに答える巫女ラーナに、魔女は顔を引きつらせるしかない。いったい、どれほどの人数を引き連れてやってきたのだろうか。

「……大神殿の方がもぬけの殻《から》になっているんじゃあ……」

「大神殿には神官長と神官騎士たちが残っておりますので問題ありませんよ。さぁ、魔女様のお部屋はこちらです」

案内されたのは広い部屋だった。身分の高い者が過ごすような、質のいい調度品に囲まれた部屋。

「みんなと一緒の部屋でいいんだけど……」

「魔女様は賓客《ひんきゃく》でございますから仕方ありませんわ」

「……サヨウデスカ」

有無を言わさぬ笑顔の圧力にカナンは屈した。普段穏やかな巫女であるだけに抗《あらが》いにくい。

「神殿長がいらっしゃったようですよ」

豪奢《ごうしゃ》な部屋でくつろいでいると、たっぷりとした衣装を優雅にたなびかせてミリアニーナが入ってきた。

「魔女様……、みな心配したのですよ」

「……申し訳ありませんでした――……」

巫女や神官兵の数を見れば、自分の行動でどれだけの人間に迷惑をかけたか理解できた。申し訳なく思って俯《うつむ》きかけたカナンに、ミリアニーナはにっこり微笑む。

「第三王子ウォルティト殿下の成人の儀まで、みんなと一緒にこちらに滞在いたしましょうね。――帰るときはみんな一緒です」

どこか迫力のあるその笑顔を前に、「すぐに帰りたいです」とは言えなかった。

仕方がないので、明日からはなるべくシュリスと顔を合わせないよう部屋に引きこもろう、と半《なか》ば本気で考えていた。しかし、その企《たくら》みは翌日挫折《ざせつ》することになる。


「本当に……申し訳ありませんでした。魔女殿」

魔女の前で深く深く頭を下げる第三王子。その背後には、苦虫を噛み潰《つぶ》したような表情の第一王子と第二王子。と、その側近。周囲には心配そうに見守っている神殿関係者たち。

なぜにこのような場所――魔女に与えられた部屋の前の廊下で、このようなことになっているのか。

それは、アポなしで訪問してきたシュリスに驚いてカナンが逃げようとしたところへ、末王子を追いかけてきたブラコン王子たちが側近を引き連れて登場。やいのやいのと始まった状況に埒《らち》が明かないとでも思ったのか、突然シュリスがその場で膝をつき、謝罪を始めたからである。

「昨日の俺の行動が、魔女殿をひどく不快にさせたことだけは理解できております。魔女殿のお許しがなければ、もう二度とあのようなことはいたしません」

遠い目をして半《なか》ば現実逃避していたカナンは、シュリスのセリフにはっと我に返る。

「あの……、とりあえず頭を上げて」

シュリスの背後に立つブラコン兄王子たちの目が怖い。『うちの弟と何があった』と今にも掴《つか》みかかってきそうだ。

頭を上げてくれと何度か繰り返すと、ようやくシュリスが頭を上げた。

彼の紫色の瞳が、カナンの様子を窺《うかが》うように不安そうに揺れている。そこに昨日の妙な色気は微《み》塵《じん》も感じられない。色気の靄《もや》が視《み》える！　と思ったのはカナンの気のせいだったのだろうか。考え込むカナンの前で、シュリスがぽつりと呟《つぶや》く。

「……俺は、魔女殿にだけは嫌われたくないんです……」

長い睫《まつ》毛《げ》を伏せ、端整な顔を歪《ゆが》ませる姿に、ウッと誰かが息を呑んだ。

「魔女殿……、俺が魔女殿の傍《そば》にいることを、お許しくださいますか……？」

潤《うる》んだその瞳は宝石のように煌《きら》めき、不安げな風情は思わず手を差し伸べたくなる。己《おのれ》の非を認め、潔《いさぎよ》く真摯《しんし》に謝罪し、許しを請う王子。兄王子たちは誇らしげに、あるいは満足そうに末王子を見つめ、それをさせているカナンには氷のような眼差しを向けた。

一刻も早くこの場を収めたい一心でカナンがこくこく頷くと、「やはり魔女殿はお優しい」とシュリスがとろけるような極上の笑みを見せる。

「――――魔女よ、ウォルティトを悲しませるとはどういうことだ」

第一王子リィデルガートが不機嫌そうに口を挟んできた。

「兄上、すべては俺が悪かったのです。魔女殿に非は一つもありません」

「しかし」

「俺は、魔女殿の傍《そば》にいられれば、それだけで幸せなのです」

目元を緩《ゆる》ませ儚《はかな》げに微笑む末王子に、「なんと健気《けなげ》な……っ！」「さすが我が弟！」と感極まった兄王子たちが抱きついた。

その後シュリスは蒼《あお》の宮の一室に陣取った。第三王子なのに自分の部屋には戻らず魔女の傍《そば》に四六時中張りつき、許される限り世話を焼く。とても王子とは思えぬほどに甲斐甲斐《かいがい》しく。

そこに、これまでの転生で培《つちか》われた熟年の執事のような仕事ぶりを見た――というのは、魔女と英雄の与《あずか》り知らぬ、とある本棚に増やされていく日誌に、後日記載された一文である。

＊＊＊

ネイデルハイドでの生活は、思っていたよりも快適だった。蒼《あお》の宮を神殿関係者が占拠しているためかもしれないし、シュリスの態度が以前と変わらぬものになったせいかもしれない。

シュリスが王子として貴族に応対する姿や、令嬢に迫られて逃げてくる様子を見るのは楽しかったし、なんだかんだ理由をつけて兄王子たちも気にかけてくれた。

シュリスが望むならば、このままネイデルハイドで暮らした方がいいのではと思う程度には、シュリスの家族を好ましく思っていた。

けれど、そんな穏やかな空気は長く続かない。

ネイデルハイドの王宮内で、第三王子ウォルティトが呪われた英雄サラディンの転生者であるという噂が飛び交うようになった。

魔女をおびき寄せた貴族たちが捕らえられたと知った人々は、おとぎ話のような噂を信じて第三王子を担《かつ》ぎ上げようとした彼らの愚かさを嗤《わら》うだけだった。ところが、どこかの貴族が収集していた絵画の中から英雄サラディンの絵が発見されたことで、状況は一変した。その姿がウォルティトに瓜二《うりふた》つだったために、噂が真実なのではと騒然となったのだ。

ある日、部屋でくつろいでいた魔女のもとに、神殿長ミリアニーナが訪れた。シュリスは昼から国王陛下に呼ばれているので不在だ。

「リィデルガート殿下とギリトアル殿下が、面会を希望されています。英雄様のことを貴族に漏らした犯人がわかったそうですよ」

二人のブラコン王子が魔女のもとを訪れるとき。それは第三王子ウォルティトに関する話があるときである。

カナンと神殿長が蒼《あお》の宮の応接間に赴《おもむ》くと、リィデルガートとギリトアルはすでに座って待っていた。その前には茶菓子などが用意されているが、人払いをしたらしく、側近や侍女はついていない。神殿長とカナンも対面のソファに腰を下ろす。

「……ウォルティトのことを漏らしたのは、第二王女シーリィン……我らの妹で、ウォルティトにとっては姉になる」

リィデルガートの説明に、カナンと神殿長は目を丸くした。彼の話によれば、シーリィン姫は弟王子を溺愛《できあい》していた。弟王子が成人と共に大神殿へ行くことを阻止しようとして、貴族たちに彼の有用性を説《と》くため秘密を漏らしたのだという。だが、決して弟王子を国王の座に就けたいと思ったわけではなく、国に留めておきたいとの考えだった。

カナンは首を傾げる。あの場にいた貴族たちは、第三王子を国王の座に就けるべく、利用価値の高いものとして魔女を呼び寄せたという感じだった。まぁ、実際にはカナンに利用価値などなかったのだが。

ギリトアルが言いにくそうに頭をぼりぼり掻いた。

「あ――……、シーリィンは魔女を脅して、自分がウォルティトの花嫁になるつもりだったんだとよ」

「あらまぁ」

神殿長が目をぱちくりさせた。驚いていても上品さは失われない。見習いたいものである。

「勘違いするなよ。シーリィンはあくまで姉としてウォルティトを愛していた。ただ、魔女に騙《だま》されていると思い込んでいたから、せめて自分が魔女に代わって花嫁になってやろうと考えたんだよ。魔女を脅して言うこと聞かせようって決めたが、第二王女が魔女を呼び寄せたとは知られたくなくて、噂広めるついでに貴族どもを利用したみてぇだな」

「弟思いな方なんですねぇ」

ころころと、神殿長は笑う。

「重い愛情だよねぇ……」

カナンのセリフは兄王子たちにも向けられたものだが、生憎《あいにく》二人に通じている様子はなかった。

「シーリィンは来春、隣国フュレインに嫁《とつ》ぐことが決まった。魔女のことは誤解だと説明しておいたよ。今は私室で謹慎中だ」

リィデルガートが手にしていたカップをカチャリと置いた。そして「本題はここからだ」と囁《ささや》く。

「実は昨年の冬から、南方の砂漠地帯で例年よりも多くの魔獣の姿が確認されている。当然、部隊を編成して討伐を行《おこな》っていたのだが……ここへ来て、英雄の生まれ変わりの噂が広がってしまった」

よほど不本意なのか、リィデルガートは端整な顔を歪《ゆが》めた。

「どこかの貴族が持ち出してきた英雄サラディンの姿絵や、ウォルティトが成人の儀と共に王位継承権を失うと発表されたことも相まって、噂が信憑性《しんぴょうせい》を増したようだ。その後は大神殿に向かい、神聖騎士の地位に就くのだろうと囁《ささや》かれている。魔獣の討伐隊は毎年編成されているが、今年はすでに負傷者の数がいつもよりも多く、貴族たちの領地にも被害が出ていることから、彼らは〝英雄〟を待望している」

兄の話をギリトアルが引き継ぐ。

「本来、成人の儀を終えていない者を討伐に参加させることはねぇんだ。だが貴族どもは己《おのれ》の領地を魔獣に荒らされたくない。そして命惜しさに〝英雄〟に頼ろうとする。愚か者の集まりではあるが、その声をすべて無視することはできねぇのも事実だ。今はまだ貴族間の噂でしかないが、民の間に広まっていけば防ぎようがなくなる」

「だからこそ……ウォルティトは成人の儀の前に大神殿に行く方がいいだろう。秘密裏《ひみつり》に国を出れば気づく者はいまい。神殿の者たちが知らぬふりをして蒼《あお》の宮に滞在し続けてくれれば、いい目くらましになる」

「ウォルティトの成人の儀を見守ってやりたかったが、仕方がねぇ。どうかウォルティトを連れていってほしい」

神殿長は二人の王子をじっと見つめていたが、やがて、ふぅと息を吐いた。

「……では、今ごろウォルティト殿下は国王陛下から、そのお話を聞いているところなのでしょうか？」

ギリトアルが頷く。すると神殿長は魔女の方に向き直った。

「どうされますか、魔女様。秘密裏《ひみつり》に国を出るのでしたら、大神殿の兵は動かせません。英雄様は、おそらく魔女様が一緒でないと動かないと思いますが……。お二人で大神殿まで行かれますか？」

大神殿には神官長や残りの神官騎士たちがいる。彼らの庇護《ひご》下に入ってしまえば、ウォルティトはその名も身分も捨てられるだろう。そして中立の神聖騎士となるのだ。

カナンは伏せていた目をゆっくりと上げる。

「本人に聞いてみてから決めるよ」

その視界に、兄王子たちが顔をしかめた姿が映った。

奥宮から戻ってきたシュリスは、まっすぐカナンのもとを訪れた。「おかえり～」と呑気《のんき》な声で出迎えられ、安堵《あんど》したように微笑むと、カナンのためにお茶を手ずから淹《い》れる。

何も聞かないカナンに、シュリスは静かに話し始めた。転生してからこの国で、家族と共に過ごした思い出を。

「今世の家族は、俺を大事にしてくれました。少し鬱陶《うっとう》しいと……いえ、贅沢《ぜいたく》にも思えるほど」

確かに、とカナンが同意したので、シュリスは小さく笑った。鬱陶《うっとう》しいかもしれないが、これまでの転生先の中では最もマトモだ。

「ですから、もしも俺自身で返すことができるならば、恩を返したいと思っているのです」

「そう」

短く返したカナンは、ふふふと笑った。

「親孝行は親が生きているうちにしないとねぇ」

「はい」

「今なら、まだこの国の王子様だから、国のために戦ってもいいんじゃない？」

「はい」

「抜け穴だねぇ」

「抜け穴ですね」

誓約《せいやく》の抜け穴を見つけ、顔を見合わせて笑った後、シュリスはちょっと真面目な表情になる。

「……どうして、魔術師は」

「ん？」

カナンが視線を向けると、彼は目を伏せた。

「どうして、あの魔術師は魔獣を作り出したのか……なぜあのような暴挙に出たのか、聞ければよかったのですが……。彼にはもう、声など届かなかった」

説得しようと声をかけようにも、まるで彼自身が魔獣のようだった。その喉《のど》から出るのは獣《けもの》の咆《ほう》哮《こう》。ただ、目に映るすべてを滅ぼさんとするかのような。

見たこともない魔術を繰り出し、魔獣を操《あやつ》り、襲いかかってくるその姿は、災厄《さいやく》そのものだった。

「よく倒せたねぇ、そんなの」

「……まぁ、俺も死に物狂いでしたし、あのときは仲間がいましたから」

カナンの言葉に苦笑しつつ、視線を落としてシュリスは続ける。

「……俺が死ねば、魔女殿も死んでしまうのに……、危険な真似はするべきではないと頭では理解しているのですが……俺が行くのは責務だと思っ――ふぇ!?」

「相変わらずクソ真面目なことを言うのは、この口かぁ？」

カナンは遠慮の欠片《かけら》もなく、ぐいぐいと王子の両頬を横に引っ張った。

「いふぁいれふ」

「言っておくけどねぇ、魔獣が残ってるのはあんたのせいじゃないの。世界中の魔獣を倒すなんて、どんな英雄にだってできっこないんだからね！」

頬を引っ張りながら、憤慨《ふんがい》したように言葉を紡《つむ》ぐ。

「あんたは、ちょっとばかし強いから魔獣の討伐に行って、親孝行したいだけのオウジサマなの！前も言ったけど、前世のことなんて引きずってたらハゲるわよ」

「……そうはいっふぇも……」

「あぁん？　そんなにハゲたいんなら呪いかけてやんぞ？」

据《す》わった目でそう告げられた末王子は、青ざめてぷるぷると首を振った。満足したカナンは手を離す。両頬を押さえる末王子の金色の髪を、今度はぐしゃぐしゃにしてやる。

「ハゲたくなければ、前世なんて引きずらないで、今大事なものを守ってきなさいな」

にやりと口角を上げて笑えば、シュリスは小さく頷いた。

「そうそう、パパッと行って帰ってきなよ～。シュリスが成人したらお祝いに飲もうと思って、いい酒取ってあるからさぁ」

「魔女殿……？　それはリィデルガート兄上の秘蔵の酒では……？」

「うん？　なんかくれた」

たまにやってくる兄王子たちとはシュリスの話で盛り上がる。最近は時々、贈り物までくれるのだ。華美な装飾品とかは不要なので、基本、消えものしか受け取ってない。

「兄上たちが魔女殿を篭絡《ろうらく》しようとしている……」

「篭絡《ろうらく》？」

ちょっと首を傾げてから、ああ、と思い至る。シュリスがこの国に留まるよう協力してほしいがための賄賂《わいろ》だと言いたいのか。

「いや、別に何も頼まれてないし、その時点でこれはただの贈り物で、賄賂《わいろ》ではない。よって美味《おい》しくいただくのみ」

「魔女殿がそうおっしゃるなら、そうなのでしょう」

「ネイデルハイドのお酒はまだ飲んだことないんだよ。一緒に飲もうね！」

「はい。俺も楽しみにしています」

にっこり笑い合って約束した後、「ちょっと兄たちと話し合いがありますので失礼します」とシュリスは部屋を出ていった。まったく仲のいい兄弟だ。

一人きりになった部屋で、カナンは考える。

己《おのれ》はこの世界の異物で、魔女で、運命を改変する力がある。それは動かしようのない真理で、この世界に発生した瞬間から理解できていた。息をするのと同じように、力の使い方もわかっていた。

そして、永い間転生を繰り返し、たくさんの運命を視《み》てきたからこそ思う。

――運命は不変ではない。

色の深さが少し変わることはよくある。薄くなることも、濃くなることも、透明度が増すことも、その逆もある。

蒼《あお》の宮に滞在するようになって、しばらく経つが、気づいたのは最近だ。最初は気のせいかと思ったが、いつの間にかじわじわと人々のまとう靄《もや》の色が変わってきていた――昏《くら》い色へと。

それは、運命が悪い方向へと向かう予兆。カナンは目を伏せる。

「……何もできないくせに、偉そうに……」

自分の無力さに歯噛みした。

シュリスが討伐に赴《おもむ》けば、多くの魔獣を倒し、結果として多くの人の運命を変えられる。けれどその力を目《ま》の当たりにした人々は、英雄を敬《うやま》い、頼り、畏《おそ》れるのだ。シュリス自身を置き去りにして。

「……私が呪いを解くことのできる魔女だったら、よかったのにね」

自嘲《じちょう》気味にくしゃりと笑ったその顔は、今にも泣き出しそうだった。

南方三国の一つ、最南に位置するネイデルハイド。その年の魔獣討伐隊を、武勇に優《すぐ》れた第二王子の他、その弟である第三王子が率《ひき》いることとなった。例年よりも大規模な部隊編成であることと、成人前にもかかわらず出陣することとなった第三王子に、民は大いに沸いた。

出立の日。王宮前に詰めかけた人々の前で、神殿長率《ひき》いる巫女や神官たちが無事を祈願する。カナンはその様子を見ようと小さなバルコニーから身を乗り出し――

「……え……?」

身体が、震えた。

眼下に広がる明暗入り混じった色の洪水にではなく、第三王子がまとう靄《もや》の色に。昨日まで確かに灰色だったはずの靄《もや》は、どす黒く澱《よど》んでいた。

遠目に見る、朗《ほが》らかな笑顔は変わらない。その紫の瞳が己《おのれ》に向けられたことに気づき、カナンは無理に口角を上げ、黒い目を細めて軽く手を振った。

視界の端に映る己《おのれ》の手の靄《もや》は変わらぬ灰色のままだ。どういうことか、わからない。シュリスにだけ悪いことが起きるのか?

見送りを終え、懸命に思案しながら蒼《あお》の宮に戻ってくる。

「魔女様」

ミリアニーナが微笑んで待っていた。その後ろには、巫女たちと神官たちが跪《ひざまず》いている。

「……神殿長……？」

顔を上げたカナンは思わず後ずさる。彼らのまとう靄《もや》が、怖いくらい透明で静謐《せいひつ》なものに変わっていたからだ。

「魔女様、神託《しんたく》が下りました」

初めて会ったころよりもずっと皺《しわ》の多くなったミリアニーナは、それでもそのころとまったく変わらない、聖母のような微笑みで告げた。

「……神、託……？」

「昨夜、ここにいる神殿関係者の多くが神託《しんたく》を受けました。このようなことは大神殿始まって以来でしょうね」

ころころと笑う神殿長を、カナンは呆然と見つめる。ミリアニーナは、優しい目を魔女に向けた。

「受けた神託《しんたく》を魔女様にお伝えします。――――〝魔女〟」

カナンは動けない。動けないままミリアニーナの言葉を受け取る。

「〝命〟〝転生〟〝神殿〟〝代償〟〝世界〟〝改変〟――――神託《しんたく》を得た者はそれらの単語を聞きました」

ミリアニーナの後ろで、幾人かが頭を下げる。

「それとは別に、イメージを伝えられた者もいます。正直、単語だけでは正しく読み取れなかったかもしれませんから、ありがたいことですわね」

神殿長は紡《つむ》ぐ。まるで歌うように。

――閉じた世界に神の手は届かない。

負がたまり流転《るてん》する。

繰り返されるごとに深く昏《くら》くなる。

――英雄が贄《にえ》となり押しとどめる。

すでに世界の有りように組み込まれた負の流転《るてん》は止まらない。

歪《ゆが》んだ魔術師は現れる。

繰り返される。

――魔女が改変を行《おこな》う。

大神殿に集《つど》う者を代償として。

改変が終わるそのときまで。

紡《つむ》ぎ終わったミリアニーナは沈黙する。誰も身じろぎ一つしない。カナンは詰めていた息を吐いた。

「……ねぇ」

「なんでしょう、魔女様」

胡乱《うろん》げな眼差しを向ける魔女に、恭《うやうや》しく神殿長は応える。

「私がカミサマってのと直接話できないのかなぁ」

「神が、魔女様と相対することは叶わないそうなのです」

片手を頬に当てて、困ったように瞬《まばた》きする神殿長を横目に、カナンは舌打ちをした。

「……一発ぶん殴りたかった……」

「まあ」

魔女の言い草に、跪《ひざまず》いた神官や巫女たちがくすくす笑う。そんなミリアニーナたちを、魔女はじろりと睨《にら》みつける。

「あのさぁ、わかってる？　こんなわけのわからん改変の代償になるんだよ？　ここで了承したあんたたちだけじゃなく、これから先、大神殿に所属することになる神官や巫女たちの運命すら代償にされるよ⁉」

神殿長に神託《しんたく》の説明をされたとき、不思議と魔女には理解できた。

〝何〟を〝代償〟にして、〝どうやって〟改変に至るのか。

魔女の言葉にも誰一人動揺しない。いっそのこと怯《おび》えて逃げてくれればいいのに。

「魔女様、わたくしたちは神に仕える者です。神託《しんたく》は誉《ほま》れ。畏《おそ》れることはありません。ただ、魔女様の身にご負担がかかるようなことはありませんか……？」

心配そうなミリアニーナに、カナンは口角を上げてみせる。

「大丈夫。問題ないよ。そりゃ負担にはなるけど、ほら、転生するし」

複雑そうな表情で、それでも納得してくれた様子のミリアニーナたちに、カナンは笑いかけた。

そして改まった口調で告げる。

「三日後の朝の祈りが終わった後、改変を始めます。それまでに、それぞれやるべきことを済ませてください」

「かしこまりました。改変の魔女様」

それぞれが思い思いに動き出すのを眺めながら、シュリスがこの場にいなくてよかったなぁ、とカナンは思った。

＊＊＊

第二王子と第三王子が率《ひき》いる討伐隊は、出立してからずっと南下していた。途中、第二王子が率《ひき》いる隊は南西方向へ、第三王子が率《ひき》いる隊は南東方向へと進んだ。

ネイデルハイド国の南側は砂漠と岩の丘陵《きゅうりょう》地帯が続く。砂漠の中には『地に潜《もぐ》る魔獣』が棲《す》みつき、貴重な水場周辺には『地を走る魔獣』や『翼持つ魔獣』がいるのだ。できれば、水場周辺の魔獣は狩っておきたい。途中、群れを成さない魔獣や、小さな魔獣を討伐しつつ、シュリスは南下を続けていた。

熱い空気を肌で感じながら、眉間《みけん》に皺《しわ》を寄せる。襲ってくる魔獣の数が少ない。通常、商隊が進むだけで襲ってくるというのに、これだけの人間が馬を駆って移動していて、なぜ襲撃がない？

こういう雰囲気を、前にも感じたことがある。そう、あの魔術師と相対したときや、シェアラストで魔獣たちが襲ってきたときのような――――

そのとき、前方で土煙と共に地響きのような咆哮《ほうこう》があがった。

「襲撃です！　南から大量の魔獣が!!」

悲鳴じみた声に、シュリスは剣を構える。――――と、急に風が吹き荒れ出した。

竜巻のような砂埃《すなぼこり》が巻き上がり、目を開けているのも辛い状況では、いくら鍛えられた兵たちでも苦戦する。砂を巻き上げるのは空に浮かぶ『翼持つ魔獣』で、それに怯《ひる》んでいるうちに『地に潜《もぐ》る魔獣』が兵を引きずり込もうとし、『地を走る魔獣』が横合いから突然体当たりしてくる。

魔獣たちに一斉に襲いかかられ、討伐隊は恐慌《きょうこう》状態に陥《おちい》った。砂埃《すなぼこり》で視界が悪い中、なんとか『翼持つ魔獣』を倒したシュリスが周囲を見回すと、幾人かの兵が怯《おび》えを含んだ目をサッと逸らした。

それに気づかなかったふりをして、シュリスは視線を転じる。『翼持つ魔獣』はまだいる。まずはそれを片付けるか――――

動き出そうとしたそのとき、視界の端に映る影にふと気を取られた。魔獣の群れの向こうに、まるで蜃気楼《しんきろう》のように見える影。ボロボロの黒い衣を風に靡《なび》かせたその姿。

あのとき、フードの奥の顔を見ることは叶わなかった。ただ、フードからのぞく口はいつも何かを呟《つぶや》いていた。それが呪文の詠唱《えいしょう》だったのか、無意味な独り言だったのかはわからない。ただ、その者の異様な不気味さだけは十二分に伝わった。

「……これは、幻か……？」

己《おのれ》の口から呆然とした声が紡《つむ》がれたのを、どこか他人事のように耳にしながら、シュリスは相手を見つめていた。

かつて、シュリスが仲間たちと共に倒したはずの魔術師。それが、目の前にいた。以前とまったく同じ姿で。以前よりも禍々《まがまが》しく。

魔術師が咆《ほ》えれば、呼応するように魔獣たちも咆哮《ほうこう》をあげる。悪夢のような光景の始まりだった。

＊＊＊

蒼《あお》の宮は、元々神殿関係者を歓迎するために造られた宮だ。だから宮の中に、立派な祭壇の設置された礼拝堂がある。ここで朝夕の祈りを捧《ささ》げるのだ。

朝の祈りを捧《ささ》げた神殿長がその場から下り、代わりに黒衣をまとった魔女が上がる。祭壇から室内を見渡せば、白い正装に身を包んだ巫女と神官が跪《ひざまず》いていた。その誰もが揺るぎない清廉《せいれん》な靄《もや》をまとうのを、目を細めて見ながら、魔女は懐《ふところ》から封筒を出した。

「魔女様、そちらは……？」

「んー……、こっちはシュリス宛《あて》。まぁ、間に合ったらの話だけど」

祭壇の横に封筒を一つ置き、魔女は苦笑する。もう一つ封筒を取り出して、祭壇の前に置く。

「こっちは神様に対する愚痴《ぐち》～。マジフザケンナ的なことを書いておいた。いつか誰かに届けてほしいもんだよ」

「わたくしが神の御許《みもと》に行くときにお伝えいたしますわ」

「そう？　よろしくぅ～」

悪い顔をして口の端を持ち上げる魔女に、神殿長は苦笑した。

「さてと」

祭壇の前で神官たちに向き直り、魔女は内心を悟られぬよう柔らかな笑みを浮かべた。

「改変を始めます」

目の前で跪《ひざまず》く神官たちの清廉《せいれん》な靄《もや》を、魔女はそっと掬《すく》い取る。これまで数々の靄《もや》を代償としてきたが、これほどまでに静謐《せいひつ》な靄《もや》を扱ったことはない。それが神殿関係者だからなのか、神の力によるものなのか、魔女にはわからないが、己《おのれ》を捧《ささ》げることに躊躇《ためら》いのない彼らの姿を、哀れに感じることだけは決してない。

魔女の脳裏に、〝為《な》すべきこと〟と〝その結果〟が浮かび上がる。

まったくもって馬鹿らしい。いったい誰がこんなことを考えたのかと問いただしたくなる。誰であろうと一発ぶん殴りたい。

そんな不穏なことを考えながらも、身体は改変を進めていく。

神に仕える静謐《せいひつ》な者たちを代償として、歪《ゆが》んだこの世界の運命を正しく改変する。それが今回の役目だ。だが、カナンにはそもそもこの世界の正しい運命なんてわからない。だからカナンの好きなように願うだけだ。ちゃんと指定しない方が悪い。

「承《うけたまわ》った分は、ちゃんと働くわよ……」

軽い口調で言ってはみるけれど。カナンとて、本当は心底怖い。これから自分がどういうことになるのか、わかっているからこそとても怖い。

力を一つ揮《ふる》うたび、心臓が圧迫されていくような感覚に陥《おちい》る。頭が割れるように痛む。耳の奥がガンガンする。指先や唇が震えてくる。それでも、身体は止まらない。……止められない。

――ああ、くそ、マジで怖い。

心の中で悪態を吐《つ》きながらも、怖いけど、怖いからこそ、動き続ける。恐怖も怯《おび》えも感じなくていいように、頭の中で別のことに焦点を絞る。絞った先に見えるのは、紫色の瞳をしたぽんこつな英雄殿だ。

顔を思い浮かべるだけで少しだけ笑みが零《こぼ》れた。彼は、呪われなければ……英雄でなければ、絶対に幸せだったはずの人。愛する人と結ばれて、子供や孫に囲まれて……そんな運命が彼にはふさわしい。

絶対に、幸せになるべき人間、幸せになってほしい人、キラキラした運命をずっとその身にまとっていてほしいと心から思える存在だった。

必要ならなんでもやろう。願えと言うならば願い続けるだろう。だから、どうか。

――――呪いなんて……英雄なんて、必要ない世界になってよ。

魔女の意識は、そこで途絶えた。

＊　＊　＊

圧倒的に不利だな、とシュリスは冷静に考える。討伐隊は魔獣の相手で精一杯だ。かつての仲間もいない。目の前には、なぜか倒したはずの相手。本当に、悪い夢でも見ているようだ。

血でぬるつく柄《つか》を握り直す。裂傷があるが、死ぬほどではない。

シュリスには、転生を経て磨きをかけた技がある。かつての自分よりずっと強いことを正確に理解している。魔術師がなぜ蘇《よみがえ》ったのかは不明だが、そのために自分が転生したのかもしれないと思えば、まぁ、納得できなくもない……か？

魔術師に剣を打ちつけながら、呑気《のんき》な思考に笑いたくなる。

「……魔女殿と過ごすためだった、とかいう理由の方がずっといいな」

どこからか取り出した剣一本でシュリスの攻撃をいなしていた魔術師が、ふとシュリスに顔を向けた。それまで己《おのれ》を斬りつける相手などまったく意に介していなかったのに、ここにきて初めてシュリスを認識したように見える。シュリスは目を瞠《みは》り、さっと距離を取った。

『……マ……ジョ……』

魔術師のフードの奥にある顔は見えない。まるで靄《もや》がかかっているかのように。見えるのはその口だけ。それが、確かに意味ある言葉を紡《つむ》いだ。

『魔女……オレの……マジョ』

それだけ紡《つむ》ぐと、またブツブツと意味をなさない呟《つぶや》きを始める。あるいは、それは呪文の詠唱《えいしょう》なのか。だが、それもどうでもよい。

シュリスの脳裏に浮かんだのは、黒髪の魔女の姿。敵が魔女を狙う可能性よりも何よりも、その不遜《ふそん》な言い方が気に食わない。シュリスだって口にしたことがないというのに。

魔術師がシュリスに両手を向けた。シュリスは、攻撃に備えて身構えたが――

『ア……アアアアアアアアアアアア!!』

「な、に……?」

目の前で突然、驚愕《きょうがく》の咆哮《ほうこう》をあげながら小さく掻き消えていく魔術師。その姿に、シュリスはしばし呆然とした。

「いったい、何が……」

もしや幻だったのか。しかし己《おの》が身には傷が残り、戦闘の痕跡がある。周囲を見回せば、魔術師と共に現れた魔獣の姿も消えていた。シュリス同様、呆然とする兵士たちは傷ついているし、息をしていない兵士たちもいるというのに……

そのとき、シュリスははっとして王宮がある方角を振り返った。

――なんだ？　何か嫌な感じがする。これまで何度も味わってきたものだ。

それは、〝花嫁〟が先に転生に入ったときに感じる悪寒《おかん》に似ていた。いつまで経っても慣れない、慣れるはずもない、言いようのない喪失感《そうしつかん》。

「魔女殿……っ！」

シュリスは一目散《いちもくさん》に駆け出した。

蒼《あお》の宮で、荒い息をするシュリスを迎えたのは、神殿長ミリアニーナだった。彼女は英雄の姿を認めると、ゆっくりと膝を折る。

「……おかえりなさいませ、英雄様」

「……まじょ、どのは……」

肩で息をしながら問えば、ミリアニーナは悲しげに目を伏せ、首を横に振った。

「転生に、入られました」

「なぜ……！」

問いながら、シュリスは周囲に目を走らせるが、魔女の遺体はない。

気づくと魔女の姿はなかったとミリアニーナは言う。この世界のどこにも魔女がいないという現実に、シュリスの胸が苦しくなる。いつもならばとうにシュリスも転生に入っているはずなのに、一向にその気配がないことにも不安が募《つの》った。

ぎゅっと心臓辺りで拳《こぶし》を作る。魔女がいない世界など耐えられない。早く転生に入って安心したい。二人の間を結ぶ呪いは健在だと。

「……神託《しんたく》が下りたのです。我らを代償として、世界の歪《ゆが》みを正せと……」

今いる神殿関係者とこれから大神殿に所属する者すべてが代償になるのだと、ミリアニーナは語る。

「これから先、大神殿に籍を置く者はみな早逝《そうせい》することになります。わたくしにも、あとどれほどの時間が許されているのか……。けれど、代償はそれだけではありませんでした」

そっと立ち上がり、祭壇の前に置かれた封筒を手に取る。

「こちらは、魔女様が残したものです」

ミリアニーナは己《おのれ》のすべてを捧《ささ》げるつもりで臨んだ。しかし気がつけば、神殿関係者はみな生きており、魔女だけが消えていた。どういうことかと混乱し、魔女が神宛《あて》に書いたという封筒を開けた。

そこには、これでもかというくらい愚痴《ぐち》を綴《つづ》った手紙と、もう一枚、ミリアニーナ宛《あて》の手紙が入っていた。

「……改変の代償は、神殿関係者の運命の大部分と、魔女様ご自身……その改変が終わるまで、魔女様は生と死を繰り返すそうです」

多大な改変は、神殿関係者の運命だけでなく、魔女の命と肉体まで要求した。しかし、それでも足りない。

魔女は理《ことわり》に則《のっと》り、命を奪われれば転生の呪いが発動する。発生した魔女は改変のためにすぐ命を落とす。それを、繰り返す。改変の代償が十分満たされるまで。

「ば、かな……」

呆然とするシュリスの前で、神殿長は目を伏せた。

「強大な改変を行《おこな》うと、多少の不具合が生じることもあるだろうから、もしかしたら英雄様に直接伝えられる時間があるかもしれないとも書いてありました。ですが、それは叶わなかったようですね……こちらは英雄様宛《あて》です」

差し出された封筒を、シュリスは震える手で受け取る。中には、数枚の便箋《びんせん》が入っていた。

ミリアニーナの説明どおり、神託《しんたく》によって強大な改変をすることにしたこと。

これによって、魔術師が生み出した魔獣がいなくなるかもしれないこと。

それをしなければ、世界に歪《ゆが》みが生じ、数百年ごとに魔術師が蘇《よみがえ》り続ける負の連鎖が起きること。

魔女が転生することによってシュリスも生死を繰り返すけれど、赤ん坊で自我のない状態だろうからそれほど苦しまなくて済むということ。

いつ終わるかわからない改変に、無断で巻き込んで申し訳ないということ。

それから――

『無事に終わったら、シュリスの花嫁探しを再開するよ！　また飲もうね！』

「……俺のことより……自分のことを心配してください……」

魔女は七歳くらいの姿で発生すると言っていた。それなら発生したと理解した瞬間、死ぬことになるのか。苦しみはあるのか。痛みはあるのか。いつ終わるともわからないそれを、繰り返し続けるのか……

ここでようやく、もはやおなじみとなった転生前の倦怠感《けんたいかん》がシュリスを襲った。それに安堵《あんど》しながら、シュリスは手紙の最後に目を落とす。

『万が一、神様とやらに会う機会があったら、ぶん殴った上でシュリスの呪い解けって脅しておくからね』

……ふざけている。そして心底やめてほしい。

「……もしも俺が神に会えるなら……あなたを俺に縛りつけてくれって頼みますよ……」

もう二度と離れないように、縛りつけてやりたい。勝手に辛い思いをしないように、いつだって傍にいてやりたい。傍にいて、大切に守ってあげたい。

薄れゆく意識の中、せめて魔女が苦しまなければいい、とシュリスは願った。

◆ミリアニーナは魔女を想う◆

神託《しんたく》を得て、魔女様に改変をお頼みしたとき、わたくしは気づくべきでした。神託《しんたく》では確かに〝魔女が改変を行《おこな》う〟〝改変が終わるそのときまで〟と告げられていたのに。

魔女様の手紙からは、どこからどこまでが神の御心《みこころ》なのかと疑問に思う気持ちが窺《うかが》えました。すべてがこのための布石《ふせき》だったのかと。もしもすべてが布石《ふせき》だったとしたら、まるで神の手の平の上で弄《もてあそ》ばれていたようで――そうだとしたら、とても怒りを感じる、と魔女様は綴《つづ》っておられました。

疑いながらも、不快に感じていても、改変に臨んでくださった魔女様は、本当にお優しい方です。断るという選択肢もありましたでしょうに。魔女様の愚痴《ぐち》につきましては、わたくしが責任を持って神にお伝えいたしましょう。

わたくしに残された時間は、あといかほどでしょうか。魔女様の改変が終わるそのときまで、神殿関係者は寿命の一部を代償に捧《ささ》げました。これから大神殿に所属する者は、みな早逝《そうせい》することになります。魔女様の苦しみを思えば安いものですが、一応、神門に入る者にはその旨を説明するつもりです。本人の了承を得ることを、魔女様は大切にされていましたからね。

英雄様は、第三王子ウォルティト殿下として国葬《こくそう》されました。まだ大神殿に籍を移しておられませんでしたし、遺《のこ》されたご家族のことを思えば、その方がよかったでしょう。

ご家族の嘆《なげ》きは深いものでした。ウォルティト殿下が討伐隊に加わったのをご自分のせいだと思っていらした第二王女様は、特に落ち込んでいらっしゃいましたが、討伐隊に加わったせいではなく、魔女様が亡くなったため共に転生に入ったのだと告げたら、多少の慰《なぐさ》めになったようです。

それにしても、心残りは英雄様と魔女様のことです。お二人が結ばれる様子をこの目に焼きつけたかったというのに……。わたくしの目の黒いうちにと色々画策したのがすべて水の泡です。もう少しだったと思うのですけれどねぇ……

お二人のその後を知ることができないのが残念ですが、仕方ありません。

あの本棚に、その様子がわかる書が収められるのは、いつのことになるのかしら。

それを見ることができる者が羨《うらや》ましいですわ。

　発生する。死ぬ。発生。死。発生。死。発生。死。発生。死。発……生。死、生、死、生、死、生、死、生、死、生、死、生、死――――――……？

　久々に、痛みがなく目覚めた。心臓を潰《つぶ》されるような痛みも、呼吸ができない苦しみも、どこかが破裂するような衝撃もない。ただ周囲が真っ白だ。

「……ついにイカレたか」

小さく呟《つぶや》いたはずなのに、意外と大きな声があたりに響いて驚く。声を出したのが久しぶりだったせいで、加減がわからない。

ふと気づくと両手に何か抱えていた。ふよふよとした丸い何かで、ところどころおかしな色がついている。

「……その配色はないわぁー」

お洒落《しゃれ》にはほど遠い配色に、カナンは眉をひそめた。丸い何かをがしっと掴《つか》み、おかしな色を乱暴に剥《は》ぎ取る。剥《は》ぎ取った後はどうしようかと考えていると、足元に神殿長たちから掬《すく》い取った靄《もや》が少し残っているのに気づいた。

「おぉ！　ちょうどいいじゃん」

それを喜々として粘土のようにくっつけていく。薄く綺麗につけていきたいのに、丸い何かがふよふよ動くのでうまくいかない。何度かやり直しをするハメになった後、カナンは手を止めてにっこり微笑むと、丸い何かをぐっと片手で圧迫する。

「ちょこちょこ動くんじゃねぇよ。……食うぞコラ」

ドスの利《き》いた声で脅し、歯を見せつけるように威嚇《いかく》した。丸い何かはぷるりと震えた後おとなしくなったので、カナンは機嫌よく色をつけていく。

「できたー」

清廉《せいれん》な靄《もや》に包まれた丸い何かは、くるんくるんと二度三度回ると、白い空間に消えていった。ひと仕事終えた気分のカナンは満足である。
「……しかし、やはりこれはイカレたかな」
《いかれてない》
突然第三者の声が響いて驚く。だが周囲を見回しても白いだけ。
《魔女、乱暴》
「誰？」
《かみ》
カナンは内心で首を傾げる。
（かみ……神？　本当かよ、魔女とは相対しないんじゃなかったのかよ）
《ここでは、いい》
（うわ。考え読みやがった。ほんとに神様かもぉ。一発殴らせてクダサイ）
《やだ》
（ちっ。……まぁ、相手の姿見えないし仕方ないか。そういえば改変は終わったのかな）
《じきにおわる》
（あっそ。ところで、あんたいつから仕組んでたの？　英雄が呪いかけられてから？　その前から？　シュリスが呪われたことも、魔女に呪いを緩和させたことも、魔女が花嫁になったことも、転生先で花嫁が見つからないことも、魔獣が増えたことも、全部あんたが仕組んだの？）
《ちがう》

《運命、決まってない》
《他の道、あった》
《英雄、他の花嫁と、転生する道》
《魔女、何もしない道》
《英雄、おかしくなる道》
《英雄、他の花嫁見つからないの、神、関係ない》
《英雄、魔女、一緒、神、関係ない》
《転生、呪い、魔術師、復活、条件そろう、改変、可能、実行、依頼》
（……神託《しんたく》がなんで単語だけだったのか理解できたわー……。元がこうなら仕方がないか。要するに、すべてが決まったことじゃなく、偶然条件がそろっただけだって言いたいわけ？）
《そう》
カナンに伝えられた〝結果〟の中には、カナンが改変を行《おこな》わなかった場合のものも含まれていた。そこには、数百年ごとに蘇《よみがえ》る魔術師と英雄が戦うというものもあった。
二人は永遠に戦い続ける。時を経るほどに魔術師は禍々《まがまが》しさを、英雄は力を増し、英雄は魔術師を倒そうが何をしようが人々から畏《おそ》れられるようになる。
冗談じゃないとカナンは思ったのだ。シュリスは婚活するために転生しているのである。可愛い花嫁をその手にするためなのだ。断じて、魔術師を倒すためなどではない。
だから、カナンは改変するという道を選んだ。それしか、選べなかった。

《命、代償、転生》
《改変、可能》
(けっ、そんなもん、神様なんだからあんたがやりなさいよね！)
《閉じた世界、手出し、不可》
《壊れる》
《神、力、強い》
(ふーん。じゃあ、まぁ仕方ないか。あ！　ちょっと！　シュリスの呪い解きなさいよ！　依頼の報酬として！　ん？　それとも、今回の改変で短期間に転生しまくったから、呪いの効力も薄まったかな……？　だとしたら他の報酬の方が……。シュリスにぴったりな花嫁を紹介して、とか)
《呪い、継続》
《報酬、終えてる》
(は!?　呪いは解いてくれないの？　それに何？　報酬終えてるって何!?　勝手に決めんな!!)
《魔女、話す、神、疲労》
(うおい！　私と話すと疲れるってなんだ！　ひどい言い草だな!!　大体、異世界から魔女を呼んでるのあんたじゃないの!?　なんで呼ぶのよ!!)
《……面倒くさいなぁ》
(………ん？)
《神代の呪いにかかった人間への救済措置だよ。神代の呪いは人を狂わせ、歪《ゆが》みを生み、閉じた世界を壊す。けど、異世界の魔女がいれば正気を保てる。逆に魔女を失えば自我が崩壊する……あの魔術師みたいにね。僕が仕組んだことと言えば、魔女と呪いの保持者を引き合わせることくらいかな。どんな関係になるかは知ったことじゃないけど。じゃあね、改変の魔女。まさかまともな精神が残るとは思わなかったよ。本当に魔女ってメンタル強すぎ。だから相容《あいい》れないんだよね。あぁ、アタマ痛い》

（…………おい）

「普通にしゃべれるんじゃねぇかあああぁぁぁぁぁぁ!!」

魔女は発生した。

「くそぅ、騙《だま》された……！　あんな流暢《りゅうちょう》にしゃべれるんだったらもっと色々聞き出したし、報酬の交渉だってしたのに……！」

ブツブツ言いながら、カナンは草原にごろりと寝っ転がった。

「…………つかれたー…………」

目の前に広がるのは青い空。今は初夏くらいか？　どこの国かにもよるけれど。

あれからどのくらい経っているのか、大神殿はどうなっているのか、改変はうまくいったのか……。確認しなければならないことが多い。……でも、今はちょっと休みたい。さすがに、あれはきつかった。

「……たぶん正気は保ててると、思うけど……自分ではわかんないや」

あの無限に続くかのような生と死の繰り返しの中で、いっそ狂えば楽だろうなとか考えていた気がする。自分では、まだ狂ってないと思う。ああ、でも、大神殿に行かないと、シュリスに会えないのか。五年くらい、待てるけど……

「魔女殿」

会いたいなぁ、なんて考えていたら、会いたい人間の声がした。寝転がったまま目を開けると、青い空を背負った懐かしい金色の髪が視界に入る。

「……シュリス……？」

呆然と口にすれば、「はい」と嬉しそうに紫色の目が細められた。

「……幻覚見るほどイカレたかぁ……」

カナンは己《おのれ》の脳みそに呆れた。しかし、よくできた幻覚を作り出したことには感嘆《かんたん》する。灰色の靄《もや》までしっかり再現されていた。

「しかもどちらかと言えば天使の方のシュリスじゃん。大人なシュリスじゃないところに、癒《いや》しを求める心理が反映されている気がする」

「俺に癒《いや》しを求めてくれるのですか？」

伸ばした手を掴《つか》まれた。

……ん？

にぎにぎ。きゅ。

「……」

「魔女殿？」

「うわぁ⁉」

カナンは飛び起きて慌てて距離を取った。すぐに逃げられる体勢を取ってしまったのは癖のようなものだ。

「シュリス⁉」

「はい」

呼ばれて嬉しそうに返事をする少年を、カナンは唖然《あぜん》として見つめた。金色の髪、紫色の瞳、整った天使のような顔。だが、その身体は今のカナンと同じ七歳くらいに見える。

「魔女殿、お会いしたかったです」

カナンが呆然としている間に距離が詰められ、前に跪《ひざまず》いたシュリスに両手を取られた。

戸惑うカナンの顔を、シュリスはのぞき込んでくる。

「魔女殿、俺はあなたに苦しみばかり背負わせてしまったのですね」

あ、これ怒ってるパターンだ、とカナンは気づいた。

「俺が魔女殿に呪いの改変を頼まなければ、俺が魔女殿の厚意に甘えて転生の呪いに巻き込まなければ……あなたを苦しませることはなかった」

「シュリスのせいではないから気にしなくていいんだけど」

「気にします。俺は常に魔女殿に張りついているべきでした」

「張りつかれるのは嫌かな！　ものすごく！」

シュリスが両手を握っているため逃走できる隙はない。というか、なぜこのような体勢で話をせねばならないのか、そこから意味不明である。

「……だめ、ですか……？」

シュリスの長い睫毛《まつげ》が寂しそうに伏せられ、カナンはぐっと息を詰めた。

「俺、魔女殿が心配で……」

悲しげに下がる眉尻。何かを我慢するかのように、きゅっと引き結ばれた唇。しゅんと落ち込む姿。それは、二人で暮らしていたころの幼いシュリスそのままで……カナンはこれに弱い。

「ダ、ダメ……では、ない………かなぁー……？」

しどろもどろになって答えれば、シュリスがぱっと表情を輝かせたので、カナンはほっとした。

こちらの身の安全を案じる英雄殿を悲しませるとか、罪悪感で死ねる。

「では、これからはできるだけ俺と一緒にいましょうね。今後は部屋も一緒でよろしいですよね？

二人きりで暮らしていたこともありますし」

「は？」

なぜそうなるのだと目を見開くカナンに、シュリスはどこか清々《すがすが》しい笑みを向けた。

「魔女殿、俺はあなたをお慕《した》いしています」

「…………は？」

カナンの間抜けな返事も意に介さず、シュリスは続ける。

「俺に花嫁を選べと言うのならば、俺はあなたがいい。ずっとずっと、あなたがよかった」

微笑みを湛《たた》えたまま、まっすぐに魔女を見つめる。その瞳は穏やかだ。

「――――いや、待て。さすがにずっとはおかしい。ありえない」

混乱はしているが、とりあえず疑問に思う部分をツッコんだ。

「ずっとで合っています。あなたが俺に手を差し出してくれたときから、ずっと俺はあなたがよかった」

それこそありえないだろうと目を剥《む》くカナン。懐かしそうに目を細めるシュリス。

「あなたにとって、俺は年下で保護対象で……同情しただけの相手だとわかっていました。いつか――――いつか、あなたを解放すべきだと自分に言い聞かせてきました」

でも、とシュリスは続ける。

「たとえ、あなたを不幸にするとわかっていても、俺はあなたを手放したくない。あなたがなんと言おうと、俺の気持ちは変わりません」

そこまで言うと、シュリスは紫色の瞳で、カナンの目をまっすぐに射抜いた。

「俺はもう花嫁探しはしません。俺の花嫁は、あなたがいいのです。魔女殿」

このときのカナンの心中は、逃げたいの一言に尽きた。ちょっと距離を置いてゆっくりじっくり考えたかった。しかし両手はがっしり掴《つか》まれ、相手は下手《したて》に出ている割に隙がまったくない。恐ろしいほどない。逃がすつもりがないことが、ものすごく伝わってくる。

居《い》た堪《たま》れなくなったカナンは軽口を叩く。

「き、気の迷いじゃないかなぁ～。ほら、ずっと一緒にいるから情が移った的な？」

「確かに。愛情ならばあふれるほどにあります」

「……えーと、私かなり年上だし？　ただの魔女だし？　ガサツで口も悪いし？　英雄殿には釣り合わないかなぁ～って」

「俺の方こそ、一日も早く魔女殿に釣り合うよう精進いたします」

「…………………」

「他に何か気になりますか？」

にっこり微笑むシュリスの視線を避け、やがてカナンは不貞腐《ふてくさ》れたように言い放つ。

「後で、シュリスにもっと好きな相手ができたら……辛いじゃないか」

これ以上好きになって、ある日突然別の花嫁を迎えたいのだとシュリスに懇願《こんがん》されでもしたらどうするのだ。想像するだけでも苦しい。胸が締めつけられる。絶対泣く自信がある。恨み苦しみ詰《なじ》るだけで済まないかもしれない。

自分勝手で醜《みにく》い魔女など、やっぱり英雄にふさわしくないとカナンは自嘲《じちょう》した。

しかしシュリスは実に朗《ほが》らかに、斜め上の回答を差し出してきた。

「そのときは俺を殺してください」

「はぁ!?」

驚いてシュリスの顔を凝視《ぎょうし》すれば、頬を染めた英雄はどこか陶然《とうぜん》とした様子で微笑んでいた。

「俺を殺せば、相手など置き去りにして二人きりで次の転生に入れます。ほら、どこにも問題などありません」

「え？　それ問題ないの？　なぜに人をヤンデレの道に誘導しようとしてんの？　殺されるのあんたなんですけど⁉」

混乱しているカナンの手を強く握り、シュリスはその黒い瞳をのぞき込む。

「魔女殿がどうしてもダメだと言うなら、俺も……考えます。でもどうか……少しでも俺のことを好ましく思ってくださると言うなら……魔女殿……」

「ううううう……！」

己《おのれ》が美少年に跪《ひざまず》かれて懇願《こんがん》されているという図に、カナンは戦慄《せんりつ》した。頭は沸騰《ふっとう》しているし、顔は絶対に赤い自覚がある。

なぜ今このときに限って誰も通らないのか。いや元々人っ子一人いなかったけど。ある意味このような状況を見られずに済んで僥倖《ぎょうこう》なのか？　助けの来ない状況で、混乱しながら必死に考えを巡らせる。

カナンとしても、決して憎からず思っている相手。むしろ好きだ。しかし仕事を請《う》け負った魔女としては、自《みずか》らお膳立てした花嫁の立場に己《おのれ》が収まることなど許されない。いや、許す、許さないなどという問題ではないのだが、これまでずっと英雄殿の花嫁探しに奔走してきた身としては、複雑な心境なのである。

普段まったく気にもしないのに、なぜか魔女としての矜持《きょうじ》が邪魔をした。これまで英雄殿の前では常に魔女として己《おのれ》を保っていた弊害《へいがい》だろうか。

……というか、おそらく、単に一歩踏み出すのが怖いのだ。ものすごく恥ずかしい。

でも、もしも。――――もしも、カナンが本当の花嫁になったら。

ふとそれが脳裏をよぎった瞬間、視界が様変わりした。

「……え？」

「魔女殿？」

目の前には不思議そうに首を傾げるシュリス。その周囲が、キラキラキラキラと輝いている。どんより重苦しい灰色だったはずの靄《もや》が、煌《きら》めく銀色に変わっていた。

瞬時に脳裏に浮かんだのは、呪いが解けたのかという思い。

……解けたのならば、カナンが傍にいる必要はない。

胸の痛みと共にそう考えた瞬間、煌《きら》めく銀色は重苦しい灰色に変わる。

「……ん？」

「魔女殿？」

訝《いぶか》しげな英雄殿をじっと見つめる。正確にはその靄《もや》を。

シュリスの花嫁になってみようかな、と思えば、ぶわっと銀色が広がる。やっぱ無理、と思えば、一気に灰色に戻る。

「……ナニコレ」

「どうしました？　魔女殿」

目の前のシュリスが、カナンの考え一つでチカチカする。たとえるなら、スイッチ一つで電飾がついたり消えたりするみたいに。

「……ぶっ……」

耐えきれず、カナンは噴き出した。戸惑い、目を見開く英雄を他所《よそ》に、おなかを抱えて笑う。ひとしきり笑った後、指で涙を拭きながら、困惑顔のシュリスに向き直った。

「あー……わかった。うん。いいよ」

「……え」

ぽかんと、目と口を大きく開いた英雄に、カナンは笑いかける。

「これから、その、よろしくお願いします」

照れを含んだその一言で、みるみるうちにシュリスの顔が薔薇色《ばらいろ》に染まる。それと同時に、その身を包む靄《もや》はキラキラと銀色に輝いて――

カナンは目を細めてそれを見つめていた。

「……！　絶対に、絶対に大事にします……!!　魔女殿……！」

感極まったように叫ぶシュリスに、もうそろそろ魔女殿呼びはやめてほしいなぁ、と苦笑した。

――だって。仕方がないじゃないか。

逃げようとする気持ちも尻込みからの言い訳も、全部吹き飛ばされるほど、魔女にとっては衝撃的だった。

カナンの考え一つで、靄《もや》の色が劇的に変わる。運命の靄《もや》ごと、彼のすべてで求愛されたようなものだ。

――――――あなたがいないと、俺は不幸だ、と。

そんなものに、薄っぺらい言い訳や逃げ腰な態度で対抗できるだろうか。ただでさえ、シュリスのお願いには弱いというのに。あんなものを目の前で見せられては逃げることなどできない。

運命の改変を頼まれたとき。カナンはシュリスに幸せになってほしい、と望んだ。人々の運命を救ってくれた英雄だったから。この世界で生きていくのも悪くないなと、カナンに初めて思わせてくれた恩人だったから。

他者の運命をいい方向へ導いてくれるくせに、己《おのれ》は呪われた上になぜか女難《じょなん》に苦しむ真面目でぽんこつな英雄殿。その英雄殿が、幸せになるためにはカナンが必要なのだと、言葉で、行動で、その身にまとう運命すべてで訴えるのだ。

己《おのれ》の手を見れば、そこにも銀色に輝く靄《もや》。相変わらず呪われているはずなのに、二人して幸せだと思うのだから、きっとこれが正解だ。

いや、たとえ間違っていてもいいじゃないか。二人でなら、きっと大丈夫。

「あの……魔女殿」

「カナンでいいよ」

「カッ……！　カ、カナン……」

視線をうろうろさせて、それでもどこか嬉しそうなのを隠そうともせず、シュリスは小さく呟《つぶや》いた。

「……、くちづけても、よろしいですか……？」

「…………………」

視線を合わせることもできず、乙女のように頬を染めて恥じらう美少年。

――――もしや、これから毎回こんな感じで確認作業が行《おこな》われるのか……。という気持ちになったが、恥ずかしさで死ねる感覚くらい我慢しよう。

カナンが神妙な面持ちで頷くと、美少年はその身を包む銀色の靄《もや》もかくや、というほど煌《きら》びやかに微笑み、そっと顔を寄せた。視界いっぱいにシュリスの端整な顔が映る。こんなに近くで顔を見たことないかも、とか頭の片隅で考えていたら、目を閉じる前に唇が合わさった。

それはとても優しく、そこにいるのを確かめるようなもので。ただ合わせるだけのそれに、ひどく胸が高鳴る。

ややあって魔女から離れたシュリスは、真っ赤な顔で脱力する。

「ずっと……触れたかったんです……」

「……ソウデスカ」

「永遠に愛し続けることを誓います。カナン」

「……ワタシモデス」

照れやらなんやらで片言《かたこと》になったカナンを気にせず、シュリスは幸せそうに微笑んだ。

「……ところで、シュリスもその姿で発生したの？　なんで？　魔女みたいじゃん」

「さぁ……。でももしかしたら神が俺の願いを叶えてくれたのかもしれませんね」

「ちょ、ナニ願った、おい」

「ふふ、秘密です」

少年らしからぬ艶《あで》やかな微笑みを浮かべるシュリスに、カナンは首を傾げた。

＊＊＊

最初に会ったとき、魔女と言っても普通の女性なんだな、と思った。黒目黒髪の、自分より年上の女性は、突然の訪問に不機嫌そうで、それでもきちんと応対してくれた。

だが、魔女の口から呪いを緩和するためには花嫁を見つけなければならないと告げられたときは呆然とするほかなかった。

聖騎士になるべく徹底的に礼儀を教育されたので、公《おおやけ》の場でどのように振る舞えばいいのかはわかるが、それ以上の女性の扱いは知らない。ただ真面目に言われたことをこなすことだけが取り柄だと自覚している。

結婚するなら政略結婚になると理解していたし、事実その予定だった。己《おのれ》の役割だけをこなせばよいのだと、ある意味で女性にきちんと向き合ってこなかったツケが回ってきたのか。どんな女性が好ましくて、どういうふうに声をかけたらいいのか見当もつかない。

そんなシュリスに、魔女は根気よく付き合ってくれ、なんとか花嫁を見つけようとしてくれた。女心に疎《うと》いシュリスに、様々なことを教えてくれた。シュリスが落ち込めば、口は悪いものの酒を片手に慰《なぐさ》め、励ましてくれた。

親しい人たちは離れ、悪意に晒《さら》され、国から都合のいい駒にされ——絶望に身を浸し、すべて壊れればいいと思った。そんな中、ただ一人、魔女だけが手を差し伸べてくれた。いつ終わるかわからない転生という呪いを前に、苦笑しながら『私で手を打ちなよ』と言ってくれた。

あのときにはもう、とても大切な存在になっていたのだと思う。

お人好しなところのある魔女。口が悪いけれど、いつも思いやってくれる魔女。シュリスのせいでひどい目にあっているというのに、いつも優しい人。

魔女のためにも花嫁を探さなければならないことは理解していた。魔女をこの呪いから救い出すためには、それしか方法がない。魔女はシュリスが好きな相手を選べと言う。魔女以上に大切に思える相手など想像もつかないが、努力するほかなかった。

そんな自分の葛藤《かっとう》など知る由《よし》もない魔女は、シェアラストで二人きりで暮らそうが、当然シュリスを男として意識しない。魔女の髪を梳《す》くときや、貧しさと寒さのため一つの夜具で就寝するときに、隣にいる子供がどれだけ胸を高鳴らせていたかなど知る由《よし》もない。

恩ある人に劣情を抱くなど、あさましいとわかっていても止められなかった。魔女と距離を取るべきだと冷静な自分は叫んでいたけれど、シュリスにまったく警戒心を持たない魔女に触れられる幸せを、自《みずか》ら手放すことなどどうしてできただろう。

シュリスの幸せを願うと言うならば、魔女が欲しい。けれどそうなれば魔女を呪いから解放できない。矛盾《むじゅん》を含んだまま時は過ぎた。

幼馴染《おさななじみ》だったアディラの口から魔女の危機を知り、急ぎ戻れば集落は魔獣に襲われていた。それらを倒して魔女のもとに戻ると、彼女は深手を負っていた。

虫の息の魔女は、アディラを花嫁にと望んだ。ついにその手を永遠に放すことになるのかと悟った瞬間、身体は勝手に魔女を抱えて走り出していた。まさか己《おのれ》の肉体が思考を裏切るとは思いもしなかった。瀕死《ひんし》の魔女の望みを叶えるどころか、それを阻《はば》もうとする己《おのれ》の行動に絶望した。

これでは、いつまで経っても魔女を呪いから解放することなどできそうもない。

必死に己《おのれ》を律《りっ》し、引き返そうと決意したとき、初めて魔女が涙を零《こぼ》し、弱音を吐き、彼に縋《すが》った。

それが死の直前で弱っているせいだとは理解していた。理解していたが――シュリスの前で弱さを見せた、愛《いと》しい魔女。

彼女が欲しいと。彼女でなければ嫌だと。心が叫ぶ。

だから死にゆく彼女の頬に口づけて、『次からは遠慮しません』と勝手に誓った。彼女には、聞こえていなかったかもしれないが。

それにしても魔女は本当にお人好しだ。自分を死に追いやった相手を気遣って手紙まで残すのだから。それさえなければ、転生に入る数刻の間に、集落の人間を殺し尽くしてやったのに。

だが、次の転生先で、魔女がシェアラストのことを気にしないとも限らない。自分が死んだ後に集落が全滅したとでも知ったら、あの優しい魔女は気に病むだろう。

魔女が気にかけるのは、シュリスただ一人でいい。

次に転生したのは、一国の第三王子という立場だった。五歳にして婚約者を決められそうになったので、英雄の転生者であることを告げ、大神殿に行こうとしたら止められた。

実力行使で行くかと考えていたとき、神殿長ミリアニーナから手紙をもらった。手紙には、英雄が大神殿に来れば魔女は逃走するだろうと書いてあった。

前世での最期のやり取りが原因だろうかと思った。シュリスに警戒心を抱いたのか。それは少し切ないが、男としてシュリスを意識したという可能性もある。もしそうならば嬉しいが、反面、どうしたものかと途方に暮れ、結局はこのまま手紙でやり取りした方がいいという神殿長の言葉に従った。以前魔女が『駆け引きも必要だ』と力説していたのを思い出したせいでもある。結果的に言えば、これは失敗だった。魔女はあのときのことを気の迷いだと、綺麗さっぱり断じようとしたのだ。それをミリアニーナからの定期連絡で知ったときの落胆といったらなかった。

貴族どもが勝手に動いて魔女を国に連れて帰ったと連絡を受けたときは、怒りと心配でどうにかなりそうだった。ちょうど別件で面倒な対応に追われていたため、兄王子たちにその件を収めるよう頼めば、彼らがシュリスのためにと言って魔女に身を捧《ささ》げようとしたり……

いい家族だが、時折暴走するのが困る。兄王子たちには、女性受けするその顔を魔女に近づけないでほしい。

魔女は以前と変わらぬ様子で接してくれた。会えたのが嬉しくて、思わず心のまま魔女に迫ってしまったところ、見事に逃げられてしまった。

巫女たちは、『魔女様は英雄様を庇護《ひご》すべき存在と思っているのだから、色気過剰で迫るな』と言う。ただでさえ七つも年下という状態に焦《じ》れていた身としては納得いかないが、魔女の傍《そば》にいられないならば意味がない。

神殿長や巫女たちの協力もあり、蒼《あお》の宮に留まることになった魔女に、翌日謝罪に行った。なるべく庇護欲《ひごよく》をそそるように意識して謝罪すれば、優しい魔女は許してくれた。

その表情の中に安堵《あんど》の色があったのには、ちょっと複雑な気分になったが。

これまでの転生で魔女の世話をしてきた甲斐あって、魔女はシュリスが傍にいることにすぐ慣れた。魔女はなかったことにしたいようだが、シュリスが一度好意を告げたという事実は変わらない。少しずつ距離を縮め、庇護《ひご》されるふりをして愛情を掠《かす》め取っていくのだ。

そう考えていたが、父から大神殿に向かうよう命じられた。それは英雄を魔獣退治にと望む声が高まる中、息子の身を案じてのことだった。

大切にしてくれた家族を見捨てることなどできなかった。優しい魔女は、自分の思うとおりに行動しなさいと後押ししてくれた。戻ってきたら一緒に酒を飲む約束をした。魔女に贈り物をした兄たちは他意はないと言っていたが、念のためしっかり釘を刺しておいた。兄たちが彼女との会話に心地よさを覚えていたことくらい、お見通しだ。

一刻も早く魔女のもとに戻ると心に決めて、討伐隊を率《ひき》いて城を発った。まさか、それから永い間、魔女と会えなくなるとは思いもせず。

魔獣を率《ひき》いる魔術師と相対したとき、悪夢かと思った。魔術師は以前よりも禍々《まがまが》しい力にあふれているように感じた。こちらには巫女も魔術師も戦士もいない。それでも、逃げるわけにはいかなかった。

転生を経て人間離れした力を培《つちか》った自分ならば、なんとか戦える。そう思っていたが、突然、魔術師が意味ある言葉を発してシュリスは戸惑う。

『魔女』と、確かにそう言った。魔術師と魔女になんの関係が？　自分が魔女と口にしたせいか？　と思ったとき、ヤツは『俺の魔女』と発言した。

――――俺の、だと？　ふざけるな。叩き潰《つぶ》す。

そう決意したというのに、次の瞬間、魔術師は掻き消えてしまった。まるで、最初からそこに存在しなかったかのように。

シュリスにとっての悪夢はこの後だった。遺体すら残っていない魔女。突然やってきた望まぬ変化に恐怖する。この改変のせいで自分と魔女を繋ぐ転生の呪いがうまく発動しなかったら、と考えるだけで身体が震えた。

きっと、花嫁が魔女でなければ、シュリスはとっくに壊れていた。転生し続ける運命を厭《いと》わしく思い、己《おのれ》を畏《おそ》れる視線に耐えられず、普通に生きて死にゆける人間に嫉妬《しっと》して、いっそすべて消えてなくなれとばかりに、人を憎み、殺し、壊し、恨み、奪い尽くしていただろう。それとも、転生するたびに、すぐ自《みずか》らの命を絶っていただろうか。

英雄などと呼ばれはしても、本当の自分はとても脆《もろ》い。魔女がいてくれたから、シュリスはシュリスでいられた。だから、悩んだ上で、あの人に手を伸ばそうと決めたのだ。

……けれど、魔女が一人で転生と死の苦しみを繰り返すと知ったとき。なぜもっと早く彼女を解放しなかったのかと心底悔やんだ。

あの優しい魔女を踏みにじることが、俺の運命だとでも言うのか……？

そんなことは望んでいない。俺は、あの人を大切にしたいのだ。大事に大事に、温かく包んで幸せにしたいのだ。

だから、願った。もう離れている間に彼女が傷つくのも、失うのも嫌だ。どうせ呪われるならば、彼女を自分に縛りつけるような呪いであればよかった。二度と離れないように。

シュリスの願いが神に届いたのか、彼は魔女と同じように発生した。しばらくは魔女の油断を誘うためにそれらしく振る舞うべきか。いや、何よりも先に大事な言葉だけは告げなければ。躊躇《ためら》っている間にまた離れ離れにでもなったら今度こそ耐えられない。

そう思って魔女に懇願《こんがん》しながら愛を乞えば、色々な言い訳を並べて拒絶しようとする。シュリスが心変わりなどするはずもないのに、そんなことを心配する魔女は可愛い。

手放すつもりはないが、どうしても魔女がシュリスを受け入れないと言うのならば、傍にいるだけでもいい。他の男の目に触れないように、ひっそりと二人で暮らすだけでも満足だ。もしも魔女が他の男を好いたときには、相手の男を殺してから、自死して次の転生に入ろう。この呪いがあれば、永遠に魔女を独占できる。

そんなことを頭の片隅で考えていたら、突然彼女が笑い出した。それから、目元を染めてシュリスを受け入れてくれたのだ。

ようやく手に入れた花嫁は、愛してやまない可愛い魔女。初めて触れた彼女の唇は柔らかく、彼女自身からはとてもいい匂いがした。貪《むさぼ》りたくなる衝動を必死に抑える。

彼女と同じ齢《よわい》に転生できてよかったと心底神に感謝した。想いが通じたのに、自分が成人するまで七つ年上の彼女の隣でじりじり待つなんてごめんだった。

今後は、彼女の心が離れないよう最大限に気を配らなければ。

そういえば、以前魔女は、シュリスの顔と身体を最大限に使えば女性を虜《とりこ》にできるようなことを言っていた。そういう手も考えた方がいいのかもしれない。ちょっと自信はないが、頑張ってみよう。

――ああ、それにしても。あの魔術師に感謝したいくらいだ。

不死の呪いは転生の呪いになり、その結果、シュリスは魔女を手に入れた。一度きりの人生では、魔女の心を手に入れることなど到底できなかった。シュリス自身も、己《おのれ》の気持ちに気づくことなく、決められた婚姻を淡々と結んでいたことだろう。そんな運命、想像したくもない。

幾度もの転生を経て、ようやく手に入った愛《いと》しい花嫁。これから先、何度転生したとしても、彼女が最初に目にするのは自分だ。常にその傍《そば》に寄り添い、共に生き、そして死の間際に言葉を交わすのも自分になる。

人が呪いだと言うこれは、彼にとって最上の絆《きずな》となった。

◆神様っぽい何かの愚痴《ぐち》っぽい何か◆

「ええ？　君もなの？」

白い空間に、その声が響く。

「あのさぁ、また地上に降りたいって……、最近多すぎなんだよね、君たち。順番に決まっているでしょ？　大体君たち、僕の傍仕《そばづか》えなんだよ？　なんだって僕のもとに還ってきて早々、地上に派遣しろって言うわけ？」

声の主は苛立《いらだ》っているようだ。

「はあぁ？　本棚が気になるって、何それ、なんのこと？　君たちいったいあそこで何しているの？　君たちには僕の代わりにあの世界で過ごしてもらっているけどさ、地上にいる間はその記憶も含めて全部消す決まりじゃないか。あそこでは僕の神託《しんたく》がギリギリ届く程度に……、何？　まっさらな状態でイチから読むのもまたよし？　意味わかんないよ!!　なんでみんな頷いてるの!?」

悲鳴じみた声をあげると、やがて声の主は深いため息を吐《つ》いた。

「……わかったよ……。よくわからないけど、他の世界じゃなく、あの世界に優先的に行かせるから」

歓喜する周囲とは対照的に、声の主はぐったりと疲れた様子だった。

それからしばらく経った、あるときのこと。

「……ん？　どうしたの？　あの世界は今、魔女が改変中だからゆっくり休んでいてよ。君たちには順番に代償の一部になってもらうんだからさ。……はぁ？　早く派遣しろって……行ってもすぐ戻ってくるし、負担が大きいでしょう？　君たちの言う本棚の中身だって増えてないだろうし。……とにかく早く改変を終わらせたいから、サイクルの速度上げるか一度にもっと派遣しろ？　……君たち……そこまでして続きが読みたいのかい……」

　呆れ返った様子の主は、しばらく周囲の声に耳を傾けていたが、やがて大きくため息を吐《つ》く。

「……わかった……、わかったから……。まったく……そこまで君たちが気にかける改変の魔女に、ちょっと興味が湧くよ……。世界の改変にまで至る魔女は珍しいといえば珍しいんだけどさ。君たちのおかげで、少しだけ早く終わるかもしれないね。……僕としては、せっかく僕のもとに還ってきてくれたのにすぐ出ていきたいって言われるのは、結構複雑なんだけどね」

　まぁ、この改変で魔女が正気を失わなければ、ちょっと接触してみてもいいかな……と思う声の主であった。


　そして、またあるときのこと。

「あー、アタマ痛い……。ん？　改変の魔女とちょっと話してきたんだよね――って、興奮しすぎだから!!　……そうだよ！　改変終わるの！　ちょ、すぐ派遣しろって……君、還ってきたばかりだから駄目だよ!?　休息は必要だからね。……泣かないでよ……。わかった、僕がちょっと様子見て話してあげるから……。――あ、英雄が魔女に愛を告げた。――って、うわあああ⁉　ちょ、びっくりさせないでよ‼　いつの間にみんな集まってたの⁉　一言一句《いちごんいっく》教えろ⁉　嫌だよ面倒くさい‼　…………みんなで泣き落としは卑怯じゃない？　……わかった……わかったよ…………神官か巫女の誰かに、今見たイメージを送っておくから……。それを文章にさせて、地上に行ったときに楽しみなよ……。さすがって言われて、こんな微妙な気持ちになったの初めてだよ……」

――そのころ、大神殿にて。

「神官長様ぁあああ‼　神託《しんたく》きましたぁああああああ‼」

「どのような内容ですか？」

「えっ、英雄様が魔女様に……愛のこっ、告白をなさって…………‼」

「なんだと⁉　よし、巫女サランを中心に、五名態勢で文字に起こすように‼」

「はい‼」

「ああ！　長きにわたり、祈り続けた甲斐がありました‼」

「巫女サラン！　泣くのは後よ！　神託《しんたく》の内容を教えてちょうだい！」

「はい！　イメージを最大限伝えられるような文章をみんなで考えましょう‼」

＊＊＊

これが最後だと、あなたは言った。

それがどれほど胸を焼いたのか、きっとあなたにはわからない。


そこは随分昔に建てられた屋敷だった。要塞《ようさい》のように堅牢な造りは、その当時、人々の間で頻繁《ひんぱん》に小競り合いがあったためだと言われている。

かつて住んでいた者がいなくなって久しいその建物に、人の手が入ったのは数年前。ゆっくりと静かに整えられた建物は、やがて主《あるじ》を迎え入れ――――彼らを呑み込んだ。

「……外に出たい……」

小さな呟《つぶや》きは、同じ部屋にいる相手に聞こえたはずだが、無視された。随分都合のいい耳になったものだとカナンは思う。

「シュリス」

「なんですか？」

呼びかければ可愛らしく振り返る彼。金色に輝く髪と紫色の瞳。整った顔立ちと少年くささが抜けきらない身体はアンバランスで、危うい色香が感じられる。

「そ・と・に・で・た・い！」

はっきりと主張してみた。目の前の少年はにっこりと笑う。

「だめです」

はぁ～っとカナンはわざとらしくため息を吐《つ》いた。この屋敷に監禁されて数週間。カナンはすっかり監禁生活に飽きていた。

「あのさぁ、なんで今更監禁なの？」

こめかみを揉《も》みながらカナンは尋ねる。

「私はシュリスの花嫁だよ？　それはシュリスだってわかっているよね？　なんでこんなところに閉じ込める必要があるの？」

彼に『見せたいものがある』と言われてほいほいついていったら監禁生活スタート。意味がわからん。

「……だって、最後だって言うから……」

俯《うつむ》きがちにぼそりと言うシュリスに、カナンは「ああ」と納得の声をあげた。

己《おのれ》の手を見る。靄《もや》は銀色ではない。シュリスを見ても同じ。それはつまり、呪いの効力が消えたということだ。

「でも、それがどうして監禁に繋がるの？」

素朴な疑問である。カナンの身体能力は一般女子と同じくらいだ。対してシュリスは、度重なる転生で能力を上乗せされているタイプのチート野郎である。逃げるという無駄な行為はしないが、どうしてこういう状況になっているのかなと不思議に思うのだ。

「……俺は、カナンを独り占め、したいんです……」

「は？」

訝《いぶか》しげな表情をするカナンに、シュリスは苦悩の表情で続ける。

「本当はずっと、ずっと……独り占めしたかった。あなたは優しいから誰にでも平等に接して、みんなに好かれて……あなたのよさを知ってもらえるのは嬉しいし、誰もが惹《ひ》かれて当然だとわかっていても、俺は自分だけのものにしたかった」

……誰にでも優しくて誰からも好かれて誰もが惹《ひ》かれる……って、どこの聖女だ。もしかして、作った薬を買いに来て感謝していく人たちのことを言っているのか？　そんなもん、底値でいい薬売っているんだから買う方は当然感謝するだろうよ！　感謝には好意もそれなりについてくるって！　いったい何をこじらせているんだ、この英雄殿は……。

言いたいことはたくさんあったが、カナンはひとまず呑み込んだ。話は最後まで聞いてやろう。

「だから、最後は……最後だけは、俺だけのカナンでいてもらいたくて。他の誰にも、あなたを分けてやりたくない。たとえ、これまで世話になった神官や巫女たちであっても……」

この屋敷に監禁されて以来、身の回りの世話はすべてシュリスが行《おこな》っている。通いで食事を作る下働きの人がいるらしいが、会ったことはない。欲しい物はどこからかシュリスが調達してくる。この手際のよさ、絶対に前々から計画していたはずだ。

カナンはため息を吐《つ》いた。

……人畜無害《じんちくむがい》だと思っていたのに、まさかの監禁属性だったとは。でもまぁ、痛いことや嫌なことをされているわけではない。

シュリスは不安なのだ。普通であれば当然来るだろう終わりが来て、今生きているこのときが終われば、本当にそれでおしまいだということが。記憶を持ったまま転生を繰り返すという呪いが終わることを、今では恐れるようになっている。難儀《なんぎ》なことだが、人として間違っているとは思わない。むしろ当然だろう。

カナンは、シュリスが人の感覚を持ち続けていられたことが何より嬉しい。そのせいで苦しみ、怯《おび》え、こうして暴走するのだとしても、呪いを受けた身でありながら人として終われることに喜びを感じる。

上から目線だと思われるかもしれない。でも、これで本当に自分は依頼を達成できたのだと思えた。

運命の改変をすると決めた。シュリスに幸せになってほしいと思った。そうして迎えた最後の生。シュリスは人としての感覚を持ったままだ。人として終われる。それは、この呪いに負けなかったということに他ならない。

だからカナンは笑う。カナンを閉じ込めて、独り占めしたいと言いながら、申し訳なさそうにするその姿が愛しくて。最後くらい、思い切り甘えてもいいのかもしれないと、彼の首に手を回す。

「いいよ。独り占めして」

紫色の目が見開かれる。そしてきつく抱きしめられた。まだそれほど体格は変わらない。抱き合うたびにお互いの身体の変化を感じ、やがてシュリスにすっぽりと包み込まれるようになるのだ。

そうしたことも、これが最後かと思うと、その一つ一つが愛おしい。

贅沢《ぜいたく》だなぁ、とカナンは思う。

一度きりの人生なんて、懸命に生きているつもりでも何気なく日々を過ごしてしまう。これまで何度も辿《たど》ってきた二人の関係を、最後だからとじっくりゆっくり堪能《たんのう》させてもらえるとは、なんという贅沢《ぜいたく》なのか。

「大好きだよ、シュリス」

小さく囁《ささや》きながら、触れるだけの口づけをする。あいしていると、吐息だけで告げれば、深く口づけられた。

次がないからこそ、今が愛おしい。ようやく迎えた最後だからこそ、過去があるからこそ、現在が輝く。

人が、これほど愛《いと》しいという感情を抱えることができるなんて知らなかった。それを相手にも返してもらえるなんて、本当になんという贅沢《ぜいたく》だろう。

転生し続けて初めて、この世界に生まれたことを感謝した。


――――そうして終わった、ハズなのに。

最終章　もう一度、あなたに出会えるならば

私はもう、魔女ではない。一介の女子高生である。ああ、いい響き。しかし女子高生には女子高生なりの悩みやらなんやらがあるのだ。強《し》いて言うなら、私には女子高生らしい初々《ういうい》しさがないらしい。余計なお世話だ。別に困っていませんけどぉ？

なんか最初の世界に似ているなぁと思ったときに、あ、また記憶持ちで生まれたよ！　と驚愕《きょうがく》した。しかし今度は魔女とかそういうわけではないらしく、実に平凡な家族のもとに平凡な顔で生まれたので、まぁいいかと思い、平凡な人生を歩んでいる。たぶん神っぽいヤローが記憶消し忘れたんだろう。もしも次に会う機会があれば、必ず一発、顔面か腹に決めてやると心に誓った。

そんな私は人生を謳歌《おうか》している。なんとこの世界には漫画や小説、ネットがあるのだ。これは思い切り楽しまねば!!

友達からは『男の子紹介するよ～』とか言われるけど、そんなもん要らん。ぷらぷらと夕暮れの河川敷を一人歩きながら、断りのメールを打つ。どんな男でもシュリスと比べれば霞《かす》むに決まっているではないか。そうなると、生涯独身もありえそうだが仕方がない。

「私のシュリスを上回る男なんぞいるわけないからな！」

なんとなく勝ち誇った気分で胸をそらして宣言してみる。

「……嬉しい……」

「あん？」

なんだ人がいたのかと眉間《みけん》に皺《しわ》を寄せて振り返れば、ものすごく整った顔立ちの男が立っていた。整っているだけでなく賢そう。着ているものもお洒落《しゃれ》かつお高そう。腕時計とか雑誌で見かけたことある。一見してハイスペック。そんでもって立っているだけで色気ダダ漏れな感じ。ちょいと、真面目系ホストか何かですか？

とにかく私とは相容《あいい》れない人間に違いないと、一目で判断した。ついでに、麗《うら》らかな河川敷にもまったく似合っていない。なんでここにいるんだろう？　あと、なんで目がうるうるしてるの？　どこの乙女？

――見なかったことにしよう。

そのままくるりと方向転換して足を踏み出そうとしたら、がしりと二の腕を掴《つか》まれた。

ちょっ！　女子の二の腕掴《つか》むとか、マジかコイツ!!

「カナン」

その言葉に蹴りを入れようとした足を止め、随分と高い位置にある顔を見上げる。

「……今なんて？」

「カナン。迎えに来ました。愛しています。俺の愛《いと》しい魔女殿。もう二度と放しません。ああ可愛い。本当に可愛い。真面目に可愛い。承諾《しょうだく》して本当によかった」

「……………………しゅりす？」

ものすっごく当たってほしくない気持ちで口にすれば、「はい！」とのお返事が。

どういうことだ⁉

「俺……死後、神に会ったんです」

真面目系ホストが電波なことを言う図を目《ま》の当たりにした。いや、嘘じゃないってわかるけれど、耳から入った情報を脳がキョヒる。

「そこで、神から提案されたのです」

「………何を？」

口元が引きつるが、とりあえず話を聞こう。そうしないと話が進まない。

「転生先は異なる世界になるが、それでいいなら魔女殿と俺の魂を惹《ひ》き合わせてくれると神はおっしゃいました。記憶については、引き継げるかどうか半々だと言われましたが……今回は無事に引き継いだようで本当に嬉しいです」

もう紫色ではない瞳。潤《うる》んだその目の奥に以前と同じ熱を見つけ、背筋がぞわぞわした。

「最後の日々を思い出しては、早く魔女殿に会いたいと願っていました。神は、なぜかあなたが結婚できる年齢にならないと、魂が惹《ひ》き合わないようにしたと言うのです。ですから、この世界に生まれ落ちてあなたに会えるまでが、本当にもどかしくて……」

私は先日誕生日を迎え、十六歳になったばかりだ。確かに結婚できる歳ということにはなっている。そして目の前の男は、どう見ても成人している。

なんだそのけしからん色気は。やめろ！　目元を赤く染めてこっちを見るんじゃない‼

私はちらりと周囲に視線を巡らせる。学校からの帰り道であるここは、普段から人もまばらな河川敷。……誰か、犬の散歩にでも来てください!!

人の目があればたぶんきっとおそらくは、目の前の男も自制する……かなぁ？　控えめに言ってかなり興奮している。先ほどの言動だって気になる。最後の日々って、あれか。監禁生活（一応同意あり）のことか。マジで最後だと思ったから恥も外聞《がいぶん》もなく思い切り甘え倒して相手も甘やかして、ほぼ愛欲の日々と言ってもいいほど色々なことをしたあれのことか。

お前、それを思い出しながらナニをした。問いただしたい気もするが、藪蛇《やぶへび》になる予感がしたので、そこはスルーの方向で。

じりっ、と一歩後ずさる。じわり、と一歩踏み出される。

「どうして逃げるんですか？」

「……そこはかとなく犯罪臭がするからだ」

何その獲物ロックオンしたような目。怖いんだけど。なんで両腕広げてるの。そこに飛び込めと言うのか。その選択肢は今はない。

再会は嬉しい。嬉しいが…………本能が叫ぶ。今は逃げろと。

「ちょっと落ち着いてからもう一度会おう!!」

「嫌です。新居もすでに用意してあります。とりあえず今世の名前から教えてください」

「名前も知らないのに新居とかマジ重っ！　怖っ!!」

捕まったら絶対にそのまま貪《むさぼ》られるパターンだ!!

どうやったらヤンデレ属性となった元英雄殿の頭を冷やすことができるのか。前世ほどの体力的なチートは有していない様子の相手から逃亡しつつ、私は誓う。

あんのクソ神、次に会ったら絶対に泣かしてやるっっ!!

＊＊＊

ねぇ、君、僕と取り引きしない？　こっちの条件を呑んでくれたら、代わりにできる限りのお願い事を聞いてあげるよ？

さぁ、君は僕に何を望むのかな？

――――あ、やっぱり？　そうだよねぇ。ずっと一緒にいたもんねぇ。イイよ。いくつか条件はつけさせてもらうけどね。会いたいというその願いを叶えてあげる。

ん？　条件？　まずは僕の管理する世界じゃないところになる。僕の手から魂が離れていくのは寂しいものだけどね。……僕の身の安全のためというか、平穏のためというか……。いや、気にしないで。ぜひ遠くで幸せになって。

それから、絶対に彼女より先に生まれたいって言うけど、魂が惹《ひ》かれ合うのはせめて彼女が結婚できる年齢になってからにするよ。それまでは出会わないよう制限をかける。結婚できるのは確か十六歳からだったかな、あの世界。それくらい待てるでしょ？

なぜって……。君……自覚ないの？　早く出会ったとして、我慢できるの？　色々。

…………あぁー……本人無自覚かぁ……。一番厄介なタイプだよねぇ。

記憶が引き継がれた場合、彼女と惹《ひ》き合うのは彼女が結婚できる年齢になってから。記憶が引き継がれない場合は、制限なし。これは譲れない。

言っておくけど、意地悪じゃないよ？　これは君のためでもあるんだからね!?

……コホン。えーと、記憶を引き継ぐかどうかの可能性は半々だから。……とりあえず婚姻関係が結べる相手として生まれたい？　えー、別にどんな関係でもいいと思うんだけど……。でも君の執着すごいからなぁ……。兄妹とかになったらさすがに魔女が哀れだよねぇ……。わかった。そこはサービスしてあげる。じゃ、そういうことで。

――さようなら、呪われた英雄。よかったね。呪いを絆《きずな》だと言えるような存在に会えて。神の一柱として、祝福するよ。さあ、行っておいで。僕の可愛い魂。


あ、彼には許可もらったよ～……。まったく、なんで僕がこんな目に……。こんなことが知れたら、間違いなくあの魔女から抗議の声が聞こえてきそうだよ……。かなり遠い世界に飛ばしたから大丈夫だと思うけど。あーぁ、手続き面倒くさかったぁ……

は!?　魔女様にも許可もらってくださいい？　……英雄から許可もぎ取ったんだからいいでしょ！　どれだけ僕をこき使うの……

大体、あの二人の本なんて勝手に出せばよかったじゃない。律儀《りちぎ》に本人たちの許可が欲しいとかさぁ……、どれだけ気に入っているのさ……

はいはい。すぐに大神殿に神託《しんたく》下すよ。魔女と英雄の本、発行していいよって。大神殿に校閲室《こうえつ》ができたみたいだしねぇ。そんなにおかしな内容にはならないでしょ。さすがにあの世界の秩序を乱しそうな内容は僕が止めさせるからね。

君たち、ほんとにこれで立ち直ってくれるんだろうね。もう僕の周りで泣き続けるのやめてよ？お仕事してよ？　……は？　初版が読みたいから早く派遣しろ？

…………。泣きたい…………

番外編　年若い神官は、己《おのれ》の役割を自覚する

ルシェイドが大神殿に行くことになったのは、幼馴染《おさななじみ》の巫女に神託《しんたく》が下り、それに巻き込まれるような形だった。

いくら家が隣同士だからといって、なぜ跡取り息子だったはずの自分が神殿入りすることになったかというと、それは偏《ひとえ》に家の事情というものである。

「神託《しんたく》を受けたの！　一緒に大神殿に行くわよ!!」と幼馴染《おさななじみ》が突然言い出したことは、大人たちにとって都合のいいことだった。出来のいい姉と妹に挟まれて育ったせいか、家族に関心が薄かった幼馴染《おさななじみ》と、家で持て余されていたルシェイドは、こうして大神殿で働くことになったのだ。

大神殿には、二種類の人間がいる。神託《しんたく》を受けて神に仕えるために神殿入りする人間と、他に色々理由があって神殿入りする人間。幼馴染《おさななじみ》が前者で、自分は後者。だからどうということはない。神殿に勤めるのは穏やかで優しい人ばかりで、規則正しく生活している。

ただ、本当に時折、恐ろしくなるほどの静けさにぞっとすることがある。神官としての教養を学ぶとき、兵士として訓練を受けるとき、ふと顔を上げると、神殿全体がひどく静かだと感じられた。

そんなときに迷うのだ。自分は、ここにいていいのだろうかと。おそらく自分のような神官や巫女は他にもいる。清廉《せいれん》すぎるほどのこの場所に、ふさわしくないと思う者が。だからきっとここを出て、他国での諜報《ちょうほう》活動や神殿街での慈善活動に志願するのだろう。

ここが嫌いなわけではない。むしろこれほど守りたい、大切にしたいと思う場所は他にはない。

ただ、己《おのれ》自身が、ここにふさわしくないだけのこと。

「そんなことを考えていた時期が、俺にもありました」

「急にどうしたの？　ルシェ」

「神官ルシェイド。ルシェって呼び方いい加減やめてよ。女の子みたいだろ」

もうじき成人だというのに呼び方を変えるつもりのない幼馴染《おさななじみ》は、さらりと無視する。

幼馴染《おさななじみ》――巫女ラムランは青みがかった深緑色の三つ編みを揺らした。小柄な彼女の頭はルシェイドの肩ほどの高さなので、のぞき込まないと表情が見えない。ここ数年で彼の背はぐんと伸びた。

「俺、英雄様と魔女様についての教養、後回しだったからさぁ」

神官は教養よりも鍛錬《たんれん》の方が重要視される傾向がある。ルシェイドは剣の扱いに適性があったのか、将来は神殿騎士になることも夢ではないと言われたので、そちらの方に力が入り、神官としての行儀作法や教養などは後回しになっていた。

「任せておいて！　私がみっちり教養してあげる！」

教養が強要に聞こえたのは気のせいだろうか……。ルシェイドは遠い目をしたくなった。

事の起こりは、数日前。たとえ前触れなしに王侯貴族が巡礼に訪れたとしても、粛々《しゅくしゅく》と普段どおりの生活をする神殿が、大いに沸いた。

ちょうど訓練場で訓練していたルシェイドは、どこからともなく聞こえた大歓声……というか怒号に近いそれに、ひどく驚かされた。襲撃にでもあったのかと思ったほどだ。

鍛錬《たんれん》中の神官兵や神官騎士が神殿内に駆け込み……そしてまた大歓声。それが繰り返される。意味がわからない。何が起こったのかわかったのは、ラムランが訓練場に飛び込んできたからだ。彼女は頬を上気させて叫ぶ。

「ルシェ！　魔女様と英雄様がいらっしゃるとの神託《しんたく》が下りたのですって!!」

どうやらあの大歓声は、魔女様と英雄様を歓迎してのことだったらしい。しかしながら、まだ教養を学ぶ前だったルシェイドにはそこまでの感動はなく、理不尽なことにラムランから叱られたのだった。

とはいえルシェイドもすぐ魔女様と英雄様について学べるだろうと楽観していたのだが、何やらお二人の結婚式を行《おこな》うとかで盛り上がっていて、それどころではない。

まだ大神殿を訪れてもいないのに、なぜ結婚式の準備を始めるのかと、ルシェイドは首を傾げた。

巫女たちは魔女様と英雄様の御衣装を用意しようと奔走……する前に、デザインをどうするかで対立しているらしい。……サイズとかわかるんだろうか。

神官たちは一刻も早くお二人を迎えられるよう、先に他国で行《おこな》われる式典をいかに短縮させるかで頭を悩ませているらしい。……どれだけ会いたいんですか、あんたら。

これまでにない活気に満ちた空気に圧倒され、なんとなく取り残された感じだったルシェイド。

そんな彼に、ラムランが教養してあげると言い出した。

お勤めを終え、夕餉《ゆうげ》を取った後は個々に与えられた自由時間。ルシェイドはラムランに手を引かれ、神殿の階段を上がっていく。

「どこまで行くつもりだ？」

「もうすぐよ」

幼馴染《おさななじみ》とはいえ、ラムランは巫女なので、あまり遅くならないようにしなくては……。ため息を吐《つ》いてルシェイドは足を動かす。女性には常に親切に。そして決して無体《むたい》を働いてはならない。剣の稽古《けいこ》をつけてくれる年上の騎士の教えである。ちなみに、それを破った場合は、神の御許《みもと》が近くに感じられるほどの訓練をさせられる。

「じゃーん」

可愛らしい効果音と共に開けられた扉の奥は、図書室のようだった。整然と並べられた本棚。その中は様々なもので埋められている。

「すごいな……………」

大量の書物……動物の皮を鞣《なめ》したものや、書類の束のようなもの、冊子状のものなど色々ある。

図書室の一角には机と椅子があり、そこにラムランは腰かけた。

「さぁ、座ってちょうだい。ここではラムラン先生と呼ぶようにね」

ラムラン先生の話は面白かった。資料として差し出されるものは報告書のようであったり、日誌のようであったりしたが、どれも英雄様と魔女様のなんとも言えない焦《じ》れ焦《じ》れ具合にやきもきする神殿関係者の心情が伝わってくるようで、ルシェイドは興味を惹《ひ》かれた。

神に仕え、日々粛々《しゅくしゅく》と神事を行い、静謐《せいひつ》に過ごすばかりの巫女や神官が、生き生きとしている様子が目に浮かぶようで。

――ああ、俺、ここにいてもいいのかもしれない。

すとんと己《おのれ》の心が落ち着いた気がした。

ルシェイドは、家にいられなかった。理由はなんてことない、生みの母が死に、父が娶《めと》った後妻が男児を産んだためだ。要は厄介払いされたのだが、あのまま実家にいても冷遇されただけだろうし、まだ成人前でなんの力もない子供には他にどうしようもなかった。

だから、ラムランが強引に自分を神殿に入れたのは同情なのだろうと思っていた。ラムランは巫女として神殿に居場所がある。でも、自分は――そんなことを、頭のどこかではいつも考えていたような気がする。

「ラムランは」

「先生よ！」

「……ラムラン先生は、どうして俺を神殿に連れてきたの？」

これまで、敢《あ》えて聞かなかったことだが、今なら聞ける気がした。同情だと言われたくなかったが、今ならそれを受け入れることができる気がした。

目を大きく見開いたラムランは、「……今更何言っているの」と呟《つぶや》いた。

「え？　何？　休みの日に街に出かけて、街に住みたくなっちゃった？　神殿が嫌？」

突然おろおろし始めたラムランに、ルシェイドは驚く。ラムランは今にも泣きそうだ。

「どうしよう……。ルシェが街に住むなら私も街に下りるけど、私ったら神殿の外じゃ何もできないかも……。ちょっと準備期間をちょうだい！　なんとかするから!!」

「ラムラン？」

ちょっと落ち着け、と言いつつ、ルシェイドも戸惑っている。

「どういうこと？　なんで俺が街に行ったらラムランも行くの？」

「だって、ルシェがいないとつまらないし」

「……もしかして神殿に連れてきたのも……」

「……だって、ルシェいないの寂しいし……」

ルシェイドはぽかんとした。なんということだ。ラムランは単に幼馴染《おさななじみ》がいないと寂しいという至極《しごく》自分勝手な理由で行動していたらしい。数年越しに発覚した驚きの事実であった。

それからしばらくして英雄様と魔女様を迎えた大神殿は、かつてないほどの活気にあふれるのだった。

英雄様と魔女様の結婚式が行《おこな》われた。その規模といったら王侯貴族かと言いたくなるほどだった。

ルシェイドも神官として王族の成婚の儀に出ることはあったが、出席者、参列者、司会進行、すべて神殿関係者だと、こうも荘厳《そうごん》になるのかと驚くばかりだった。

磨き抜かれた輝く大神殿。あふれんばかりの鮮やかな花々。一糸《いっし》乱れぬ神官と巫女。すべての参列者の意志は一つとなり、この婚姻を祝福していた。

魔女様がまとった、ゆったりとした純白のドレスは、巫女たちが執念……ではなく、心を込めて作り上げた最高傑作らしく、黒髪の魔女様にとてもお似合いだった。英雄様は、まるでご自身が光を放っているかのように輝いていたけれど、その瞳は常に優しく魔女様に向けられ、心から魔女様を大切にしているのがよくわかった。

参加者全員が完璧を目指したおかげか、式は滞《とどこお》りなく終わった。終わった途端に感動の涙を流す者が多かったが、式の最中は気合で我慢していたそうだ。たとえ誰であってもこの式の邪魔だけはさせない！　と意気込んでいたのを思い出す。万が一、乱入する者がいれば、きっと恐ろしい目にあわされていただろう。無事に終わって本当によかった。

しかし、ここまでの道のりは長かった。最初、魔女様は『結婚式なんていいよ～』と言って辞退しようとしたのだ。これに対し、巫女たちはお互いに視線をさっと交わすだけで一斉に泣き崩れるという荒業《あらわざ》を決行。ビビる魔女様に対し、歴代の神殿長の名前まで出して『ミリアニーナ様が魔女様と英雄様の幸せな姿を目にしたかったと遺言《ゆいごん》を……』などと泣き落とした。

『せめて小規模で』と言う魔女様に、巫女たちは『神殿関係者だけでお式をしましょうね』とにっこり微笑んだ。嘘は吐いていない。ただ、全神殿関係者が全力をもってこの式に臨んだだけである。

式の壮大さに呆然とする魔女様を尻目に、巫女たちは手早く支度をしていった。

ちなみに、この結婚式を執《と》り行《おこな》う準備のため、王族の成人の儀や婚姻については先に執《と》り行《おこな》うか、もしくは後回しとなった。絵心のある神官や巫女はこの日のために最高級の絵筆などを調達し、式に臨んだ。

この結婚式は、言わば神殿関係者による神殿関係者のためだけの結婚式だったのである。


「ううう っ……」

隣で泣き続けるラムラン。式が終わり、その後の披露宴も終わった。お二人が部屋に入り、みんなで後片付けをした後、ラムランのもとを訪れてみれば、彼女は式の余韻《よいん》に浸りきっていた。

「私……お二人の物語が大好きで……」

物語というか実話である。正確に言うと、神殿関係者による、ストーキング報告書の数々。そういえば、図書室の一角にお二人が使った物とか愛用品とかが保管されていたけど、あれって誰が集めたんだろうと頭の隅でルシェイドは思った。

「まさかこの目でお二人の幸せな結婚式を見ることができるなんて……」

巫女たちの執念はすさまじかった。この機を逃すかと目が語っていた。

彼女たちの合言葉は『まず魔女様を落とせ。さすれば英雄様は勝手についてくる』……不敬だと思うのは自分だけだろうか。

「幸せすぎて、どうしよう……」

「うん。よかったね」

ルシェイドは知っている。神殿長たちがどうにかしてお二人を神殿に引き留められないかと画策していることを。そして、それができなければお二人の住む村に誰か派遣しようとしていることを。

結婚式を行《おこな》うからという理由で、すでに一年もの間、お二人は大神殿に滞在している。魔女様はそろそろ帰ろうかと言い出しているらしいが、英雄様は魔女様さえいればどこでもいいと思っているようだ。

ルシェイドは考える。もしも、英雄様と魔女様の住む村に派遣されることになったら、ラムランを誘ってみるかな。この調子なら一緒に行くと言うかも。

「……ただし、その場合は夫婦として行くけど」

ぼそりと呟《つぶや》いた言葉は、幼馴染《おさななじみ》の耳には届かなかった。


最近、幼馴染《おさななじみ》の動向がおかしい。

英雄様と魔女様が、元々住んでいた村に戻ってしばらく経つ。神殿長はその村に神官や巫女を派遣しようとしたが、魔女様に「小さな村だし神官や巫女など必要ない」と言われ、落ち込んでいた。あまりの落ち込みように、魔女様が「年に二回は大神殿に顔を出す」と約束したほどだ。魔女様は人がいい。

ルシェイドは英雄様から教えてもらった剣術に磨きをかけ、再び手合わせをする日までに、どうにか腕を上げようと精進していた。そのせいか、ラムランの動向に気づくのが遅くなったのだ。

ラムランは最近、夕餉《ゆうげ》を終えると、こそこそと何かやっている。今日は珍しく自室から出てきたので後をつけてみると、例の図書室に入っていった。

そっと室内に入れば、机に向かって一心に何かしている。気配を消して、ラムランの背後から忍び寄る。そっと上からのぞき込み――――ルシェイドは顔を歪《ゆが》めた。

「ラムラン」

「っ⁉」

ラムランが大きく目を見開き、バッと後ろを振り返る。

「ルシエ！」

幼馴染《おさななじみ》はルシェイドの姿を見るや、両手を広げて机の上に突《つ》っ伏《ぷ》す。しかしもう遅い。

「ラムラン……だめだよ」

「な、んの、ことかしらぁ？」

しらじらしいラムランの腕の隙間から、するりと一枚の紙を取り出す。

「あっ！」

「……『たとえば魔女様が英雄様に恋い焦《こ》がれ、悪辣《あくらつ》魔女の仮面をかぶって英雄様を拘束して辱《はずかし》め、無理矢理花嫁になろうとする……というのはどうでしょうか。無理矢理感が出ると非常にいいかと』」

「声に出しちゃだめぇぇぇぇぇぇぇぇ‼」

真っ赤になった幼馴染《おさななじみ》の悲鳴が響き渡った。

「じゃあ、巫女の間で流行《はや》ってるんだ」

「……はい」

ラムランの部屋。目の前には小さくなって俯《うつむ》くラムランがいる。ルシェイドは椅子に腰かけて、遠い目をしたくなった。

ラムランが持っていたのは、『もしも魔女様と英雄様が』という内容のものだった。

もしも、お二人がこうだったら、どのような展開があったかしら、という妄想……否《いな》、想像力を働かせて物語を書き、それを回し読みして悶《もだ》えていたらしい。

ラムランは巫女たちの間で期待の新人作家として作品を作り上げているところだった。図書室に行ったのは、これまでの魔女様や英雄様の言動などから、新たな構想を練るためだったとか。

「あのさ、これはさすがに本棚に入れられないと思うよ。事実じゃないし」

「当たり前じゃやない！　これはあくまで私たちが楽しむためのものよ！　見てちょうだい!!」

突然元気になったラムランは、ガバッと立ち上がると、戸棚から大量の冊子を出してきた。

――なんだ、この量は……

唖然《あぜん》とするルシェイドの前で、ラムランは喜々として説明する。

「ほら見て！　全部最後には『この物語は虚構《フィクション》であり、登場する団体・人物などはすべて架空《かくう》のものです』ってちゃんと書いてあるのよ！」

「……ラムラン……」

「え？　中が見たいの？　ごめんね。これは巫女にしか見せてはいけないという厳しい決まりがあって、いくらルシェでも見せられないの」

――――いや、それはどうでもいいから。

どちらかというと魔女様寄りの巫女たちと、英雄様寄りの神官たち。巫女たちは恋愛話を好み、神官たちは英雄様の魔獣退治や、英雄様に挑んできた力自慢たちとの戦いの話を好んだ。

……さすがに、これはひどい。

常識を持つ者が、客観的に見られる自分こそが、巫女たちの暴走を止めるべきである。

……英雄様。お二人の私生活上の自由についてはもう手遅れな気がしますが、せめて……せめて妄想の中で辱《はずかし》められることのないよう、これから管理を徹底しますから!!

この日、巫女たちの密かな活動は白日《はくじつ》の下……もとい強面《こわもて》の神殿長の御前にすべてさらけ出され、一度は活動停止を言い渡された。だが、巫女たちによる強硬な反対活動が勃発。双方が妥協した結果、大神殿内に専門の校閲《こうえつ》機関が設けられることで一応の決着がついた。


「うう……怒られたぁ……」

事の発端であるラムランは巫女たちに怒られたらしい。しかし巫女たちも、神殿長の『このことがもしも魔女様の耳に入れば、もう二度と大神殿を訪れてくださらないかもしれませんね？』という笑顔の脅しが効いたのか、それぞれが隠し持っていた妄想の産物を大量に吐き出したのだった。

「ラムラン。さすがに本人たちが不快に思うようなものはまずい。……その……子供に見せられないような記述が多かったし」

かなり控えめに表現してみたが、苦り切った表情の神殿長によって、ほとんどの冊子が『未成年閲覧《えつらん》禁止』とされている。ラムランは涙を拭きつつ、「そうね」と顔を上げた。

「私も、今では悪かったと思っているの……」

「うん」

「だから、今度は本人だとわからないようにしようと思って！」

「……うん？」

大神殿の校閲《こうえつ》機関と巫女たちの戦いは、始まったばかりだった。

そしてその後、妻となったラムランと、生涯を通じて冊子を巡る攻防を繰り広げることになるとは、このときのルシェイドはまだ知らない。

番外編　癒《いや》しの魔女と獣《けもの》の魔術師

いつの間にか、見知らぬ場所にいた。しばらくぼんやりと過ごしてわかったことは、そこが自分がいた世界ではないということ。まぁ、どこにいようと同じことだ。私はただ、そこに在《あ》るだけ。

自分はこの世界で魔女と呼ばれる存在になっていた。どのような力があり、どのような代償が必要なのかも理解できていたけれど、別になんとも思わない。助けを求めてくる人たちに、代償を支払うように言うと、なぜか怖がられるけれど。

この世界の植物は、故郷のものとはちょっと違う薬効を持つらしい。元々、私の種族は植物と相性がよく、この世界でも手に取るだけでどのような薬効があるのかわかった。

面白くなったので色々研究した。故郷でも薬草を煎《せん》じて傷ついた友達を癒《いや》してあげたりしていたから、魔女の力を求めるけれど代償を用意できないお客さんに薬をあげたりすると泣いて喜ばれた。

そんなことをしているうちに、いつの間にか〝癒《いや》しの魔女〟だなんて呼ばれていた。

「お前が癒《いや》しの魔女か」

あるとき、穏やかに暮らしていた私は、突然やってきたたくさんの兵士によって別の国に連れていかれた。ついこの間、拾った魔女を養《やしな》っていたのだけれど……発生したばかりのところを拾った、黒目黒髪の魔女……あら、何年前だったかしら。もう幼くないし、薬草について教えておいたから問題ないわね。魔女なのだから、どこでだって生きていけるんじゃないかしら。

それよりも問題は、目の前に座るこの男。王様？　なのかしら。豪奢《ごうしゃ》な玉座に座っているけれど、なぜか姿が認識できない。王様って、この世界ではそういうものなの？

よくよく観察してみれば、認識を阻害するまやかしの術がかかっているみたい。顔を見てみたい、と思うのだけれど。……あら、どうしてこんなことを考えるのかしら。

自分の思考に内心首を傾げていると、もう一度「癒《いや》しの魔女か」と聞かれたので、こくりと頷く。

「そうか……。では聞くが、俺の身体を治せるか？」

「病気なの？」

王様は人払いをした後、手袋を取って右腕を見せてくれた。王様の右腕は筋肉質で太くて触ると硬く、びっしりと黒い毛で覆《おお》われていた。

「どうしたの？　これ」

「……治せるのかどうかを聞きたい。……これが全身にある」

私はちょっと考える。

「そうねぇ……。普通の薬じゃ効かないでしょうね。代償があれば、取り換えることはできるわ」

王様は右腕に手袋をはめながら息を呑んだ。

「代償とはなんだ。金か、財宝か？」

そんなものは必要ない。というか、代償とはそういうものではない。

「生きた人間」

「……何……？」

驚愕《きょうがく》する王様に、私は告げる。

「代償になることを了承してくれる人間。その人間のと取り換えるの。それが私の力」

そう。私の魔女の力は、身体の悪い部分を取り換えること。助けを求めに来た人の中には代償の話を聞くと『話が違う！』なんて怒り出す人もいたわ。どうしてかしら。

「それは……」

「なんの代償もなしに魔女の力は使えませんの。別に、代償は複数人でも構いませんわ。それなら、さほど抵抗もないんじゃないかしら」

たとえば、腕一本治すのに、五人くらいが少しずつ代償として差し出せばいいと思う。

「……奴隷などでもいいのか」

「別にいいけれど、きちんと本人の了承が必要だから。脅したりしちゃだめよ？」


すぐにどうするか決められないみたいだったから、しばらくこのお城に滞在することにした。好奇心の赴《おもむ》くままあちこちに顔を出していると、色々なことが知れた。

王様の名前はリュアルド。いえ、王様ではなくて、第一王子様なんですって。本物の王様が体調を悪くして寝込んでいるので代行しているみたい。魔術師としてとても優秀で、格好いい方なのだというけれど、あるとき事故で全身にひどい怪我を負ったそう。

怪我？　と思ったけれど、たぶんそういうことにしているのだろう。その怪我のせいで、愛《いと》しい婚約者との縁談が流れるかもしれないのだとか。どの医者に診せてもダメ。最後の頼みの綱が、他国にいた〝癒《いや》しの魔女〟。つまり私だったってこと。

「怪我が治らなかったら、どうして結婚できないの？」

私はたくさんの書類に埋もれるリュアルドの執務室にいた。リュアルドの傍《そば》は居心地がいい。一人で部屋にいるよりずっと楽しい。私ったら、友達以外と一緒にいて楽しいなんて初めてだわ。

「何を言っている」

書類から一切顔を上げないリュアルド。仕事中のリュアルドは言葉少なだ。だから私は考える。考えてから――――ぽんと手を打つ。

「もしかして、男性機能不全なの？　さすがにそれの代償になってくれる男性はいないのじゃなくて？」

思いついたまま口にしただけなのに、リュアルドの手が止まった、私の方を見ているようだ。

「……なぜそうなる」

低く呻くような声に、私は首を傾げる。何か間違ったかしら。

「えーと、あなたは全身が腕と同じような状態である」

確認するように問えば、リュアルドが頷く。

「そのせいで、結婚できない」

また頷く。

「だから男性機能が――」

「待て。だからなぜそうなる」

意味がわからず、私は眉間《みけん》に皺《しわ》を寄せて唇を尖らせる。

「結婚は子孫を残すためでしょう？　男性機能が無事なら、なぜ結婚できないの？」

リュアルドは黙り込んだ。徐々に怒っているような気配がして、更に私はわからなくなる。

「……魔女よ、お前は私の腕を見たではないか」

「見たわよ」

「では、わかるはずだ。あのような身体の男に抱かれて喜ぶ女はおらん」

「なぜ？」

ちっともわからない。何を言っているのかしら。苛々《いらいら》した様子のリュアルドは突然立ち上がると、ソファに腰かけていた私の腕を掴《つか》んでそのまま覆《おお》いかぶさってきた。

目の前に、まやかしを解いたリュアルドの顔があった。顔の左側と口元は整った綺麗な顔。しかし右側の額《ひたい》から頬までは黒い毛で覆《おお》われ、右目のそれは紅色に光る獣《けもの》の目。

「どうした、化け物でも見たか」

忌々《いまいま》しそうに口元を歪《ゆが》めるリュアルドに、私は首を傾げる。人狼《じんろう》の亜種みたいだとは思うのだけれど……

「もしかして、触ると痛いの？」

子供を作るとき、触れられないのはいただけない。眉をひそめる私に、リュアルドは怪訝《けげん》な表情をする。まやかしがなければ、意外とわかりやすい。

「……魔女は普通の感性ではないということか」

「そうかもしれないわねぇ」

何しろ私はこの世界の者ではない。私からすれば、たかが皮一枚になんの違いがあるのかわからない。故郷には様々な種族が暮らしていたし、それこそ見目などどうでもいい。

私の答えがお気に召さないのか、リュアルドはクッと口角を上げた。

「ではこのまま犯してやろうか」

「あら、あなた、私に欲情するの？」

こちらの人間は他種族にも欲情するのだろうか。人間しかいないようだから、他種族には欲情しないものだと思っていた。リュアルドは眉間《みけん》に皺《しわ》を寄せる。ものすごく不本意そうな表情ね。

「……お前ほど美しい女に欲情しない男などおらん」

……あら。私は目をぱちぱちさせた。美しい、だって。……嬉しいかも。

やっとわかった。どうしてリュアルドに興味を持ったのか。彼は私の番《つがい》だ。

番《つがい》は本能が求める相手。故郷で、私は番《つがい》に出会うことがなかった。寂しい気持ちを、たくさんの友達と過ごすことで慰《なぐさ》めていた。まさか別の世界に番《つがい》がいたなんて。

この世界は、婚姻という形で寄り添ったり別れたりするものだと知っている。伊達《だて》に永い時をこの世界で過ごしていない。本能で番《つがい》を選ばない。リュアルドもきっとそうだろう。だから、私の気持ちを大事な番《つがい》に押しつけたりもしない。

でも、ちょっと誘ってみたっていいわよね？　そう思って、一緒に暮らさない？　と提案してみたら彼は驚いていた。

でも私は今、とっても気になることがあるの。私を突き動かすもの。それは探求心。

「どこを触っている！」

「ねぇ、どこまで獣化しているの？　尻尾《しっぽ》はあるの？」

「犯すぞ！」

「どうぞ？」

心からそう答えたら、低く獣《けもの》のような唸《うな》り声をあげたリュアルドに貪《むさぼ》られた。とりあえず、尻尾《しっぽ》は生えていたわね。あと、舌が長かったわ。

口元が獣化してないから口づけしやすいわねと言うと、変な女だと笑われた。

あなたが笑っていると、私も嬉しい。

「私は別の世界から来たのよ」

「別の世界？」

「そうよ。魔女は別の世界から来るの。ここと似ているけれど色々違うわ」

さらりと長い髪をかき上げて耳を見せると、リュアルドが息を呑んだのがわかった。私の耳は、先端が長くて少し尖っている。

「故郷では長命種だったのよ」

「……この世界にはいない存在か……化け物だな」

嘲《あざけ》るようなリュアルドに、私は笑みを零《こぼ》す。

「私はこの世界の異物。あなたからしたら化け物ね。気をつけないと、頭からばりばり食べてしまうわよ？」

「……確かに、もう喰われたな」

この世界は、異物である魔女を許容する。面白い世界よね。私がくすくす笑うのを、リュアルドは目を細めて見ていた。


ある日、リュアルドから一人の騎士を紹介された。彼は以前、リュアルドを守るために脚に怪我を負ったのですって。奴隷の一人を代償として、脚を取り換えると、騎士は喜んで帰っていった。

その後も、リュアルドに頼まれるまま何人もの人間の悪い部分を取り換えた。彼らはリュアルドにとって大事な仲間で、これからきっと国を守ってくれるだろうとリュアルドは嬉しそうに笑った。

それらの人間はリュアルドに感謝して、リュアルドこそ王位にふさわしいと考えていたみたい。けれどリュアルドの見た目が問題なんですって。それさえなければと私に言ってくる。どうか魔女様のお力でリュアルド様を救ってほしいと。私は問われるままに答えた。

代償が多ければ多いほど、魔女の力は強くなる。私の命と身体を代償とすれば、死者さえ蘇《よみがえ》らせることができる。でも――

「リュアルドのは呪いだから、私の力ではどうしようもないの」

リュアルドの皮膚について、試しにちょっとだけ奴隷のものと取り換えたことがあるけれど、すぐ元に戻ってしまった。これは呪いだから予想していたことだとリュアルドは言う。リュアルドが大事にしていた人間たちも、ひどくがっかりしたようだ。

魔女の力を持っていてもリュアルドの役に立てないなんて。私はちょっとだけ落ち込んだ。

……ガランバードンにいるはずの黒髪黒目の魔女の力なら、ちょっとだけでも呪いを変えることができるのかもしれない。だけど私は自分以外の魔女をリュアルドに近づけるのが嫌だった。

それに、あの魔女はまだ幼かった……気もするし。うん。きっとまだうまく魔女の力なんて使えないわ。ごめんねリュアルド。私はひどい魔女なの。

心の中で謝るけれど、反省なんて全然しない。


リュアルドと私は城を出て、二人で森の屋敷に住み始めた。元々リュアルドの持つ土地で、他には誰も住んでいないというそこは、綺麗な水場もあるし、私のお友達も気に入ったみたい。

リュアルドは彼らをマジュウと呼んでいたわ。元の世界にはたくさんいたんだけれど、この世界にはいないみたい。怖がられるかもしれないから、小さな姿で隠れてもらっていたの。

でも、ここでは隠れる必要なんてない。リュアルドの世話をしてくれる老夫婦も、私やお友達と仲よくしてくれて、本当に楽しかった。

そんなとき、城からリュアルドに招待状が届いた。建国記念祭があるのですって。リュアルドは民たちの前に出られなくても、せめて家族に会ってくると言っていた。

そのとき、ふと思いついた。私の身体は、こっちの人間よりずっと強い。だから私の肌と取り換えれば、呪いの本質は変えられなくても、一時だけなら外見を治せるかもしれない。

実際にやってみれば、リュアルドの外見は普通の人間のそれになった。尻尾《しっぽ》はそのままだけど。だって私には尻尾《しっぽ》がないのだから取り換えようがない。

リュアルドは、帰ってきたら元に戻してくれと言った。私は別に自分の身体がモフモフでも構わないのだけれど……

「お前に触るなら、すべすべの方が俺はいい」

ですって。それに、尻尾《しっぽ》だけ生えていても間抜けだろうって、笑って出かけていった。


だけどその後、いつまでたってもリュアルドは帰ってこなかった。おかしいな、遅いな、と思ったところ、突然兵士たちがやってきて、私は捕らえられた。

監禁された先に、リュアルドから紹介されて治したことのある人間や騎士がやってきた。リュアルド王子こそ王にふさわしい。どうかリュアルド王子を返してほしい。魔女には身を引いてほしい。呪いの身代わりとなってくれた魔女には感謝するが、その姿ではリュアルド王子にふさわしくない。口々にそんなことを言っていた。

リュアルドの呪いは解けたわけじゃないのに、彼らは見た目だけで解呪《かいじゅ》されたと判断したみたい。本当は友達に頼んで暴れて出ていってもよかったのだけれど、リュアルドがこの国を愛していたから、リュアルドが大事なものは、壊しちゃいけないと思ったの。それに、監禁されはしたけど、ひどいことはされなかったから油断していた。

私は殺された。リュアルドの婚約者の命令ですって。私が邪魔だったらしい。

さすがに、私も首と胴体を離されては生きていけない。死ぬ直前、私は友達だけは助けたくて、リュアルドのもとへ行くように言い含めて逃がした。

あーあ、もう一度だけでいいから……あなたの笑顔が、見たかったわ。

＊　＊　＊

俺は最北の国シェアラストの王族として生まれた。母は他国から嫁《とつ》いだ正妃だったが、俺を産んだ後で死に、父はすぐに自国の令嬢を正妃に据《す》えた。王太子時代からの恋人だったそうだ。

魔術師として、俺は類稀《たぐいまれ》なる才を持っていた。王太子にして一級魔術師に上り詰めたとき、国王……つまり父親から神代の禁術を研究せよと命じられた。

シェアラストの北の山脈には、王家に伝えられる神代の遺跡が存在していた。どこの国にも秘匿《ひとく》され、王家が代々守るようにと伝わるそれを調べるように言われたのだ。

調査に勤《いそ》しんでいたある日。何が原因なのか突然遺跡の力が発動され、この身に呪いを受けた。後に、俺が受けたのは〝獣化の呪い〟だとわかった。神代の呪いの一つで、徐々に獣化していき、最後には思考まで獣《けもの》になり果てるという。

一部の人間以外には、第一王子は遺跡で大怪我を負ったと発表された。俺は常に周囲にまやかしの術をかけ、姿が見えないようにした。呪いを解きたい一心で研究したが、わかったことといえば、その昔この世界にいた神々が仲違いをして世界を壊しそうになり、それを憂《うれ》いた一柱の神が呪いを受けながらも他の神を封じて、この世界を閉じたこと。そして神代の術については人の手に余るから禁じられたということだけだった。神をも縛る呪い。そのような強力な呪いから解き放たれる術などあるわけがない。

半《なか》ば諦《あきら》めて執務を行《おこな》っていたところ、他国の〝癒《いや》しの魔女〟が連れてこられた。

魔女とは、この世界に突如発生する不可思議な存在。それぞれに魔術とは違う力があるという。生来病弱な王のために連れてこられた魔女に会ってみれば、そこには美しい女がいた。腰より長いさらさらと風に靡《なび》く銀色の髪。白く透き通った肌。澄んだ湖のような青い瞳。それを縁取《ふちど》る銀色の長い睫毛《まつげ》。愛らしい赤い唇。そのすべてが絶妙な配置で小さな丸い顔に収まっている。

魔女といえば醜《みにく》いものだと思い込んでいたが……なるほど、これもまた魔女らしいのかもしれない。魔女は、俺の皮膚を治すことはできると言った。一瞬喜んだが、しかしその方法は他者の身体と取り換えるというもの。取り換えたところで、すぐまた呪いに蝕《むしば》まれるのだろうと思いとどまった。

まやかしをまとったまま王になることなどできない。まして、呪われた身でいつ頭の中身まで獣《けもの》になるか、日々怯《おび》えるような王がいるだろうか。しばらくすれば廃嫡《はいちゃく》され、腹違いの弟が王太子となるだろう。

フィアルーシェと名乗った魔女は、まったく食事をしなかった。聞けば人とは違うという。何を尋ねても隠すことなく答える魔女は、よく笑う変な女だった。

魔女はその日あったことを話してくる。俺はそれを執務をしながら、または食事をしながら聞く。思いのほか穏やかな時間だった。魔女が言うには、父である国王は生まれつき心の臓が弱いそうだ。代償を用意すれば取り換えることができるらしいが、国王が用意したのは死んだばかりの遺体だった。

「死体じゃすぐダメになるのよ。死んだ瞬間からダメになっていくのを知らないのかしらね？　そんなのと取り換えたら生きながら心臓だけ腐っていっちゃうわ。ちゃんと生きた人間にしてって指定したのに」

「……食事中にそういう話はやめろ」

魔女はきょとんとする。感性が違うのか、たびたび似たようなことがあった。

「国王陛下なら、代償なんてすぐに用意できると思うのだけど」

首を傾げる魔女。だが、我が父親である国王は小心者だ。己《おのれ》のために心臓を差し出す生贄《いけにえ》を用意したと噂が広まるのを嫌がるだろう。たとえ秘密裏《ひみつり》に奴隷を用意しても、どこからかそれが漏れないとは限らない。己《おのれ》の評判に傷がつくのをとても嫌がる。

「しかし、お前の魔女の力は使い勝手が悪いな。代償が重い」

「そうかもしれないわね」

……俺も、代償があればまるごと取り換えてもらうことができるのだろうか……

愚かな考えが頭をよぎることもあったが、すぐに頭を振る。俺のは呪いなのだ。たとえ身体中の皮膚を換えたとしても、同じように獣化する。だから無駄だ。

……そう考えて己《おのれ》を押しとどめていないと、いつか誰かに代償を強要しそうで、それを繰り返しそうで……恐ろしかった。

不安に駆られた夜は、決まってどうしようもない孤独に苛《さいな》まれる。ひどく暴力的になり、何もかもを破壊したい衝動に駆られることもある。頭の中で獣化の呪いが進行しているかのように。

不安を振り払うように執務室で仕事に没頭していると、なぜか魔女が男として不能なのではないかと疑い出した。意味がわからない。さすがにそのような不名誉なことを言われて腹立たしくなり、否定したが、それならばなぜ結婚できないのかと問われた。

結婚。鼻で笑いたくなる。我が婚約者殿は、俺が呪いを受けた際に見舞いにやってきたものの、一部分だけ獣化した顔を見て悲鳴をあげて逃げた。

しかし魔女は納得しない。不思議そうにする姿に苛立《いらだ》ち、脅しつけるつもりでまやかしを解いて押し倒しても、きょとんとしているばかり。

……やはり、魔女は我らと感性が違うということか。

急に、すべてがバカバカしくなった。じきに追われると決まっている責務も、己《おのれ》を見る奇異な視線も、徐々に距離を置かれることも。

――――どこかへ消えてしまいたい。

零《こぼ》れた本音を、魔女が拾った。

しょう。

だけで暮らしてもいい。お友達もいるから力仕事だって頼めるし、私が薬を売って生計を立てま

――ここから出て、一緒に小さな村で暮らしましょう。前にいた森に戻ってもいいし、二人

その提案に驚く。俺の下で驚くほど穏やかに微笑む魔女。

「じゃあ、私と一緒に行く？」

歌うような声に、くらくらした。

「……俺がお前に養われるのか？」

「リュアルドって王様以外、何かできるの？」

まったく失礼な女だ。

「……おい、どこを触っている！」

魔女の手が俺の身体を確認するように撫でていく。

「ねぇ、どこまで獣化しているの？　尻尾《しっぽ》はあるの？」

遠慮のない動きに、相手にその気がないのだとわかっていても情欲を煽《あお》られた。犯すぞ、と半《なか》ば本気で脅せば、どうぞと許可される。

困惑するが、目の前の誘惑に負けた。

美しい魔女の目には、最初から最後まで一片たりとも恐怖も同情も嘲《あざけ》りもなかった。

――己《おのれ》のすべてを許された気がして、泣きたくなるほど安堵《あんど》した。

それからというもの、夜になれば彼女を抱いた。久々の人肌は、昼はまだ我慢できるが、夜にな

るとどうしても触れずにいられない。彼女の傍《そば》にいられれば、まだ自分がまともだとわかって安心できた。彼女は人よりよほど頑丈らしく、鋭い爪も彼女の肌を傷つけることがない。そのことにも安堵《あんど》した。彼女の手は恐れも遠慮もなく、毛皮をまとうこの肌に触れていく。

孤独が癒《い》えていくのが自分でもわかった。俺を畏《おそ》れぬおかしな魔女と一緒にいると、獣化など本当にどうでもよくなる。

隣でまどろむ魔女――フィアルーシェを眺めるうちに、以前遺跡を調べた際に見つけた記述を思い出す。

【呪われし者】【魔女の救済】

読み取れたのはその一部分だけで、他は損傷が激しくわからなかった。だが、今なら確信を持って言える。

フィアルーシェに俺は救われている。あれほど俺を苛《さいな》んでいた孤独や焦燥《しょうそう》、苛立《いらだ》ちが完全にと言っていいほど治まっていた。

彼女は異世界から来たという。普段長い髪に隠されている耳は、人より長く先端が尖っていた。ある日、フィアルーシェが見せてくれたのは……この世界では見たことのない魔獣……のようだった。トカゲのようにも見えるが、翼がある。このようなモノが彼女の故郷にはたくさんいて、その身に棲《す》まわせていたので「一緒に来てしまったみたい」と言う。手の平サイズのそれは、大きさを変えることもできた。

……冗談ではない。魔女が癒《いや》しの力の他にも魔獣のようなものを従えていると知れば、欲深い者たちが騒ぎ出す。あるいは、畏《おそ》れて魔女を弑《しい》するだろう。絶対に他の者に見せるなと強く言えば、「あなたは特別だから」と言う。

何が特別だ。――――だが、嬉しいと思う俺が確かにいる。彼女は陽の中にいると、まるで春の妖精のようだった。フィアルーシェ、フィアと呼べば、嬉しそうに笑う。

もうこのままでいいから、二人きりで暮らそう。

俺の婚約話は破棄させた。その方が向こうの令嬢にもいいだろうし、何よりフィアルーシェには誠実でいたい。もっとも、あの魔女がそのようなことを気にするのかどうか疑問だが。

ある日王宮で、昔俺に仕えてくれていた騎士に会った。俺のせいで脚を悪くしていたのだったなと思い出し、ふと魔女に頼むことを思いつく。借金のために奴隷に身を落とした男がいる。そいつに「脚を代償にすることで奴隷身分から解放する」と約束して魔女に力を揮《ふる》わせた。

他にも、何人か治してもらった。彼らを選んだのは、きっとこれから弟の力になってくれるだろうと思ったからだ。この国のためになるだろうと信じたからだ。

俺はフィアルーシェと一緒に暮らし始めた。それはとても穏やかで幸せな日々。屋敷には俺の乳母をしていた老女とその夫が住み込みをしてくれたので、身の回りの世話に困ることはない。フィアルーシェのことは魔女として受け入れ、フィアルーシェの〝お友達〟のことは魔女の眷属《けんぞく》だとでも思っているようだ。あながち間違いでもないだろうが。

数年経ったある日、建国記念祭の招待状が届いた。城を出てからは参加していなかったが、もうじき弟が戴冠式《たいかんしき》を迎える。その前に家族に会っておくのもいいかもしれない。

そう思った俺に、フィアルーシェは己《おのれ》の身体を代償にして外見を戻してくれた。代わりに、フィアルーシェは獣《けもの》の皮をまとう。それでも彼女を美しいと感じるのは、俺が彼女に惚れているからなのだろうか。元に戻してもらう前に、一度その姿で閨《ねや》に入るのもいいかもしれないなどと不埒《ふらち》なことを考えてしまうくらいには美しいと思った。

フィアルーシェの心遣いが嬉しく、俺はその姿で城に戻った。家族は、俺の姿を見て涙を流して喜んでくれた。まだ建国記念祭までには日があったが、俺が戻ったことを喜んだ家族が宴《うたげ》を開いた。久々に姿を現した第一王子に参加者は驚き、そして歓迎してくれた。

この姿は一時だけの仮初《かりそめ》に過ぎず、呪いは解けていないのだと家族にだけ説明した。建国記念祭で他国からの使者にも顔を見せ、第一王子の俺は病《やまい》のため王位を継がないと説明し、王位を継ぐ予定の弟の顔つなぎをした。

大体の仕事を片付け、帰ろうとすると誰かに引き留められる。そんなことが続き、すっかりフィアルーシェのもとへ帰るのが遅くなった。久々に会う家族。俺の姿を見て涙を流すかつての家臣たち。知らず知らずのうちに、それらに絆《ほだ》されてしまっていた。


――――愚かだった。


目の前で跪《ひざまず》き頭《こうべ》を垂れる家臣たちを、俺は呆然と視界に収める。

「この国をよりよくするために、あなた様は必要な御方なのです」

「どうか王になって我らを導いてください」

どれほど頼まれてもそれはできない。だが、彼らはフィアルーシェを捕らえているという。怒りで我を忘れそうになりながらも、彼らならきっと話せば理解してくれるはずだと信じて、フィアルーシェを返すよう説得していた。

そこへ、血相を変えたかつての部下が飛び込んできた。

フィアルーシェが死んだという。

目の前がまっくらになった。

家臣たちは頭を床にこすりつけて俺に謝罪した。

——それがいったいなんの役に立つ。

フィアルーシェの友達が、悲しみに暮れて俺にまとわりつく。監禁場所は貴族の館の一つで、綺麗に整っていた。無下《むげ》に扱うつもりは毛頭なかったのだと、頭に情報として伝わってくる。

——だが、それがいったいなんだ。

床に転がる小さな頭と冷たい身体。その場に崩れ落ち、小さな頭を掻き抱く。

——なぜだ。お前たちはフィアルーシェに救われただろう。なぜ彼女が死んだ。なぜ俺から逃げた女が俺の魔女を殺すことになる。なぜだ、なぜ。

身の内に、凪《な》いでいたはずの破壊衝動が湧き起こる。けれど止めない。どうして止める必要がある？　どこかで獣《けもの》の咆哮《ほうこう》が聞こえた気がした。それともあれは俺の声か。

彼女の〝お友達〟もその姿を何十倍にも膨らませ、本性を現していく。フィアルーシェの身体の一部を持つためか、フィアルーシェの最期の願いが通じたためか、俺には彼らの気持ちがわかった。俺とまったく同じ気持ち。あちこちで悲鳴があがるが、知ったことか。

だって、彼女が死んだのだ。


滅びた王城を彼女の墓標《ぼひょう》に。そして彼女の友達のための根城《ねじろ》にした。

何をするのだったか……そうだ、呪いを調べよう。城の文献を、遺跡を調べ、この身に新たな呪いを受けよう。魔女は呪われた者を救済するのだ、いずれ再び彼女が現れるかもしれない。だって彼女は魔女だ。魔女とはそういうもの。そのはずだ。

なぜ、俺は魔女を失った？　愚かだったからだ。笑えてくる。俺が大切にする存在を、やつらが傷つけるはずがないとなぜ思ったのか。

いくつもの呪いを解放しても、この身に宿しても、彼女が現れない。彼女は別の世界に行ったのか？　この世界を壊せば俺も行けるだろうか。きっと行ける。だって、彼女は俺の魔女だ。

俺に唯一残った彼女の肌。それが傷ついてはいけない。ローブを深くかぶって、大事に隠しておこう。誰にも見られることのないように。

獣化がひどくなってきた。彼女の肌が呪いに蝕《むしば》まれていく。嫌だ。

フィアルーシェは人間に殺されたんだよ。だからお前たち、人間を殺してしまおうね。彼女が帰ってきたときに二度と失うことのないようにしようね。

金色の髪の男と数名の仲間が目の前に立ち塞《ふさ》がる。邪魔をするな。彼女の肌を傷つけられた。なんてことだ。許せない。俺に残った唯一の彼女の証。

――呪われろ!! 死なずに永遠に苦しむがいい!!

深い傷を受けた。俺はしばらく眠ることにするからね。その間、お前たちは人間を殺しながら生きるんだよ。たくさんたくさん殺すんだよ。大事なお友達がいなくなったら彼女が悲しむから、ちゃんと生き残るようにね。

魔女マジョまじょ魔女マジョ、オレノ魔女――


「うわぁ……。僅《わず》かとはいえ、よく魂が残ったな……ほとんど正気を失ってるけど」

白い空間で、誰かが何か言っている。

「すっかり呪いに取り込まれたから駄目だと思ったのに、改変の魔女のおかげでぎりぎり助かったみたいだねぇ」

よくわからない。聞き取れない。

「うーん……。魂に結構大きな欠損があるけど、まぁいいか。ようやくこれで安眠できるよ……。本当に魔女ときたら、世界をまたいでさえ、やかましいんだから……延々と君を呼ぶんだよ。うるさいったらない」

ふわりと、どこかへ引っ張られる。ふわりふわり、と落ちていく。

「破格の扱いなんだからね。魂が完全に壊れる前に回収できたからよかったけど。もうこっちの世界に来ちゃダメだよ。こっちに来ると君はまた取り込まれるからね」

誰かが話している。でもよくわからない。

「君の魔女が先に行って待ってるはずだから」

魔女？　魔女。魔女。魔女。魔女。マジョ。まじょ。ま――

「……やっぱ壊れてるかなぁ……。まぁいいか。あっちでどうにか巡り合って勝手に癒《いや》されてよ。……あー……、僕も癒《いや》されたいなぁ……。最近みんな僕に構ってくれないんだよねぇ……。こんなに働いてるのに……」

＊＊＊

小さな獣人の村に生まれた幼獣の中に、出来損ないがいた。唸《うな》ることすらしないそれは、親にも兄弟にも、何にも興味を示さないし会話もしない。言葉は理解しているようだが、どうでもよさそうだ。

敵意には敏感に反応し、どんな相手だろうと噛みつき、死にかけながらも勝利する。我を忘れた獣《けもの》のような存在。

数年経って成人すると、村の調和を乱すからと半《なか》ば追い出された。だが本人は気にした様子もなく、ひたすら歩く。追い立てられるように旅を続けた獣人は、やがて遠い地で番《つがい》を見つける。自分よりずっと年上で、たくさんの竜に囲まれた長命種の女を。

その出来損ないの獣人は、番《つがい》の前でだけ穏やかに笑った。

新＊感＊覚　ファンタジー！

Regina レジーナブックス

レジーナブックス Regina

ハーブの魔法で、異世界を癒やします!

緑の魔法と香りの使い手1〜2

兎希《とき》メグ

イラスト：縹ヨツバ

気づけば緑豊かな森にいた、ハーブ好き女子大生の美鈴《みすず》。なんと、突然異世界に転生していたのだ！　魔力と魔物が存在するその世界で、美鈴は、女神からハーブの魔法を与えられる。彼女が美味しくなるよう祈りを込めてハーブティーを淹れると……ハーブティーに規格外のパワーが⁉　ハーブ好き女子、異世界で喫茶店を開業します！

詳しくは公式サイトにてご確認ください。

http://www.regina-books.com/

携帯サイトはこちらから！

Regina COMICS
大好評発売中!!
メイドから母になりました 1～3
原作 Seiya Yuzuki 夕月星夜
漫画 Asuka Tsukimoto 月本飛鳥
アルファポリスWebサイトにて
好評連載中!
シリーズ累計10万部突破!
子育てファンタジー
待望のコミカライズ!
異世界に転生した、元女子高生のリリー。
ときどき前世を思い出したりもするけれど、
今はあちこちの家に派遣される
メイドとして活躍している。
そんなある日、王宮魔法使いのレオナールから
突然の依頼が舞い込んだ。
なんでも、彼の義娘《むすめ》・ジルの
「母親役」になってほしいという内容で――?
B6判・各定価:本体680円+税
転生して凄腕メイドになった元女子高生、
魔法世界で愛娘と
楽しい職場見学!?
アルファポリス 漫画
検索

RC
Regina COMICS
原作＝斎木リコ
Riko Saiki
漫画＝藤丸豆ノ介
Mamenosuke Fujimaru
今度こそ幸せになります！ 1
待望のコミカライズ!!
「待っていてくれ、ルイザ」。勇者に選ばれた恋人・グレアムはそう言って魔王討伐に旅立ちました。でも、待つ気はさらさらありません。実は、私ことルイザには前世が三回あり、三回とも恋人の勇者に裏切られたんです！ だから四度目の今世はもう勇者なんて待たず、自力で絶対に幸せになってみせます――！
アルファポリスWebサイトにて
好評連載中！
四度目の人生は
もう勇者なんて待たない!!
異色の転生ファンタジーコミカライズ！
アルファポリス
アルファポリス 漫画 検索
B6判 / 定価：本体680円＋税
ISBN:978-4-434-24661-6

月丘マルリ（つきおか まるり）
北海道在住。2015年よりWeb上にて小説の発表を開始。
2018年、本作にて「アルファポリス第11回恋愛小説大賞」
大賞を受賞。以前は読書が趣味だったが、今は執筆が楽しい。
ハッピーエンド好き。

イラスト：hi8mugi（ヒヤムギ）
https://hi8mugi.wixsite.com/cho-b

本書は、「アルファポリス」（http://www.alphapolis.co.jp/）に掲載されていたものを、
改題、改稿のうえ書籍化したものです。

運命《うんめい》の改変《かいへん》、承《うけたまわ》ります

月丘マルリ（つきおか まるり）

2018年8月6日初版発行

編集－及川あゆみ・宮田可南子
編集長－塙綾子
発行者－梶本雄介
発行所－株式会社アルファポリス
〒150-6005 東京都渋谷区恵比寿4-20-3 恵比寿ｶﾞｰﾃﾞﾝﾌﾟﾚｲｽﾀﾜｰ5F
TEL 03-6277-1601（営業） 03-6277-1602（編集）
URL http://www.alphapolis.co.jp/
発売元－株式会社星雲社
〒112-0005 東京都文京区水道1-3-30
TEL 03-3868-3275
装丁・本文イラスト－hi8mugi
装丁デザイン－ansyyqdesign
印刷－図書印刷株式会社

価格はカバーに表示されてあります。
落丁乱丁の場合はアルファポリスまでご連絡ください。
送料は小社負担でお取り替えします。

ISBN978-4-434-24928-0 C0093